LUNE POURPRE

Né à New York en 1947, James Patterson publie son premier roman en 1976. La même année, il obtient l'Edgar Award du roman policier. Il est aujourd'hui l'auteur de très nombreux best-sellers traduits dans le monde entier. Plusieurs de ses thrillers ont été adaptés à l'écran, dont *Zoo*, la série événement de TF1.
Publicitaire et scénariste pour la télévision et le cinéma, Marshall Karp a notamment écrit le scénario du film *Just Looking*, inspiré de son enfance new-yorkaise. Il est l'auteur de plusieurs romans, dont *Cartoon*.

Paru au Livre de Poche :

Bikini
Bons baisers du tueur
Crise d'otages
Dans le pire des cas
Dernière escale
Garde rapprochée
Les Griffes du mensonge
Lune de miel
La Maison au bord du lac
Moi, Michael Bennett
Œil pour œil
On t'aura prévenue
Private Los Angeles
Promesse de sang
Le Sang de mon ennemi
Tapis rouge
Une nuit de trop
Une ombre sur la ville
Zoo
Week-end en enfer

Les enquêtes d'Alex Cross :
Des nouvelles de Mary
En votre honneur
Grand méchant Loup
La Lame du boucher
Le Masque de l'araignée
Moi, Alex Cross
La Piste du Tigre
Sur le pont du Loup
Tirs croisés
Tuer Alex Cross

Les enquêtes du Women's Murder Club :
2e chance
Terreur au 3e degré
4 fers au feu
Le 5e Ange de la mort
La 6e Cible
Le 7e Ciel
La 8e Confession
Le 9e Jugement
10e anniversaire
La 11e et Dernière Heure
12 coups pour rien
13e malédiction

JAMES PATTERSON

MARSHALL KARP

Lune pourpre

TRADUIT DE L'ANGLAIS (ÉTATS-UNIS) PAR NICOLAS PORRET-BLANC

L'ARCHIPEL

Titre original :

NYPD RED 2
Publié par Little, Brown and Company, New York, 2014.

ISBN : 978-2-253-08592-8 – 1re publication LGF

1

31 octobre 2001

— C'était vraiment sérieux ton truc sur Hitler ? demanda Dave en arrosant d'allume-feu le jean et le pull de Meredith.

— Vas-y quand même mollo avec l'alcool à brûler, répondit Gideon. On veut juste cramer ses fringues, pas foutre le feu à la baraque.

— Je lui avais pourtant dit de ne pas y aller, continua Dave avant de jeter le soutien-gorge et la petite culotte sur la pile de vêtements.

L'adolescent procédait avec détachement. Ces sous-vêtements qu'il s'apprêtait à faire disparaître – ceux de sa grande sœur – n'étaient pour lui qu'un tas de chiffons à brûler. Mais pas pour Gideon : le soutien-gorge en dentelle noire et le minuscule string assorti avaient enflammé son imagination de gamin de seize ans.

Meredith, une belle rousse aux yeux verts et au teint laiteux, allait déjà à la fac. Du haut de ses vingt et un ans, elle ignorait superbement Gideon et toute la bande de nullos que son frangin avait pour amis. Elle était à mille lieues de s'imaginer ce qu'il avait en tête.

Dave versa encore deux ou trois généreuses giclées d'allume-feu sur la pile de vêtements.

— Je lui avais bien dit de ne pas y aller, hein ? reprit-il, cherchant l'approbation de Gideon. T'étais là.

— C'est pas la première fois que tu tentes de l'empêcher de faire des conneries. Mais bon, ta frangine a cinq ans de plus que toi, et elle est cinquante fois plus têtue. Recule-toi.

Dave s'éloigna du vieux barbecue.

— Sinon, je confirme, enchaîna Gideon en faisant craquer une allumette. C'était très sérieux mon truc au sujet d'Hitler.

Il jeta l'allumette sur le pull en loques de Meredith. Le regard plongé dans les flammes bleu orangé qui jaillissaient du barbecue, il se repassa le film de la soirée…

Ce soir-là, les Salvi donnaient leur traditionnelle *beach party* d'Halloween, et Dave avait vainement essayé de dissuader Meredith d'y aller.

— Qu'est-ce qui te branche là-bas ? lui avait-il lancé. Les palourdes et les *cannoli* à gogo ? Ou alors tu kiffes les ritals imbibés d'alcool ?

— Non, David, avait-elle répondu. (Elle l'appelait toujours ainsi quand elle le prenait de haut.) J'y vais parce qu'il y aura un groupe qui déchire et des feux d'artifice à tomber par terre, et puis aussi parce que je viens de me farcir un bouquin de macroéconomie pendant quatre heures et que j'ai le cerveau en compote. D'ailleurs, vous ne voulez pas venir, Gideon et toi ?

— À une fête de mafieux ? Même pas en rêve. Tu sais très bien que papa détestait les Salvi.

— OK, tout le monde les déteste, mais tout le monde y va quand même. Ils sont de la mafia, et alors ? La bière sera gratos, et au moins tu peux être sûr qu'on ne vérifiera pas tes papiers, ajouta-t-elle en ouvrant la porte d'entrée. À quelle heure maman sort-elle du boulot ?

— Le bar va être blindé ce soir. Pas avant 3 heures du mat'.

— Alors je serai à la maison à 2 h 59.

Elle leur avait envoyé un baiser et était sortie dans un éclat de rire.

Les garçons la virent revenir deux heures plus tard, jean et pull en lambeaux, le visage maculé de sang séché, du sable mouillé plein les cheveux.

— C'est Enzo, articula-t-elle en luttant pour retenir ses larmes. Enzo Salvi.

— Il t'a frappée ? demanda Dave.

Elle prit son petit frère dans ses bras et sanglota contre sa poitrine.

— Pire que ça.

— Ne te douche pas tout de suite, dit Gideon. La police va devoir constater le viol.

— Surtout pas les flics, protesta Meredith en s'écartant de Dave.

Elle s'enferma dans la salle de bains et resta une demi-heure sous la douche. En se lavant à grande eau, elle espérait se débarrasser de la saleté autant que de la honte qui l'envahissait.

Elle les rejoignit ensuite dans la cuisine, vêtue d'un pantalon de survêtement gris, le visage à moitié dissimulé par une casquette de base-ball.

— On t'a préparé un chocolat chaud, dit Dave.

— Tu veux des chamallows ? ajouta Gideon en lui tendant un paquet de friandises.

— Ce n'est vraiment pas de chamallows que j'ai besoin ce soir, répondit-elle en vidant la moitié du chocolat dans l'évier.

Elle sortit une bouteille de Jameson d'un placard de la cuisine et remplit sa tasse à ras bord.

— Je suis sérieuse, insista-t-elle. Pas question de prévenir les flics. Et surtout ne dis rien à maman.

Dave secoua doucement la tête.

— Vraiment, Meredith ? Tu ne crois pas qu'on devrait lui…

— Non ! hurla-t-elle. Non, non et non ! (Elle sanglota à nouveau, puis sécha ses larmes sur sa manche.) Il m'a dit que si je parlais à maman…

Elle avala une nouvelle gorgée pour se donner du courage.

— Si je parle à maman… elle y passera aussi.

Deux tasses de whisky plus tard, Meredith était prête à aller se coucher.

— Merci, les garçons. Je ne sais pas ce que j'aurais fait sans vous.

Elle les prit dans ses bras à tour de rôle et déposa à chacun un baiser sur la joue. Le genre de baiser qu'on donne à son petit frère. Pas du tout celui dont Gideon rêvait depuis des années.

— J'ai encore un service à vous demander, ajouta-t-elle en jetant ses vêtements par terre. Brûlez-moi tout ça.

Le jean se consumait lentement.

— Je voudrais que les couilles d'Enzo Salvi soient là-dedans, enrageait Dave.

Il terminait sa troisième bière en scrutant les flammes qui atteignaient l'entrejambe du pantalon.

Depuis plus d'un an, une question obnubilait Gideon :

— Tu crois qu'Hitler était un mec bien au lycée ? demandait-il régulièrement à Dave. Non. C'était un malade, un vrai taré, enchaînait-il alors sans lui laisser le temps de répondre. Et ça s'est pas arrangé après. Qu'est-ce que t'en penses : le monde ne se porterait pas mieux si Hitler avait été éliminé quand il était encore temps ? Pour moi, c'est clair, Howard Beach se porterait beaucoup, beaucoup mieux si quelqu'un butait Enzo Salvi sans attendre.

Ce à quoi Dave répondait invariablement :

— T'es complètement dingue.

Mais ce soir-là, les yeux rivés sur les vêtements calcinés de sa sœur, il ne trouvait plus l'idée si dingue que ça.

— Tout est ma faute, marmonna-t-il. J'ai trois semaines de retard.

— Arrête tes conneries, dit Gideon. Il faut être taré pour violer la sœur d'un mec qui te doit soixante dollars. Enzo Salvi est un putain de psychopathe.

Dave s'ouvrit une dernière Bud Light et finit par poser la question que Gideon brûlait d'entendre :

— Bon, on s'y prend comment ?

2

Le lendemain après-midi, Gideon se rendit à la librairie de BD et revendit sa collection de *Spawn* pour une somme dérisoire.

— Merci, lui dit Dave, qui ne voyait pas d'autre moyen pour rembourser Enzo.

— Ça va nous coûter cher de buter ce connard, lança Gideon. Mais ça en vaut la peine.

Ils passèrent les trois semaines suivantes à échafauder tous les plans possibles et imaginables pour parvenir à leurs fins. Ils regardèrent *Les Experts* en boucle, louèrent tous les films qu'ils purent trouver avec Jet Li, Jackie Chan ou encore Jean-Claude Van Damme au générique, enchaînèrent joggings sur la plage et séances de muscu, et se gavèrent de compléments protéinés Mega Mass 4000 dans le mince espoir de s'épaissir un peu.

— Enzo se shoote aux stéroïdes depuis qu'il est en seconde, observa Dave au moment d'avaler une de leurs trois rations quotidiennes de protéines.

— Résultat : il doit avoir les couilles toutes ratatinées à l'heure qu'il est, lui rétorqua Gideon.

— Non, le résultat c'est qu'on aura beau s'enfiler cette merde nuit et jour, il sera toujours deux fois plus musclé que nous deux réunis.

Gideon leva son shaker pour porter un toast.

— Rien à battre ! On en aura toujours de plus grosses que lui.

Le projet commença à leur sembler vraiment réel le jour où ils se mirent d'accord sur une arme. Ils avaient listé les différentes options possibles en deux colonnes « pour » et « contre », et l'option flingue récoltait le maximum de « pour ». Mais elle présentait aussi le plus de « contre ». S'il était difficile de se procurer un flingue, il était en revanche très facile d'en retrouver l'origine. Finalement, ils optèrent pour la plus vieille arme du monde, et aussi la plus facile à trouver : un gourdin.

— Après tout, ça fonctionnait déjà très bien au temps des hommes des cavernes, observa Dave.

Ils prirent le métro, direction Brooklyn. Pour soixante-deux dollars, ils s'offrirent l'équivalent moderne du gourdin : une batte de base-ball noire de quatre-vingt-dix centimètres de long. Puis ils firent l'acquisition d'une boîte de gants en latex.

Il ne leur restait plus qu'à attendre.

Il fallait que ça se passe un vendredi soir. La plupart des gamins du lycée John-Adams payaient Enzo ce soir-là. Comme Gideon travaillait chez le caviste Tonello's, il devait voler une bouteille de vodka chaque semaine. Donc, tous les vendredis soir après le boulot, il se rendait dans les dunes à hauteur de la 165e Avenue, où se trouvait la maison des Salvi, pour remettre son tribut à Enzo.

Ils fixèrent la date au lendemain de Thanksgiving. Il n'y avait pas cours ce jour-là et, avec un peu de chance, Enzo serait déjà bourré à l'heure du rendez-vous.

À cette époque de l'année, les dunes étaient toujours humides et froides, mais Gideon avait la tenue adéquate : veste Carhartt imperméable, bonnet et Timberland. Comme d'habitude, Enzo n'était pas à l'heure. Cinq minutes. Dix. Au bout d'un quart d'heure, Gideon commença à cogiter. Il est au courant. Il ne viendra pas. Il va me laisser me les geler ici et quand je m'apprêterai à faire demi-tour, il va me…

— Elle est où la fiotte qui m'apporte ma vodka ? beugla Enzo en titubant à travers les herbes hautes.

Dans la brume à peine éclairée par la demi-lune, Gideon discerna une silhouette sombre reconnaissable aux proportions impressionnantes de ses bras, cou et torse, gonflés aux stéroïdes.

— Yo, lança Gideon.

— Bordel, qu'est-ce que tu fous planqué aussi loin dans la dune ? éructa Enzo. Je suis pas venu ici pour me faire sucer. Allez, fais péter la vodka.

Gideon lui tendit la bouteille d'Absolut.

— La voilà.

C'était le signal. Et ce qui était prévu après s'inspirait directement d'une scène de *Clan of the White Lotus*. Dave, tapi dans l'herbe humide, était censé foncer sur Enzo par-derrière et le frapper de toutes ses forces avec la batte.

Mais dans la vraie vie, les choses se passent rarement comme dans un film de kung-fu, surtout quand la victime a les réflexes affûtés d'un fils de mafioso et que l'assaillant, malgré de multiples répétitions, craque au moment fatidique.

Alors qu'il visait l'arrière du crâne, Dave ne parvint qu'à atteindre l'épaule droite d'Enzo.

Fou de rage, ce dernier fit volte-face en une fraction de seconde, et d'un puissant coup de pied contra le bras de Dave pour envoyer valser la batte de base-ball. Dans la foulée, Enzo sortit de sa poche un couteau de combat dont il déplia la lame d'un coup sec et, se ruant sur Dave, le plaqua au sol.

— Espèce d'enculé d'Irlandais de ta race ! Je vais t'arracher les couilles et les fourrer bien profond dans le cul de ta salope de sœur.

À cheval sur Dave, le bras en l'air, il s'apprêtait à plonger la lame du couteau-scie dans le torse du jeune homme quand Gideon lui écrasa la bouteille de vodka sur la tête.

Enzo lâcha le couteau et s'effondra face contre terre.

— Excuse-moi. Excuse-moi, gémissait Dave.

C'était la première fois qu'il pleurait depuis l'enterrement de son père, quatre ans plus tôt.

— J'ai merdé. Merci, Gid. Vraiment. Il allait me buter. Il est mort ? Tu crois qu'il est mort ?

La réponse ne se fit pas attendre. Pris de convulsions, Enzo se mit à proférer des jurons incohérents tout en crachant un mélange de sable et de salive. À l'évidence, son cerveau n'était plus maître de lui-même, ni de ses mouvements.

— Putain, qu'est-ce qu'on va faire maintenant ? se lamenta Dave.

— Prends-lui l'autre bras, cria Gideon en tirant fermement sur le bras droit d'Enzo, déjà passablement amoché.

— Qu'est-ce que tu fais ? s'affola Dave. On l'emmène où ?

— Tais-toi et fais ce que je te dis.

Dave s'exécuta, et Enzo hurla de douleur quand les deux garçons le traînèrent jusqu'au rivage.

Après s'être enfoncé dans la baie jusqu'aux cuisses, Gideon plongea la tête d'Enzo sous l'eau. Ce dernier se débattit en agitant les pieds frénétiquement.

— Attrape-lui les jambes ! cria Gideon. Ne le laisse surtout pas filer !

Dave agrippa tant bien que mal les pieds du jeune malfrat.

— Lève-les aussi haut que tu peux, dit Gideon. Ça l'obligera à garder la tête sous l'eau.

Dave suivit ses instructions, et trente secondes plus tard, Enzo arrêta de bouger.

— On ne peut pas prendre le moindre risque, lâcha Gideon. Viens par ici.

Dave lâcha les jambes d'Enzo, et les deux garçons firent pression sur sa tête pour la maintenir sous l'eau.

— Ça, c'est pour ma sœur, connard ! hurla Dave en cognant dans la flotte pour lui fracasser le crâne. Ça, c'est pour tout le fric que tu m'as piqué. Ça, c'est pour m'avoir tabassé pendant toutes ces années. Et ça, c'est pour la fois où tu as jeté mes bouquins et toutes mes affaires dans la baie…

Il continua sa litanie pendant un bon moment tout en assenant ses coups de poing sur le visage sanguinolent de leur victime.

— Ça suffit maintenant, ordonna Gideon.

— Il est mort ?

— Il est mort depuis deux bonnes minutes.

— Ça y est, on l'a tué… on a tué Hitler, exulta Dave d'une voix haletante, pleurant et riant à la fois. On a tué Hitler !

Ils ramenèrent le corps ruisselant sur le rivage en le traînant sur le sable. Retour au plan initial.

Après avoir arraché la chaîne en or qu'Enzo portait autour du cou, Gideon prit sa montre ainsi que les billets que contenait son portefeuille.

Dave, quant à lui, cracha sur le visage du cadavre.

— Et maintenant on se tire, annonça-t-il. Prêt à décamper ?

— Pas si vite, lui rétorqua Gideon. Le carnet d'encaissement… Nos noms sont écrits dedans.

L'objet choisi par Enzo Salvi pour y consigner minutieusement les détails de ses activités crapuleuses était des plus inattendus : un agenda en cuir rouge filigrané d'or, fermé par un rabat magnétique.

Gideon extirpa le carnet d'une des poches de la veste d'Enzo, puis il leur fallut encore dix bonnes minutes pour remettre la main sur la batte, le couteau, ainsi que la bouteille de vodka, miraculeusement intacte.

— Va pourrir en enfer, fit Dave avant de cracher une dernière fois sur le corps sans vie.

Ils quittèrent les dunes et regagnèrent la 165e Avenue, déserte en cette nuit froide de novembre. Puis ils longèrent en silence un alignement de pavillons petits-bourgeois, sirotant la vodka au goulot de la bouteille meurtrière.

3

Un enterrement de mafieux. Le rêve de tout fleuriste.

Ironie du sort, les parents de Gideon possédaient la boutique de fleurs du quartier. Ils furent donc les premiers bénéficiaires des largesses de tous ceux – famille, amis, partenaires en affaires – qui souhaitaient présenter leurs condoléances à la famille Salvi.

— C'est comme si mes parents avaient trouvé un billet de loterie gagnant dans la poche d'un manteau, sans se douter un instant que c'est moi qui l'avais mis là, dit Gideon à Dave.

Accompagnés de Meredith, les deux garçons longèrent les trente-deux véhicules funéraires couverts de fleurs avant de gravir les marches de l'église Sainte-Agnès. Sur le parvis stationnait un corbillard blanc, suivi d'une longue file de limousines noires qui remontait trois rues. Le trottoir d'en face était pris d'assaut par les fourgonnettes de la presse. Une foule de journalistes surexcités se pressaient contre les barricades de la police, à l'affût du cliché qui leur rapporterait le gros lot en faisant la une du *Daily News*.

Les flics étaient omniprésents. Du simple brigadier au commissaire divisionnaire en passant par tous les grades d'officier, il y en avait partout. Les fédéraux avaient aussi fait le déplacement. Ils filmaient tout dans les moindres détails, photographiaient chaque visage. Respect de la vie privée et recueillement étaient le cadet de leurs soucis. Après tout, rien de tel qu'un enterrement mafieux pour mettre à jour les archives du FBI avec des images exploitables de « présumés complices ».

Gideon, Dave et Meredith furent conduits à leurs places, et Meredith s'agenouilla immédiatement pour prier.

— Tu pries pour ce connard ? lui souffla Gideon à l'oreille.

— Non, pour être pardonnée.

— Comment ça ?

— J'avais demandé à la Vierge Marie de le punir, et maintenant je me sens coupable.

Gideon était à deux doigts de lui dire la vérité.

— Ne t'inquiète pas trop pour ça, la rassura-t-il. Tu n'es pas la seule à avoir prié pour qu'Enzo crève.

À 11 heures, l'église était déjà archicomble. Une porte latérale s'ouvrit et l'assemblée se leva. Le père Spinelli conduisit la famille à la chapelle. Teresa, la mère du défunt, ouvrait le cortège, vêtue d'une élégante robe de soie, une croix dorée très sobre autour du cou. À la place d'un voile, elle avait dissimulé ses traits tirés derrière d'énormes verres teintés. Jojo, son deuxième fils, l'escorta jusqu'au premier rang.

Devinant la suite, Meredith serra la main de son frère. Joe Salvi, portrait craché d'Enzo – les cheveux blancs en plus –, fit son entrée dans l'édifice avec à son bras sa mère de quatre-vingt-cinq ans, Annunziata, qui portait le deuil depuis la mort de son mari, des décennies plus tôt. Elle laissa échapper un gémissement en posant les yeux sur le cercueil.

Le prêtre prit la parole :

— Voilà plus de quatre-vingts ans, les Salvi s'établissaient à Howard Beach pour en faire leur berceau familial.

Leur territoire, oui ! fulmina Gideon en silence.

— Et il suffit de voir les innombrables témoignages de sympathie de la part de leur communauté…

Tu parles, si on est là, c'est par peur de ne pas se montrer ou pour le plaisir de les voir morfler.

— … pour se rappeler que la générosité de Joe et Teresa Salvi n'est pas une légende. Soupe populaire pour Thanksgiving, jouets distribués aux enfants à Noël…

Sans oublier une cave entière de grands crus pour le presbytère.

— … et le mois dernier encore, leur traditionnelle fête d'Halloween organisée sur la plage. Un événement d'autant plus important cette année qu'il s'agissait pour la plupart d'entre vous de la première occasion de réjouissances depuis la destruction des tours du World Trade Center en septembre.

Réjouissances pour Enzo. Pas pour Meredith.

— Je sais que la police de New York travaille d'arrache-pied pour traduire en justice le ou les responsables de la mort brutale d'Enzo, et…

Sans crier gare, Annunziata Salvi se leva de son siège et s'approcha à pas hésitants de la dépouille de son petit-fils.

— *No polizia. La famiglia fornirà giustizia. La famiglia fornirà giustizia!* hurla-t-elle en se jetant sur le cercueil.

Coutumier de ce folklore, Joe Salvi laissa sa mère donner libre cours à son chagrin jusqu'au moment où, secouée par ses sanglots, elle tomba à genoux. Il se leva alors à son tour pour l'aider à regagner son siège, puis se planta face à l'assistance.

Les mille deux cents personnes présentes retinrent leur souffle quand le parrain balaya l'assemblée d'un regard glacial, qui en disait long : même endeuillée, la famille n'était en rien affaiblie.

Les lèvres serrées et le cœur battant la chamade, Gideon et Dave ne baissèrent pas les yeux. Ils savaient pertinemment ce que Joe Salvi cherchait. Eux. Le message avait été parfaitement clair : il les traquerait sans relâche jusqu'à sa mort. *La famiglia fornirà giustizia*, avait prophétisé la vieille femme.

La famille se ferait justice elle-même.

PREMIÈRE PARTIE

Le Tyvek Killer

1

Les deux SDF étaient assis sur le trottoir jouxtant le Mémorial de la Première Guerre mondiale, à l'angle de la 3e Avenue et de la 67e Rue. À mon approche, ils se sont levés.

— Zach Jordan, NYPD Red, me suis-je présenté.

— On a un macchab au manège, m'a informé l'un des deux.

— Il faut dire « carrousel », a corrigé l'autre.

Tignasse hirsute et barbe de dix jours, il avait le visage maculé de crasse et des guenilles qui sentaient la vieille pisse. Sa puanteur m'a fait détourner le visage.

— À ce point-là ? a-t-il dit en faisant un pas en arrière. Moi, je ne me sens même plus. Inspecteur Bell. Et voici mon coéquipier, l'inspecteur Casey. On est en mission sur Central Park pour la Brigade anticriminalité. Depuis quelque temps, une bande de jeunes s'amuse à tabasser des SDF. Pour le simple plaisir de cogner. On est là pour jouer les appâts. Désolé si on schlingue, mais il faut qu'on ait l'air plus vrais que nature.

— Mission accomplie. Vous pouvez me décrire la victime ?

— Sexe féminin, blanche, la quarantaine. Et vu qu'elle porte une combinaison de protection qui la recouvre de la tête aux pieds, il y a fort à parier qu'elle soit la dernière victime du Tyvek Killer.

Pas vraiment mon affaire, tout ça.

— Vous l'avez identifiée ?

— On n'a pas encore pu la voir de près. Le manège est verrouillé et elle se trouve à l'intérieur. On ne l'aurait jamais repérée sans la musique. On trouvait ça bizarre d'avoir déjà droit aux flonflons à 6 h 30.

— Je vous suis.

Le carrousel est situé au cœur de Central Park, à quelques centaines de mètres à peine de la 5e Avenue. Autant y aller à pied.

— La pelouse est très humide, a constaté Bell, enfonçant une porte ouverte. Je croyais que le NYPD Red n'intervenait que pour le gratin et les VIP.

— Justement, une VIP est introuvable depuis vendredi soir. Avec ma coéquipière, on est à sa recherche. Il a suffi que vous signaliez une mort suspecte pour qu'on me mette dans le circuit. Comme on dépend du commissariat du 19e, je n'ai pas mis longtemps pour venir. Mais si ce n'est pas notre disparue, je me casse et une autre équipe prendra le relais.

— Avec Casey, on est volontaires. Après un bon décrassage, et si vous nous pistonnez, on pourrait demander notre mutation vers le Red. C'est aussi cool qu'on le dit ?

Si c'est cool ? Est-ce que c'est cool de jouer pour les New York Yankees ? Pour un flic, le NYPD Red c'est le nec plus ultra.

La ville de New York compte huit millions d'habitants. Si la police municipale a pour mission de les protéger tous sans exception, quelques-uns ont cependant droit à un traitement de faveur. Aussi peu démocratique que cela puisse paraître, une ville se gère comme une entreprise, aux petits soins pour ses meilleurs clients. Ceux qui rapportent le plus d'argent et attirent les touristes. En un mot : les VIP. Il leur arrive le moindre pépin ? On les bichonne. Et croyez-moi, ces gens-là ont l'habitude d'être bichonnés : on a affaire aux rock stars de la finance, de la mode, de l'édition, et parfois même à de vraies rock stars tout court.

J'ai fini par répondre à la question :

— Quand on ne m'oblige pas à bousiller une nouvelle paire de pompes sur de la pelouse trempée, je dirais que oui, c'est carrément cool en fait.

— Et ta coéquipière, elle est où ? s'est enquis Bell.

— Elle est en route, ai-je menti, car je n'en savais strictement rien.

On venait de traverser Center Drive quand les accords stridents d'un orgue de foire nous heurtèrent les oreilles.

— Vous allez voir, c'est encore pire quand on se rapproche, a fait Bell.

Impossible, cela dit, de s'en approcher à moins de cinq mètres. Une grille-accordéon de trois mètres de haut nous barrait le passage. Derrière elle trônait le carrousel d'époque qui attirait des centaines de milliers de familles chaque année.

On était à plusieurs heures de l'ouverture, et pourtant le manège tournait déjà et les chevaux montaient et descendaient au gré d'une musique de cirque tonitruante.

— On ne peut pas entrer, a dit Casey. La grille est verrouillée.

— Et elle, comment s'y est-elle pris ? ai-je demandé.

— Celui qui l'a amenée ici a dû forcer le verrou, puis l'a remplacé par un antivol pour vélo. Une vraie galère à forcer.

— À l'évidence, il ne voulait pas qu'on vienne mettre le bazar dans sa petite mise en scène.

— C'est aussi ce qu'on s'est dit. En tout cas, les services d'urgence ont envoyé quelqu'un pour faire sauter l'antivol.

— Il faudra attendre que les gars de la police scientifique aient relevé les empreintes. Même si je doute fort qu'on trouve quoi que ce soit, je ne voudrais pas qu'un gros bras nous salope la scène de crime avec sa scie à métaux.

— Inspecteur Jordan… (C'était Bell qui m'appelait.) On voit assez bien d'ici.

Je l'ai rejoint pour jeter un coup d'œil à travers une ouverture dans la grille.

— Elle est là, m'a dit Bell au cas où j'aurais pu louper une morte en combinaison blanche, qui plus est ligotée à un cheval multicolore.

— Merde, me suis-je exclamé en voyant la cavalière refroidie passer devant moi.

— C'est votre VIP disparue ?

— Affirmatif. Evelyn Parker-Steele.

Pas de réaction de la part des deux larrons.

— Fille de Leonard Parker, propriétaire de près de mille cinémas dans tout le pays. Et sœur de Damon Parker…

— Le gars qui fait de l'info à la télé ? a tenté Casey.

— Je parlerais plutôt d'un reporter à la renommée internationale, ai-je corrigé. Mais bon, oui, en gros il fait de l'info à la télé. Quant au mari de la dame, il s'agit de Jason Steele III. Celui des hôtels et casinos Steele.

— Bordel de merde, Casey, a dit Bell. Ça, c'est de la rentière plaquée or.

— Pas que. Elle gagne elle-même très bien sa vie en ce moment en bossant pour le staff de campagne de Muriel Sykes, la nana qui se présente aux élections contre notre bon maire Stan Spellman.

— Riche, célèbre et bien née, a résumé Bell. La cliente idéale pour le Red. Bon, Casey, on ferait bien de foutre le camp si on veut pas se griller.

— Une minute, les gars. Ma coéquipière étant en retard, vous pourriez me rendre service en sondant la foule.

D'instinct, Casey a jeté un coup d'œil derrière lui. Le parc était désert.

— Pour l'instant il n'y a encore personne, ai-je expliqué, mais ils ne vont pas tarder à débarquer : médias, badauds, sans oublier tous ces gens soi-disant pressés d'aller au boulot mais qui prennent toujours le temps de s'arrêter quand il y a de la tôle froissée. Avec un peu de chance, notre tueur sera dans le lot. Parfois ça leur plaît de revenir sur place pour s'assurer qu'on a apprécié le spectacle. Ça vous dit de me filer un coup de main ?

Les deux larrons ont échangé un grand sourire, tels deux gamins qui viendraient d'apprendre qu'ils n'ont pas école pour cause de neige.

— Si ça nous dit de filer un coup de main au Red sur un homicide quatre étoiles ? Et comment ! s'est enthousiasmé Bell. Vous voulez qu'on fasse quoi ?

— Commencez par vous changer, histoire de schlinguer un peu moins. Après, vous irez faire un tour dans les parages en gardant les yeux et les oreilles grands ouverts.

— Ça marche, fit Bell. Dans dix minutes, on sera nickel.

Les deux jeunes flics ont décampé.

Comme le barouf assourdissant de l'orgue me tapait sur le système, je me suis éloigné du manège pour retrouver mes esprits. Nouveau coup de fil à ma coéquipière, Kylie MacDonald. Toujours la messagerie, pour la troisième fois depuis ce matin.

— Putain, Kylie, on est lundi, il est 6 h 47. Ça fait dix-sept minutes que la semaine a commencé, et mal. Au cas où j'aurais oublié de te le dire, s'il y a quelqu'un avec qui je n'ai aucune envie de passer une mauvaise semaine, c'est bien toi.

2

Enfin un texto de Kylie : « À la bourre. J'arrive tout de suite. »

Pas tout à fait exact, car elle était toujours aux abonnés absents quand John Dryden, notre expert de la police scientifique, m'a fait savoir qu'il allait me livrer ses premières observations.

Si Dryden n'est pas du genre à causer pour ne rien dire – d'où son surnom de « John le Carré » –, je ne connais pas de technicien de scène de crime plus méticuleux et plus maniaque que lui. J'étais content de le retrouver sur cette affaire.

— La victime est apparemment morte par asphyxie. Heure du décès : entre 1 et 3 heures du matin, nous a indiqué Dryden sans l'ombre d'un préambule. On l'a préalablement bâillonnée avec du ruban adhésif, et les ecchymoses aux poignets indiquent qu'elle a été attachée – par des menottes ou autres.

— Parle-moi de la combinaison, ai-je demandé.

Dryden m'a lorgné par-dessus ses lunettes, ce qui revenait chez lui à me tancer en silence pour avoir osé l'interrompre avant la fin de son exposé. Il s'est raclé la gorge et a continué :

— L'intérieur de la bouche est lacéré, la langue et le palais contusionnés, les lèvres présentent des entailles récentes, plusieurs dents ont été cassées ou fendues récemment, et la mâchoire est disloquée. Tout porte à croire que la victime a été torturée pendant plusieurs jours avant de mourir. D'autres indices me laissent également penser que son décès est intervenu ailleurs, et que le corps a été transporté ici *post mortem*.

Pause.

— Alors inspecteur, vous aviez une question ?

— Ouaip. J'aime beaucoup sa petite robe de soirée blanche. Qui en est le créateur ?

— Il s'agit d'une combinaison de protection en Tyvek, a répondu Dryden sans l'esquisse d'un sourire. Fabriquée par la firme DuPont.

— On contemple donc l'œuvre du Tyvek Killer.

Dryden a levé les yeux au ciel. J'étais monté d'un cran sur son échelle de réprobation.

— Complètement ridicule d'avoir affublé de ce nom un tueur de cette envergure.

— Je n'y suis pour rien. Ça vient des tabloïds.

— Les journaleux n'ont décidément aucune imagination, a commenté Dryden en secouant la tête. C'est sa quatrième victime, et le scénario est toujours le même. Toutes les quatre sont kidnappées, vêtues à l'identique, et présentent de curieuses mutilations faciales. Quelques heures après la découverte du cadavre, une vidéo fait le buzz sur Internet où la victime avoue avoir elle-même commis un crime abominable. Et la presse new-yorkaise n'a rien trouvé de mieux que le Tyvek Killer ?

— Ça a le mérite d'être parlant, ai-je répondu en haussant les épaules.

— Aussi bien qu'inexact. Techniquement, il s'agit d'une protection en fibres de polyéthylène à cent dollars. Plus étonnant, dans les trois précédentes affaires, les corps avaient été nettoyés à l'ammoniaque, ce qui a pour effet de rendre quasiment impossible toute recherche d'ADN du tueur. Sans compter que ces fibres empêchent également d'autres particules identifiables d'entrer en contact avec la victime. Nous, au labo, on l'appelle le Sanitizer.

Et son visage de s'éclairer d'un large sourire de satisfaction. Il ne faisait aucun doute qu'il était lui-même l'auteur de cette trouvaille.

— Donc tu es sur les trois premières affaires ? ai-je demandé.

Dryden a opiné du chef.

— Les enquêtes sont supervisées par Donovan et Boyle, du 5e.

— Le 5e ? m'étonnai-je. Chinatown ?

— La première victime était une petite frappe asiatique. Le deuxième cadavre a été retrouvé dans le 14e, et le troisième – un dealer – à Harlem. Vu que Donovan et Boyle avaient hérité du premier, ils ont continué sur les autres affaires. Cela dit, je subodore qu'avec son sang bleu Mme Parker-Steele revient de plein droit aux aristocrates de la Crim et qu'elle sera donc transférée au Red.

— Elle a peut-être du sang bleu, mais son frère étant célèbre, son mari milliardaire et son père multimilliardaire, la couleur qui prédomine ici est plutôt le vert biffeton. Mme Parker-Steele aura incontestablement droit *post mortem* au service cinq étoiles dont elle a bénéficié toute sa vie.

— J'aurai donc le plaisir de travailler avec toi et ta coéquipière…

Il a marqué un temps d'arrêt, cherchant à se remémorer son nom.

Pipeau. Le cerveau de John Dryden avait la puissance d'un microprocesseur. Quand il examinait un corps, il en analysait chaque détail. Et quand ce corps était doté d'yeux verts pétillants, de cheveux d'or ondulants et d'un sourire à faire fondre la banquise, ce dernier se retrouvait gravé à jamais dans sa mémoire vive. John se rappelait très bien son nom, et comme tous les types qui croisaient le chemin de Kylie, il lui avait très probablement donné une place de choix dans ses fantasmes les plus torrides. Comme moi onze ans plus tôt. Sauf que dans mon cas, Kylie et moi avions franchi le cap du simple fantasme.

Allégrement, même.

Mais elle était entre-temps devenue Mme Spence Harrington, épouse d'un producteur TV prospère ayant à son actif une série policière à succès tournée en plein New York. Spence est un bon gars et on s'entend plutôt bien. Mais ça me chiffonne quand même un peu d'avoir à passer quatorze heures par jour avec Kylie à pourchasser des voyous, quand lui prend la relève à la nuit tombée.

— Elle s'appelle Kylie MacDonald, lui ai-je dit, jouant le jeu.

— OK. Bref, vous allez sûrement vous retrouver avec ça sur les bras.

— C’est clair. Il y a des chances que nous soyons chargés de mettre la main sur ce maniaque.

Enfin, si tant est que l’inspecteur MacDonald daigne prendre son service un jour…

3

— Descendez-la maintenant, a ordonné Dryden quand son équipe photo a fini de mitrailler le cadavre d'Evelyn Parker-Steele, toujours en selle.

Aussi macabre fût-elle, je me disais que cette scène de crime donnerait peut-être lieu à des clichés plus festifs que la moyenne grâce aux lumières clignotantes et aux chevaux multicolores.

Une fois le corps déposé sur une bâche au pied du manège, je me suis agenouillé pour l'examiner de plus près.

— On dirait que tu as trouvé ta disparue, m'a soufflé une voix familière.

— Tu parles de toi ? ai-je répondu sans lever les yeux, trop furibard contre Kylie.

Kylie MacDonald n'était pas du genre à s'excuser. Dans son esprit, elle n'était jamais en tort.

— Hé, je suis venue aussi vite que j'ai pu, a-t-elle dit sur un ton qui suggérait davantage « lâche-moi » que « désolée ».

Je n'en étais que moins disposé à lever la tête.

— Aurais-tu par hasard reçu un message te disant que nous avions un meurtre à résoudre ? ai-je demandé, les yeux rivés sur le cadavre.

— Oui, je crois même que tu me l'as envoyé en vingt-sept exemplaires.

— Je constate donc que ton portable fonctionne. Le problème doit venir de tes doigts.

— Zach, il y a au bas mot cent badauds qui nous observent derrière les rubans de sécurité. Tu crois vraiment que c'est le bon moment pour que je t'explique les raisons de mon retard ? Et si tu me faisais plutôt un récap de ce que j'ai loupé ?

— Pour ta gouverne, mon précédent message n'est plus d'actualité. Ce n'est pas un meurtre qu'on a sur les bras, mais quatre.

Kylie s'est agenouillée à côté de moi.

— Je te présente feu Evelyn Parker-Steele. Evelyn, voici ma coéquipière, Kylie MacDonald.

Regard en biais pour guetter sa réaction. D'ordinaire sublime en toutes circonstances, Kylie avait la mine défaite ce matin-là. Le regard malicieux et l'irrésistible sourire conquérant de Madame Je-sais-tout avaient disparu, remplacés par un visage rembruni où l'on ne voyait que ses paupières gonflées et ses lèvres pincées. Envolée, la magie qui d'habitude faisait se retourner toutes les têtes. Ce qui l'avait retardée ne devait pas être beau à voir.

Je me sentais merdique de lui être tombé sur le dos bille en tête.

— Désolé d'avoir joué au con. (Finalement, c'est moi qui m'excusais.) Ça va ?

— Toujours mieux qu'elle, a répondu Kylie en examinant les dents mutilées et la mâchoire désarticulée de la victime. C'est pas beau à voir. On lui a fait ça quand elle était encore vivante. Tu étais sérieux en me parlant de quatre meurtres ? Où sont les trois autres corps ?

— Au cimetière. C'était les dernières victimes du Tyvek Killer.

Elle avait déjà enfilé ses gants en latex et examinait la combinaison blanche.

— N'importe qui peut acheter ces vêtements de protection. Comment être sûr qu'il ne s'agit pas d'un imitateur ?

— John Dryden a bossé sur les trois autres affaires. Selon lui, tous les signes présents ici désignent le même tueur.

— Il a sûrement raison. D'ailleurs, le carrousel cadre bien avec les autres scénarios. Quand le Tyvek Killer se débarrasse de ses victimes, il ne choisit jamais l'endroit au hasard. On est toujours dans la symbolique d'un juste retour des choses.

— Et ici c'est quoi l'idée au juste ? Que la vie d'Evelyn Parker-Steele n'était qu'un manège ?

Kylie a secoué la tête.

— Pense aux chevaux. Parker-Steele a grandi dans le monde de l'équitation. Concours hippiques, dressage, elle cumule tous les clichés de la gosse de riche qui passe sa vie à cheval. Avec son mari, ils possèdent même un haras dans le comté de Westchester.

— Donc le message du tueur serait : « Va te faire foutre, toi et tes canassons. » Un truc dans le genre ?

— Moi, je te propose qu'on aille lui poser la question directement. Il est clair que cette affaire est pour nous. Si quelqu'un a le profil Red, c'est bien Parker-Steele. Tu crois que Cates va nous mettre sur les trois autres ?

— À ton avis, pourquoi nous a-t-elle appelés pour nous dire que le maire nous convoquait à Gracie Mansion ?

— Attends, le maire veut nous voir ? s'est exclamée Kylie en souriant pour la première fois depuis son arrivée. Quand ça ?

Coup d'œil à ma montre.

— Il y a vingt minutes. Mais bon, il comprendra. D'habitude, c'est plutôt lui qui fait attendre les autres.

— Mince. Pourquoi n'y es-tu pas allé tout seul ?

— Cates est déjà là-bas. Si on débarque tous les deux en retard, on pourra la baratiner et dire qu'on a eu un pépin sur la scène de crime. Et ça passera comme une lettre à la poste. En revanche, si je me pointe tout seul en lui racontant que ma coéquipière s'est perdue dans la nature, elle nous trouvera des remplaçants en moins de deux.

Kylie a mis quelques secondes pour enregistrer l'info. La gratitude se lisait dans ses yeux.

— Merci, a-t-elle marmonné.

Venant de Kylie, on n'était pas loin des excuses publiques.

4

La voiture envoyée par Cates nous attendait avec les warnings sur Center Drive.

— Et merde ! a pesté Kylie en avisant le véhicule.

— Quoi encore ?

— Timmy McNeuneu.

— Mais encore ?

— Regarde la bagnole. Le type au volant nous attend gentiment, normal. Mais l'autre, son coéquipier, celui qui est en train de baratiner les trois nanas : c'est Tim McNaughton.

— Ah oui, je le connais. Un petit con du genre très sûr de lui. Un peu comme nous à son âge, remarque.

— Zach, on ne parle pas juste d'excès de confiance en soi, mais d'un enfoiré qui saute sur tout ce qui a une paire de nichons. Manque de bol pour lui, sa photo s'est retrouvée sur le tableau d'affichage du commissariat, barrée d'un panneau sens interdit. En dessous, on peut lire : « Aussi subtil qu'une bouteille de chloroforme. »

— Tu as toujours eu le sens de la formule.

— Merci ! a répondu Kylie, une pointe d'espièglerie à nouveau dans les yeux. Il fallait bien que quelqu'un mette en garde les petites nouvelles.

En nous voyant approcher, McNaughton s'est tourné vers les filles avec qui il bavardait. À son signal, elles ont entonné : « En avant le Red ! » en brandissant leur poing.

— Vous méritez bien vos pom-pom girls, a-t-il déclaré, très fier de son numéro.

— Sur une scène de crime, pas sûr, ai-je remarqué en priant pour qu'aucune caméra de surveillance n'ait immortalisé la scène.

— Oups, au temps pour moi ! s'est-il esclaffé.

— À Gracie Mansion, ai-je indiqué. Avec gyrophares et sirène.

Les sièges arrière d'une voiture de police ne sont pas conçus pour être confortables. Loin de là. Exigus, recouverts de plastique pour faciliter le nettoyage des fluides corporels, ils sont par ailleurs surbaissés pour compliquer la tâche de leurs occupants s'il leur venait la mauvaise idée de s'en prendre aux gentils flics installés de l'autre côté de la séparation en verre blindé.

Après avoir démarré, le véhicule s'est dirigé vers la sortie Est du parc. McNaughton s'est retourné vers Kylie avec son plus beau sourire Ultra Brite.

— J'espère que vous n'êtes pas trop à l'étroit. Tu es à l'aise au niveau des jambes ?

— On ne peut pas rêver être moins à l'aise, merci.

Et McNaughton de pouffer en faisant mine d'avoir saisi la blague.

— Et sinon, comment va ton mari ? a-t-il repris.

— Qu'est-ce qui te prend de me parler de mon mari ? s'est indignée Kylie.

— Hé, je ne voulais pas te froisser. J'ai appris ce qui s'était passé en lisant le *Daily News*. Un gros bonnet de la télé spécialisé dans les séries policières, victime d'une tentative de meurtre.

Producteur très en vue sur la côte Est, le mari de Kylie avait été une cible de choix pour le cinglé qui avait failli décimer l'industrie cinématographique new-yorkaise. Kylie et moi étions venus à bout dudit cinglé, mais pas avant qu'il n'ait envoyé Spence à l'hôpital.

— Et donc, comment se porte ton homme ?

— Tu sais ce qu'il te dit, mon homme ? Retourne-toi et ferme ta gueule, McNaughton… Merci pour lui.

Timmy McNeuneu s'est renfoncé sur son siège, et plus personne n'a prononcé un mot jusqu'à notre arrivée à destination, à l'angle de la 88e Rue et d'East End Avenue.

Kylie est sortie en trombe de la voiture et a remonté à marche forcée l'allée qui menait à la résidence du maire. Je suis resté en arrière pour remercier le chauffeur de nous avoir déposés.

McNaughton a posé sa main sur ma manche.

— C'est quoi, son problème ? Elle est comme ça avec tout le monde ?

— Non, ai-je répondu en dégageant mon bras. Seulement avec les pédophiles et les emmerdeurs. Passe une bonne journée.

5

Construit il y a plus de deux cents ans, Gracie Mansion a attendu la Seconde Guerre mondiale pour devenir la résidence officielle de celui ou celle qui est assez barjo pour vouloir devenir maire de New York. L'actuel locataire des lieux, Stan Spellman, cherchait par tous les moyens à renouveler son bail de quatre ans, même si la plupart des sondages ne lui laissaient plus que huit jours avant de devoir céder la place à Muriel Sykes.

Le bâtiment est plutôt sobre. Sans portiques imposants ni colonnes de marbre, c'est une simple villa de style fédéral. Deux étages, cinq chambres et une vue imprenable sur l'East River.

Kylie m'attendait en haut des marches, fumasse.

— Non mais qu'est-ce qui se passe aujourd'hui? C'est la journée «Portes ouvertes sur mon intimité» ou quoi? a-t-elle fulminé. Pourquoi faut-il que tout le monde se mêle de ma vie privée?

— Comment ça, «tout le monde»? ai-je demandé en évitant de hausser la voix sur le perron du maire. Cette petite ordure adorerait se mêler de ton intimité. Aucun doute là-dessus. Moi, je voulais juste savoir pourquoi tu avais disparu des écrans radar ce matin. C'est tout. Comment peux-tu me mettre dans le même panier que ce crétin ?

— Parce que tes questions ont beau être différentes, elles appellent la même réponse. Spence s'est cogné la tête en tombant dans la douche ce matin et j'ai dû l'emmener aux urgences. Il est tiré d'affaire mais s'inquiète de se sentir toujours aussi faiblard plus de trois mois après s'être fait agresser par le Caméléon. Voilà pourquoi j'étais en retard. Ça y est, tu es content ?

Je me sentais minable.

— Je suis désolé. (Deuxième fois que je m'excusais en moins de vingt minutes.) Pourquoi tu ne m'as rien dit ?

— Parce que j'avais cru comprendre que notre priorité était de retrouver un tueur. Bon, on peut passer à autre chose maintenant ?

Et Kylie de pousser la porte d'entrée qui s'est ouverte sur un grand vestibule. Mes meubles viennent de chez IKEA. Ceux du maire directement du XIXe siècle. Pour y être déjà venu, je connaissais quelques anecdotes sur l'endroit. J'ai pointé du doigt le sol formé de losanges noirs et blancs qui aboutissait dix mètres plus loin sur un escalier tournant.

— Faux marbre, ai-je affirmé sur un ton radouci. C'est du bois peint.

— Je sais, Zach. Je suis déjà venue.

Sous-entendu : « Au bras de Spence. »

— Inspecteurs !

C'était notre boss, et j'ai deviné son humeur rien qu'au son de sa voix. Elle a dévalé l'escalier quatre à quatre.

Le capitaine Delia Cates était l'une des étoiles montantes du NYPD. Fille et petite-fille de flic, elle avait la police dans le sang. Si elle faisait mine de détester les intrigues politiciennes qui allaient de pair avec sa fonction, elle s'en accommodait très bien. Et quand une femme, afro-américaine de surcroît, finit par percer le plafond de verre au sein du NYPD, elle concentre tous les espoirs. Sa devise? « Toujours dure, parfois juste. » Je m'attendais donc à un remontage de bretelles en bonne et due forme.

— Vous êtes en retard, a-t-elle dit, et le maire est au bord du pétage de durite.

— Désolé. On partait du principe qu'un homicide devait passer avant le caca nerveux d'un politicard.

— Parce que tu crois que ça me plaît d'avoir à demander à mes meilleurs inspecteurs de quitter une scène de crime importante? Il n'est pas question ici d'un banal pétage de plomb. C'est le plus gros merdier politique que j'aie jamais vu. Alors, ça raconte quoi notre affaire de VIV?

VIV : « Very Important Victim » dans le jargon du Red. J'ai mis Delia Cates au parfum sur le peu d'infos dont je disposais pour l'instant.

— Et John Dryden est persuadé que c'est la dernière victime en date du Tyvek Killer, ai-je ajouté.

— Il a probablement raison. Une vidéo dans laquelle Parker-Steele avoue être l'auteur du meurtre de Cynthia Pritchard vient d'être mise en ligne. Typiquement le mode opératoire du Tyvek. Enlèvement, meurtre, et enfin buzz sur Internet pour que tout le monde sache que la victime n'est pas si innocente que ça.

— Qui est Cynthia Pritchard ? ai-je demandé.

— Une organisatrice d'événementiel qui a travaillé avec Parker-Steele il y a deux ans. Sur la campagne de Winchell pour sa réélection au Congrès. Un mois avant le scrutin, Pritchard a fait une chute de quatorze étages en tombant de la terrasse d'Evelyn.

— Une chute ? me suis-je étonné.

— C'est en tout cas ce qu'elle a raconté au procureur. Elle change sensiblement de version sur la vidéo.

— Jamais entendu parler de cette histoire.

— Pas étonnant. Avec son armada d'avocats, Leonard Parker pourrait couler le *Queen Mary* et se permettre ensuite d'étouffer l'affaire. D'après l'autopsie, Pritchard était sévèrement bourrée. Parker-Steele aussi d'ailleurs. À tel point qu'à l'arrivée des flics sur place elle s'est écroulée par terre, ivre morte. Selon le légiste, Pritchard se serait un peu trop penchée par-dessus la rambarde et serait tombée. Il a conclu à un accident.

— Il n'est pas rare que les médecins légistes se plantent. La Crim n'avait pas demandé d'enquête complémentaire ?

— Si, mais les avocats nous ont coupé l'herbe sous le pied. Ils ont fait valoir le fait que les deux femmes étaient collègues et s'entendaient bien, et mis en avant l'absence de mobile. Ils ont également répété à qui voulait l'entendre que si par malheur la presse venait à révéler – je cite – « une chasse aux sorcières injustifiée » susceptible de ternir la réputation d'Evelyn ou de tout autre membre d'une des familles les plus puissantes de la ville, les conséquences ne se feraient pas attendre.

— Conséquences financières, ai-je présumé.

— Exact. Ils se feraient un plaisir de foutre un procès au cul de la municipalité. Procès qu'ils gagneraient à coup sûr. Résultat : ni enquête, ni presse, affaire classée, a conclu Cates. L'anonymat a un certain prix, Zach. Mais avec un gros paquet de fric, c'est le black-out total qu'on peut s'offrir.

— Mais c'était sans compter ce justicier venu de nulle part qui fait passer Parker-Steele aux aveux, a observé Kylie.

— D'ailleurs, Muriel Sykes envoie déjà des tweets à tout-va pour affirmer que ce ne sont qu'un tas d'ignominies. Que sous la torture, on peut faire dire n'importe quoi à n'importe qui. Elle hurle sur tous les toits que Parker-Steele est une victime, pas une meurtrière. Et que ce dont cette ville a besoin, c'est un maire ayant les couilles de mettre les criminels sous les verrous. Pas une lavette qui les laisse cavaler dans la nature en foutant des meurtres sur le dos de victimes innocentes.

Elle s'est retournée pour se diriger vers l'escalier, tout en continuant à parler. Nous lui avons emboîté le pas.

— Le maire est en chute libre dans les sondages. Avec un tueur en série qui court et une adversaire qui lui tape dessus pour son manque de fermeté sur la criminalité, il peut dire adieu à sa réélection si on ne chope pas ce Tyvek Killer.

Nous arrivions en haut de l'escalier quand Kylie s'est arrêtée net.

— Capitaine, je peux vous parler franchement ?

Cates s'est tournée vers elle.

— À moi, oui, mais pas au maire. Allez-y.

— Vous nous diriez que le monstre du Loch Ness a été repéré dans le métro, Zach et moi on irait illico presto arpenter les voies depuis le Bronx jusqu'à Far Rockaway pour mettre la main dessus. Ça prendrait le temps qu'il faut, mais on y arriverait. Mais là, on court après un tueur en série à l'intelligence diabolique qui sème les flics depuis quatre mois. Et le maire voudrait qu'on l'attrape en moins d'une semaine ?

— Vous avez tout compris, MacDonald.

— On est flics. Notre boulot c'est de choper cette enflure avant qu'il ne repasse à l'acte, pas de sauver la peau du maire.

Cates a éclaté de rire.

— J'ai l'impression de m'entendre, à l'époque où je n'avais pas à me préoccuper du politiquement correct. Il se trouve que le maire vous a réclamés tous les deux en personne. Vous voulez le boulot, oui ou non ?

— Complètement. Et nous sommes très honorés d'avoir été choisis, a répondu Kylie. Cela dit, à sa place je prévoirais un plan B et je contacterais un déménageur.

6

La carrière d'avocat de Stanley Spellman avait commencé il y a quarante ans au sein du service d'aide juridictionnelle de la ville de New York. Sa perspicacité, son sens de l'empathie et son charisme l'avaient ensuite propulsé de son petit bureau de Water Street au Congrès. Et pour finir, à Gracie Mansion.

Aucune de ces qualités n'était pourtant perceptible chez Spellman ce matin-là. C'était la panique à bord.

— Bon sang, il était temps ! a-t-il braillé en nous voyant franchir la porte.

Même furax, il restait vieux jeu et préférait en société nous gratifier d'un « bon sang ! » tout en pensant bien pire.

L'homme assis à ses côtés s'est levé et est venu nous accueillir.

Irwin Diamond. Le plus vieil ami de Spellman, et aussi son conseiller le plus avisé. M. le maire était sur le point de dérailler, notamment en période de crise ? Diamond le recadrait aussi sec. Son titre officieux à l'hôtel de ville : premier adjoint chargé de limiter les dégâts.

— Inspecteur Jordan, inspecteur MacDonald, nous a salués Diamond en nous tendant la main. Les circonstances étant ce qu'elles sont, je ne peux pas franchement dire que je suis heureux de vous revoir. Je suis néanmoins rassuré de savoir que nous nous en remettons aux meilleurs éléments dont disposent les forces de l'ordre de notre ville. Merci d'être là.

— Abrège, Irwin, s'est énervé le maire, geste à l'appui.

— Entre les affaires municipales courantes et la campagne électorale, M. le maire ne ménage pas ses forces ces derniers temps, a repris Diamond. Ce qui explique son humeur pour le moins inhabituelle.

— Si ça peut le consoler, c'est pareil pour nous, a dit Kylie. Les scènes de crime ont la fâcheuse tendance à vous mettre le moral à zéro.

— Entendu. Tout d'abord, que les choses soient bien claires entre nous : tout ce qui se dira dans cette pièce devra rester confidentiel, a déclaré Diamond en articulant chaque mot très lentement tel un prof énonçant les règles de bonne conduite en début d'année. Vous ne devez en aucun cas dévoiler nos propos à quiconque ni en faire mention dans quelque rapport que ce soit. Acceptez-vous tous les deux les conditions susdites ?

S'agissait-il du lancement d'une enquête pour homicide ? On aurait plutôt dit un contrat de téléchargement de logiciel. Encore heureux qu'il ne nous ait pas demandé de prêter serment. Nous avons accepté, Kylie et moi, « les conditions susdites ».

— Nous avons commis quelques erreurs, a concédé Diamond. Les premières victimes du Tyvek

Killer, trois criminels, n'étaient pas une grande perte pour notre ville, loin s'en faut. Sans cautionner ni de près ni de loin les agissements d'un justicier, nous avons peut-être tout de même manqué de ténacité dans nos efforts pour le coincer.

— Et comment ! a tonné Spellman. En tout et pour tout, deux flics de la brigade antigang de Chinatown.

Diamond a ignoré cette remarque.

— Mais le meurtre de Parker-Steele change la donne, a-t-il continué. Le Tyvek Killer est désormais notre priorité absolue et l'affaire se voit confiée au NYPD Red. Vous prenez tous les deux les commandes de l'unité spéciale d'intervention.

— Que deviennent les deux flics qui avaient hérité de l'affaire en premier ? ai-je demandé.

— Ils passent sous vos ordres. Et on raccourcit la chaîne de commandement. Vous rendrez compte au capitaine Cates, qui sera en lien direct avec le cabinet du commissaire divisionnaire Harries.

— Irwin, est intervenu le maire dont le niveau d'agitation montait d'un cran. Ils feraient bien de visionner cette foutue vidéo.

— Excellente idée, a répondu Diamond comme si son patron venait d'apporter une contribution significative au débat. (Il s'est tourné vers Cates.) Capitaine, veuillez la diffuser sur ce grand écran, je vous prie.

Une fois la vidéo chargée sur un ordinateur portable, nous avons pris place dans des fauteuils face à l'écran plat mural.

Le maire s'est tourné vers Kylie et moi, la chemise trempée par la transpiration.

— Désolé, je n'aurais pas dû vous hurler dessus tout à l'heure.

— Inutile de vous excuser, monsieur le maire, a dit Kylie. Maintenant que nous sommes là, nous ferons tout ce…

— Cette Parker-Steele qui avoue le meurtre d'une innocente, l'a interrompue Spellman en haussant la voix. On pourrait croire que ses révélations auraient un impact négatif sur Muriel Sykes, qui l'avait prise comme directrice de campagne. Je me trompe ?

— Stan, a fait Diamond. Ils sont flics, pas politiciens.

L'édile est passé outre.

— Mais non, a-t-il continué en pointant sur nous son index tremblant. Sykes raconte à qui veut l'entendre que la fille a avoué sous la contrainte. Le NYPD n'aurait pas pris les trois premiers meurtres au sérieux, et tout serait donc ma faute. Selon elle, si j'étais moins laxiste sur les questions de sécurité, Parker-Steele serait encore en vie. Et là, virage à cent quatre-vingts degrés : elle s'en prend maintenant à moi sur le meurtre de Pritchard. J'aurais soi-disant laissé la famille de Parker-Steele me forcer la main pour que l'enquête soit abandonnée.

— Stan, tu ne vas pas revenir là-dessus, l'a raisonné Diamond avant de remplir un verre d'eau. Ressaisis-toi. Tu sais très bien comment fonctionne la politique. Tu t'attendais à quoi ? À ce qu'elle batte publiquement sa coulpe pour avoir recruté une meurtrière comme directrice de campagne ?

Diamond a traversé la pièce et tendu le verre à Spellman.

— Ce n'est pas ça, a répondu le maire. Leonard Parker et Jason Steele sont derrière elle. Ils veulent ma peau et en ont les moyens. Sans compter que Sykes est également soutenue par le frère d'Evelyn, Damon Parker. Je te laisse deviner ce que ce fort en gueule va s'empresser de raconter à la télé.

— Que sa sœur est une victime innocente, c'est probable. Puis il te tiendra pour responsable de sa mort.

Diamond lui a tendu deux comprimés roses. Du Xanax.

— Parker-Steele n'est pas une victime, a hurlé Spellman en lui arrachant les pilules de la main. Mais une meurtrière. C'est moi la victime dans cette histoire !

Et Spellman de gober les comprimés comme s'il s'était agi de M&M's.

Diamond nous a lancé un regard consterné avant de secouer la tête. Sa façon à lui de nous présenter des excuses silencieuses pour le comportement fort peu protocolaire de son candidat.

Je comprenais mieux désormais l'insistance avec laquelle il nous avait imposé ce vœu de silence.

Ce qui se passait à Gracie ne devait pas sortir de Gracie.

7

La vidéo avait été chargée sur la page d'accueil de LiveLeak.com, prête à être lancée. La barre d'informations indiquait que sa durée était de quatre minutes dix-sept secondes. Je me suis demandé combien de fois j'aurais à la visionner avant la résolution de l'affaire.

Cates a cliqué sur « LECTURE » et l'image s'est animée sur l'écran plasma.

Evelyn Parker-Steele était assise sur une chaise pliante métallique. Sa combinaison en Tyvek blanc contrastait nettement avec le fond noir.

Postée sous une lumière crue, non maquillée et les cheveux en bataille, on en aurait presque oublié qu'il s'agissait d'une des femmes les plus en vue de la haute société new-yorkaise.

« Je m'appelle Evelyn Parker-Steele. Il y a deux ans, j'ai tué Cynthia Pritchard, commença-t-elle, ses dents mutilées la faisant zozoter sur le nom de la victime. Cynthia était ma collègue, mon amie, et ma maîtresse. Elle vivait sa sexualité au grand jour. Pas moi. »

Regard vide. Voix monocorde. J'avais à l'esprit les vidéos d'otages d'Al-Qaïda. Lisait-elle un message qu'on avait écrit pour elle ?

« J'ai grandi dans un milieu où l'homosexualité est perçue comme diabolique. Sachant que je n'aurais jamais été acceptée telle que je suis, j'ai choisi de dissimuler ma vraie nature et je me suis mariée. Ce mariage de convenance nous arrangeait tous les deux, mon mari et moi. »

— Traduction : Jason Steele est pédé comme un phoque, a commenté Spellman. Pas vraiment une surprise.

— Stanley ! s'est écrié Diamond en nous pointant du doigt, Kylie, Cates et moi, signifiant ainsi à son patron que ses propos n'étaient guère politiquement corrects.

Puis il a fait courir son index et son pouce sur ses lèvres. Geste universel qui disait : « Ferme-la. »

— Désolé, a marmonné le maire sans convaincre.

« Jusque-là, la plupart de mes rencontres étaient restées discrètes, voire anonymes, continuait Evelyn, mais quand Cynthia a rejoint l'équipe de campagne d'Elliott Winchell, je suis tombée amoureuse et nous sommes vite devenues inséparables. Vivre notre histoire dans la clandestinité me convenait très bien, mais Cynthia refusait de vivre dans le mensonge.

« Le soir de sa mort, nous nous trouvions sur ma terrasse. Elle avait beaucoup bu, me suppliait de quitter mon mari. Le mariage gay venait d'être légalisé à New York, et les gens ne parlaient que de ça. Cynthia aurait voulu que je dévoile notre amour au grand jour. Mais moi qui ne pouvais même pas en parler à mon père, comment aurais-je pu le crier sur tous les toits ? Alors elle m'a dit : "Si tu ne le fais pas, je le ferai à ta place." Puis elle s'est approchée du bord de la terrasse pour grimper sur une jardinière et s'est mise à hurler.

« Nous étions quatorze étages au-dessus de Park Avenue. Il faisait nuit. Il y avait fort à parier que personne ne l'entende. Et quand bien même ç'aurait été le cas, je pensais qu'elle se contenterait de dire quelque chose dans le genre "Evelyn Parker-Steele est lesbienne". Mais non.

« Au lieu de ça, elle a commencé tout un discours : "Leonard Parker a l'immense joie de vous convier au mariage de sa lesbienne de fille Evelyn avec Cynthia Pritchard, jeune et talentueuse homosexuelle. M. Parker exprime ses plus sincères regrets pour avoir, par son étroitesse d'esprit et son comportement homophobe, totalement pourri la vie de sa fille et…" »

Suivaient quelques secondes de silence, pendant lesquelles Evelyn se contentait de fixer la caméra.

« C'est à ce moment-là que je l'ai poussée. Sans même y réfléchir. Je n'avais pas l'intention de la tuer, je voulais juste qu'elle se taise.

« J'ai paniqué. Je me suis précipitée sur le téléphone pour appeler les secours. Mais je savais que si je le faisais dans la minute qui suivait sa chute, on saurait que j'étais avec elle au moment des faits. Il fallait impérativement que je sois ailleurs si je voulais qu'on croie à un accident. Seulement je ne pouvais pas quitter l'appartement. Plusieurs personnes savaient que j'étais chez moi ce soir-là. M'est alors venue une idée. Je me suis dirigée vers le bar et j'ai pris une bouteille de vodka. J'en ai bu une grosse gorgée, suivie d'une autre, puis d'une autre encore, chacune entrecoupée de haut-le-cœur épouvantables. Mais je ne me suis pas arrêtée.

« Les flics m'ont retrouvée inconsciente, étendue sur le sol dans une mare de vomi. Ivre morte. Je ne feignais pas. Mon taux d'alcoolémie était trois fois supérieur à la limite légale. Ils m'ont emmenée à l'hôpital. Quand j'ai repris mes esprits, on m'a annoncé la mort de Cynthia et j'ai fondu en larmes. J'étais tellement malade qu'ils ont dû attendre le lendemain pour pouvoir m'interroger. À ce moment-là, mon père avait déjà convoqué une armée d'avocats et mis en place un cordon sanitaire autour de moi. J'ai expliqué aux policiers que j'avais perdu connaissance en fin de soirée et que la dernière chose dont je me souvenais, c'était de Cynthia assise sur la terrasse, un verre à la main. Le procureur m'a crue. Le fait que mon père joue au golf avec lui et soutient sa campagne de réélection n'y est sûrement pas pour rien.

« Je demande pardon aux parents de Cynthia et à ses deux frères. Je l'ai tuée parce que je ne voulais pas rendre public notre amour. Ce n'est plus le cas aujourd'hui. Cynthia était l'esprit libre que j'avais toujours rêvé d'être. Jamais je n'ai aimé quelqu'un comme je l'ai aimée. Je n'avais pas l'intention de la tuer. Et pourtant je l'ai fait. Désolée. Je connais la suite. Il n'y aura pas de procès, ni juge, ni jury. Quand vous visionnerez cette vidéo, je… »

Le timer indiquait « 4 : 17 », et l'écran est devenu noir.

Aucun de nous n'a dit un mot. Même le maire est resté silencieux. Le Xanax avait produit son effet.

8

Il y a foule, se dit Gideon.

Il observait le flux ininterrompu de voyeurs qui, en ce lundi matin, avaient décidé d'envoyer valser leurs obligations pour se diriger d'un seul homme vers le carrousel.

Typique des New-Yorkais. Avec cinq cents homicides par an, ils n'ont que l'embarras du choix. Qu'une vieille se fasse trucider en sortant de son taxi sur Madison Avenue, et ils seront dix à lui passer sur le corps pour profiter de la course. Mais emballez un cadavre de bourgeoise dans une combinaison en Tyvek, placez le tout sur un canasson bariolé en plein Central Park, et vous verrez le résultat. Tout ce petit monde se fera porter pâle au boulot et viendra jouer des coudes pour avoir la meilleure vue.

Gideon sourit. Donnez aux gens ce qu'ils veulent, et ils rappliqueront illico. Bienvenue à toutes et à tous !

Il sentit une main lui tapoter l'épaule.

— Alors, pour ou contre Tyvek Killer ? lui demanda une voix de femme dans son dos.

Gideon sentit son sang se figer. Le parc grouillait de journalistes. Ils venaient coller leurs micros et caméras sous le nez des badauds dans l'espoir de recueillir des témoignages pour le prochain flash info. Revenir sur place était déjà passablement gonflé, mais de là à donner une interview face caméra, il n'était pas cinglé à ce point-là.

Il se retourna lentement. Clairement pas une journaliste. Jamais une journaliste n'aurait porté une brassière de sport sur un reportage.

— Pardon, fit Gideon. C'est à moi que tu parlais ?

— Oui, si ça te dit. Moi, c'est Andie.

Elle avait au moins cinq ans de plus que lui et les yeux marron. Queue-de-cheval brune et casquette des pompiers de New York. Plutôt jolie sans être belle, elle savait que son meilleur atout en cette fin d'octobre était de ne rien porter par-dessus sa brassière de sport.

Gideon désigna sa casquette.

— Tu bosses avec les pompiers, Andie ?

— Non, c'était à mon ex, précisa-t-elle en levant les yeux au ciel, l'air soulagé que ce gros naze ne fasse plus partie de sa vie. Moi, je suis plutôt du genre à mettre le feu, si tu vois ce que je veux dire.

Avec son mètre quatre-vingt-dix, sa crinière noire et ses lèvres charnues, le tout agrémenté d'un sourire de *bad boy*, Gideon avait l'habitude de se faire draguer. Et en la matière, Andie était une pro. Elle se posta sous son nez de sorte qu'il n'avait d'autre choix pour lui parler que de baisser les yeux sur son balcon avantageux.

Purée, c'est un très mauvais timing, bébé. Dieu sait si j'ai envie de te ramener à la maison pour te tringler dans toutes les positions. Mais ce matin, mon seul aphrodisiaque, c'est cette foule.

— Qu'est-ce que tu me demandais ? dit Gideon.

— Je voulais savoir ce que tu pensais du Tyvek Killer. À voir ton sourire, je me suis dit que tu devais être un gros fan.

Je souriais ? Merde. Merci pour le tuyau, Andie.

— Tu crois que ce mec a des fans ? questionna Gideon.

— Des milliers, et je suis la première d'entre eux. Si tu croyais qu'une gentille petite Juive du Queens serait forcément gaucho, tu te plantes.

— Ça ne te dérange pas qu'il se la joue justicier ?

— Non, au contraire. Il en faudrait des centaines comme lui dans cette ville.

— Ouah, qu'est-il arrivé à la gentille petite Juive ?

— Elle s'est fait violer par un mec de la fac. Un fils à papa. Son père a soudoyé les flics et le juge, sans oublier l'université. Depuis, j'ai évolué politiquement. Tu sais, les conservateurs purs et durs sont parfois d'anciens gauchos à qui il est arrivé une merde.

Elle lui tendit son portable.

— Tu as vu la vidéo qu'a postée le Tyvek ?

— Pas encore.

— Tu déconnes ? Elle a déjà été visionnée plus de cinquante mille fois.

Quatre-vingt-cinq mille en fait, la dernière fois que j'avais vérifié.

— La victime s'appelle Eleanor quelque chose, continua Andie. Elle a tué sa copine de sang-froid. Mais comme elle est super riche, elle s'en est sortie les doigts dans le nez. Sa famille a fait jouer ses réseaux. Heureusement, le Tyvek lui a donné ce qu'elle méritait. Moi, j'adorerais serrer la main de ce mec, pour lui dire merci.

Gideon prit une grande respiration. Lui serrer la main ? Putain, cette nana n'était pas du genre à se satisfaire d'une poignée de main. Un autre jour, Andie. Compte sur moi…

— Ça m'a fait plaisir de parler avec toi, dit-il. Mais il faut que je file.

Andie se passa la langue sur les lèvres et fit sa plus belle moue.

— Dommage que tu ne files pas de mon côté. Tu t'appelles comment au fait ?

— Brian, répondit Gideon.

— Ravie de t'avoir rencontré, Brian.

Elle lui tendit la main, qu'il serra.

Et voilà, Andie. Vœu exaucé.

9

Le portable de Cates a sonné. Elle a jeté un coup d'œil sur l'écran.

— C'est Matt Smith, nous a-t-elle dit avant de prendre l'appel.

— Capitaine Cates. Alors, qu'avez-vous trouvé, Matt ?

Elle a écouté la réponse pendant une vingtaine de secondes, le visage impassible. Puis elle a remercié Matt et raccroché.

— C'était notre spécialiste informatique. Il a essayé de remonter à la source de la vidéo. Mais elle a été téléchargée en passant par un RPV. Un réseau privé virtuel, monsieur, développa-t-elle à l'attention du maire. On s'en sert pour masquer l'adresse IP d'origine.

Spellman a levé les bras.

— Évidemment qu'elle est masquée. Vous êtes en train de me dire qu'on a investi des millions dans du matériel dernier cri, avec tous les petits génies de l'informatique allant avec, et qu'aucun d'eux n'est foutu de la démasquer ?

— Monsieur, a répliqué Cates, l'intégralité des données est cryptée. Celui ou celle qui a posté ces vidéos se sert d'un pseudo différent et d'une adresse e-mail éphémère à chaque envoi. Donc oui, nous disposons certes d'un équipement important et de personnel hautement qualifié, mais notre tueur sait parfaitement comment s'y prendre pour ne pas laisser de traces. La piste informatique ne nous mènera à rien.

— Donc, si je comprends bien, toute cette artillerie électronique ne nous sera d'aucune utilité pour retrouver ce salaud, a répondu Spellman. Dans ce cas, vous devrez le coincer à l'ancienne. En ratissant le terrain. (Il s'est levé.) Irwin, as-tu encore besoin de moi ?

— Non, et je sais qu'une grosse journée t'attend. Donne-moi encore cinq minutes. Je te rejoins après.

Le maire a pris congé de nous et quitté la pièce.

— Inspecteurs, capitaine, a repris Diamond, inutile de vous dire que cette affaire compromet dangereusement les chances de réélection du maire.

— Cher monsieur, suis-je intervenu, je ne connais pas grand-chose à la politique, mais je peux vous dire que la vidéo de Parker-Steele regorge de détails accablants. Je pense qu'elle a bel et bien tué Cynthia Pritchard.

— Ça ne fait aucun doute, a dit Diamond.

— Alors pourquoi cela n'affecte-t-il pas Muriel Sykes ? Après avoir décrété que la confession était bidon, la voilà qui fait marche arrière en affirmant que Parker-Steele est bien coupable. Et que c'est la faute du maire si elle a réussi à s'en tirer. Elle dit tantôt blanc, tantôt noir.

— Effectivement, vous ne connaissez pas grand-chose à la politique, inspecteur. Règle numéro un :

celui ou celle qui excelle à dire tantôt blanc, tantôt noir, remporte les élections.

— Sauf votre respect, monsieur Diamond, est intervenue Cates. Personnellement, j'en connais malgré moi un rayon sur le monde de la politique. Dans la mesure où nous sommes tenus au secret, pourquoi ne pas jouer cartes sur table ? Un flic bien informé en valant deux, je pense que les inspecteurs Jordan et MacDonald devraient être mis au parfum. Ça augmenterait leurs chances de réussite dans cette enquête.

Diamond a soupesé ces arguments un instant.

— D'accord, capitaine, a-t-il fini par répondre avant de se tourner vers Kylie et moi. Il y a un point sur lequel Muriel Sykes a indéniablement raison. Si Evelyn Parker-Steele s'en est tirée à si bon compte, c'est bien grâce au maire. Le commissaire divisionnaire Harries avait diligenté une enquête approfondie, mais la famille d'Evelyn a convaincu Spellman de se ranger à l'avis du légiste qui avait conclu à un accident. Après quoi l'affaire a été classée sans suite.

— Comment ça, « convaincu » ?

— Vous n'avez pas besoin de connaître tous les détails. Ce qui importe, c'est que le maire se retrouve aujourd'hui dans une énorme panade. Et le pire, c'est qu'il s'y est fourré tout seul.

10

Au commissariat du 19e, être dans les petits papiers du type à l'accueil avait ses avantages. Un coup de fil au sergent Bob McGrath avait suffi pour qu'une Ford Interceptor vienne les attendre devant Gracie Mansion. Livrée clés sur le contact, et sans chauffeur lourdingue.

Je me suis installé au volant et j'ai pris à gauche sur East End Avenue.

— Tu crois qu'on peut coffrer ce type en une semaine ? a demandé Kylie.

— Peut-être. Si on bosse vraiment en équipe.

Elle s'est tournée brusquement vers moi.

— Qu'est-ce que tu entends par là exactement ? Tu n'as toujours pas digéré le fait que je ne sois pas arrivée dans la seconde où tu m'as appelée ce matin ? Écoute, je suis désolée de nous avoir mis en retard. Mais arrête ton char, Zach, on fait équipe. Pas de doute là-dessus.

— J'ai bien entendu ? Tu es désolée de nous avoir mis en retard ?

— Oui. Je m'excuse. Vraiment. Et j'apprécie que tu m'aies couverte.

Après avoir bifurqué dans la 86e Rue, j'ai stationné la voiture sur un arrêt de bus pour regarder Kylie droit dans les yeux.

— Je ne sais pas si tu me racontes des salades, lui ai-je lancé, ou si tu fais de la rétention d'informations. En tout cas, tes excuses me font le même effet qu'un type qui retrouverait sa femme un bouquet de fleurs à la main après s'être envoyé en l'air avec sa secrétaire tout l'après-midi. Le genre à sortir, la gueule enfarinée : « Désolé pour le retard, chérie. C'était la folie au bureau aujourd'hui. » Écoute, Kylie, je suis flic. Les petits arrangements avec la vérité n'ont plus de secret pour moi. Rien que ce mois-ci, tu as été en retard ou introuvable à trois reprises. Alors soit tu craches le morceau, soit j'en déduis que celle qui a ma vie entre ses mains au boulot est infoutue de me faire confiance.

À sa décharge, elle n'a pas essayé de tourner autour du pot.

— C'est Spence, a-t-elle dit. Il est vraiment tombé dans la douche ce matin. Il était complètement défoncé aux cachetons.

Kylie a marqué une pause, le temps que je percute. Impassible, je n'ai rien répliqué.

— Trois mois se sont écoulés depuis... depuis que le Caméléon a failli le trucider. Le toubib lui a prescrit du Percocet, un analgésique hyperpuissant. Il est censé en prendre toutes les six heures. Le problème est qu'il en gobe comme si c'était des Tic Tac. Et il la joue fine : la boîte qu'il laisse sur sa table de nuit se vide de trois ou quatre comprimés par jour, pour cadrer avec l'ordonnance. Mais en fait il s'est constitué des réserves, dissimulées dans tout l'appartement. Hier soir, en fouillant son sac de sport, j'ai trouvé cinquante comprimés enveloppés dans du papier alu. Il les avait cachés dans une socquette.

— Il se les procure comment ?

— Sur Internet. On y trouve pléthore de charlatans qui t'envoient n'importe quelle ordonnance depuis la Bolivie. Bref, quand je l'ai emmené se faire recoudre aux urgences ce matin, je lui ai dit que j'avais découvert le pot aux roses. J'ai ajouté que s'il n'était pas mon mari, je lui aurais foutu ma main dans la gueule.

— Il a répondu quoi ?

— Il est resté planté devant moi un moment, les yeux vitreux et le visage bouffi, son sac bourré de Percocet à ses pieds. Puis il m'a dit qu'il était désolé. Qu'en effet il avait un peu augmenté les doses mais qu'il gérait. Qu'une fois ses pieds rétablis il se remettrait à l'Advil. Bref, il est dans le déni le plus total. À vrai dire, je suis carrément désemparée.

— Tu ne peux rien y faire. Je te rappelle que c'est un ancien toxico. Certes clean depuis un bon bout de temps mais…

— Onze ans, m'a interrompu Kylie.

— Alors il sait très bien ce qu'il doit faire. Retourner aux Narcotiques anonymes, appeler son référent, voire refaire une cure de désintox s'il le faut. Mais c'est à lui de le décider. Tu ne peux pas le sortir de sa merde contre son gré.

Elle a pris une grande respiration et expiré doucement.

— Zach, je suis flic. Si jamais quelqu'un apprend que je suis mariée à un toxico, c'est moi qui vais me retrouver dans la merde.

— Personne n'en saura rien. Je resterai muet comme une tombe.

— Merci… coéquipier, a répondu Kylie, les yeux embués de larmes.

J'ai remis le contact et suis reparti vers l'ouest sur la 86e.

J'étais tombé amoureux de Kylie dès notre première rencontre. Nous étions alors de jeunes recrues à l'École de police du NYPD. Elle venait de larguer son junkie de mec et je l'avais ramassée à la petite cuillère, pour mon plus grand bonheur. Mais Spence ne s'était pas avoué vaincu pour autant. Il avait entamé une cure de désintox et, vingt-huit jours plus tard, revenait la supplier de lui accorder une dernière chance.

Elle avait accepté. Et un an plus tard ils se mariaient.

Depuis dix ans, je m'étais fait une raison. Kylie et Spence étaient beaux, riches, heureux et amoureux. Le couple parfait que ceux qui comptent à New York se réjouissaient d'inviter à dîner dans leur loft de Manhattan, leur maison des Hamptons ou sur leur yacht.

Même si je n'avais probablement jamais cessé de l'aimer, j'avais tout de même réussi à rebondir. Après avoir écumé le marché des célibataires new-yorkaises en enchaînant les relations sans lendemain, j'avais fini par rencontrer Cheryl.

Cheryl Robinson était la première fille remplissant les critères improbables que je m'étais fixés pour trouver celle qui remplacerait Kylie. Nous nous connaissions depuis quelques années, mais ce n'était vraiment sérieux entre nous que depuis trois mois environ. Au point que je commençais à me dire que Cheryl était peut-être la femme de ma vie. Et c'est à ce moment précis que, sans crier gare, le couple de Kylie se mettait à battre de l'aile.

Si elle avait été une coéquipière lambda, je n'aurais pas hésité une seule seconde à l'encourager à recoller les morceaux avec son mari.

Mais voilà, Kylie MacDonald était tout sauf une coéquipière lambda pour moi. Et à dire vrai, je ne savais plus du tout quoi penser.

11

Quelque part entre la 86e Rue et la scène de crime, j'ai compris qu'il y avait dans un coin de cette ville un type muni d'une réserve illimitée de combinaisons en Tyvek. Et ce type était totalement cinglé.

— Qu'ils aillent se faire foutre avec leurs élections, a lâché Kylie.

J'ai deviné aussi sec que nous avions la même chose en tête.

— Irwin Diamond disait juste. Nous ne sommes pas des politicards. Mais des flics. Et notre boulot est de coincer le Tyvek avant qu'il ne kidnappe et tue d'autres victimes innocentes – enfin, quasi innocentes, nuance. On commence par où ?

— Dryden m'a donné le nom des deux inspecteurs qui sont sur l'affaire – Donovan et Boyle. Mais je préfère qu'on attende avant de les contacter. Je n'ai pas encore eu l'occasion de t'en parler, mais il y avait deux gars de la Brigade anticriminalité en patrouille à Central Park. C'est eux qui ont trouvé Parker-Steele. Je les ai débauchés pour qu'ils ratissent le terrain pour nous. Commençons par les débriefer.

— Ah, le ratissage de terrain, a ironisé Kylie. Tellement plus efficace que la technologie moderne.

— Allez, lâche les basques de ce pauvre maire. Les flics, c'est pas franchement son rayon.

— Dans ce cas, il n'aurait jamais dû faire obstruction à l'enquête sur la mort de Cynthia Pritchard. Si jamais il perd l'élection, il ne pourra s'en prendre qu'à lui-même.

— Tant qu'à partager avec toi tous mes secrets les mieux gardés, il y en a un que je ne t'ai pas encore révélé.

— Mais encore ?

— Qu'on parvienne ou non à résoudre cette affaire avant mardi prochain, je voterai pour Sykes.

Le secteur entourant le carrousel ressemblait à un point de ralliement avant un *flash mob*.

— C'est notre scène de crime ou un concert de Bon Jovi ? s'est interrogée Kylie.

Quand je suis descendu de voiture, j'ai entendu un tonitruant « Inspecteur Jordan ! ».

C'était Casey et Bell qui avançaient vers nous en fendant la foule. Ils s'étaient débarrassés de leur dégaine de SDF mais paraissaient vannés.

— Purée, on est contents de vous retrouver, a dit Casey.

— Désolés de vous avoir faussé compagnie tout à l'heure, ai-je répondu. Vous m'avez l'air dépassés par les événements.

— Un peu quand même, a dit Bell en souriant.

— Un peu beaucoup, oui, l'a corrigé Casey. C'est un truc de malade. On n'avait encore jamais bossé sur quelque chose d'aussi énorme. Mais bon, on n'arrive pas les mains vides. Ce qu'on ramène devrait vous faire plaisir. Sauf un truc, que vous allez détester.

— Laissez-moi d'abord vous présenter ma coéquipière, ai-je répliqué. Inspecteur MacDonald, voici les deux gars que j'ai embauchés de force : les inspecteurs Casey et Bell.

Hochements de tête tous azimuts.

— OK, ai-je repris. Qu'est-ce que vous avez de beau ?

— On a retrouvé un caddie pliant dans un des bosquets qui bordent la 65e Rue à l'intérieur du parc, a déclaré Casey. Une denrée plutôt courue dans le coin. Par conséquent, il ne devait pas être là depuis bien longtemps. Sinon, il aurait déjà été embarqué par quelqu'un. Or vous nous avez dit que Parker-Steele avait disparu vendredi. Le meurtrier ne l'a donc pas tuée dans le parc. Il l'a zigouillée ailleurs avant de venir se débarrasser du corps ici.

Dryden nous avait déjà mis au parfum, mais je les ai laissés continuer.

Bell a pris le relais.

— D'après nous, voilà ce qui s'est passé : il tue Parker-Steele, l'emballe dans un sac, l'emmène en bagnole jusqu'ici et se gare dans le coin.

— Vous pourriez voir ça avec les gars de la circulation ? Il nous faudrait tous les tickets de parking émis dans un rayon de trois cents mètres autour des principaux points d'accès au parc, a suggéré Kylie. Côtés est et ouest.

— Ça sera fait. Cela dit, je ne miserais pas trop d'espoir de ce côté-là, a tempéré Bell. Se garer dans les parages est un enfer en journée. Mais à partir de

22 heures, il y a pas mal de stationnements gratuits, qu'il a très bien pu utiliser.

— Donc d'après vous il se serait garé dans le coin, ai-je noté. Et ensuite ?

— Il charge le corps dans le caddie et traverse le parc sans se faire remarquer. Aussi invisible que tous les SDF qui zonent dans la ville, a dit Casey. Avec Bell, on n'a pas eu de mal à nous fondre dans le décor. Ensuite, il sectionne le cadenas à l'entrée du carrousel, attache la fille sur le cheval, bidouille le tableau électrique pour brancher la musique et mettre le manège en route, puis recadenasse la grille. Il ne lui reste plus qu'à se débarrasser du caddie avant de sauter par-dessus le mur d'enceinte pour rejoindre la 65e Rue et récupérer sa bagnole.

Leur récit terminé, Bell et Casey nous ont dévisagés tels deux chiots quémandant une caresse après avoir rapporté leur bâton.

— Bon boulot, les gars, leur ai-je dit. Vous avez repéré des individus au comportement suspect dans la foule ?

Ils se sont tournés l'un vers l'autre en s'esclaffant.

— Tout le monde avait l'air suspect là-bas, a jugé Bell. Un cadavre de femme emballé dans une combinaison de protection, qui plus est scotché à un cheval de manège, croyez-moi, ça attire les détraqués de tout poil. Pour se faire remarquer, il aurait fallu que le tueur brandisse un panneau annonçant : « C'est moi le meurtrier. »

— Hé !... Hé ! Vous, là-bas !

Me retournant, j'ai avisé deux types qui se sont faufilés sous le ruban jaune « zone interdite » avant de foncer droit sur Kylie et moi.

— Putain, on peut savoir pourquoi vous venez remuer la merde ici ? a hurlé l'un des deux.

— Accrochez-vous, inspecteur Jordan, a lancé Casey.

— Vous connaissez ces types ?

— Depuis dix minutes environ. Vous vous souvenez quand je vous ai dit qu'il y avait un truc que vous alliez détester ? Eh bien, le voilà.

12

— Ils s'appellent Donovan et Boyle, a dit Casey. Ils emmerdent tout le monde en répétant à qui veut l'entendre que…

— Je sais parfaitement ce qu'ils racontent, l'ai-je coupé. Merci. Je m'en occupe.

Kylie m'a attrapé par le bras.

— Zach, je suis d'une humeur de chien. Laisse-moi me défouler un peu. Il n'y a aucune raison que tu sois le seul à en profiter.

— Ne te prive pas, ai-je répondu en faisant un pas de côté.

Donovan et Boyle se sont précipités sur nous. Avant même qu'ils n'ouvrent la bouche, Kylie était déjà passée à l'offensive.

— On peut savoir ce que vous foutez, bande de clowns ? leur a-t-elle lancé. Bas les pattes. Vous êtes sur une scène de crime.

L'un des deux était assez grand, un mètre quatre-vingts minimum, les cheveux bruns et plutôt beau gosse. L'autre, plus petit, avait les lèvres fines et les cheveux taillés ras. Beaucoup moins beau gosse. Je n'avais toujours aucune idée de qui était qui.

— Notre scène de crime, a corrigé Cheveux Ras. Moi, c'est Boyle et lui, Donovan. C'est nous qui menons l'enquête sur le Tyvek Killer.

— À ce qu'on m'a dit, vous la meniez droit dans le mur. On prend le relais. C'est officiel depuis une heure.

— Et ça sort d'où ?

— Décision de mon chef, le capitaine Delia Cates, de son chef à elle, le commissaire divisionnaire Richard Harries, et du chef de ce dernier, le maire en personne.

— Foutaises, a éructé Boyle. On peut savoir pourquoi on nous éjecterait ?

— On ne vous éjecte pas, a objecté Kylie. L'affaire est réorientée vers le Red. Je suis MacDonald, et voici Jordan. Vous êtes tous les deux affectés à notre unité spéciale.

— On passe sous vos ordres ? s'est étranglé Donovan.

— Ça vous pose problème, inspecteur Donovan ? a fait Kylie.

— Je veux, oui.

— Dans ce cas, envoyez tout ce que vous avez sur le Tyvek Killer à notre bureau. On en prendra connaissance là-bas.

— C'est exactement ce qu'on va faire. C'est dingue, personne au Red n'en a rien eu à branler des trois premières victimes. Mais maintenant que Muriel Sykes est impliquée, le maire, comme par hasard, prend les choses en main et fait remonter le dossier en haut de la pile. Purée, c'est ça votre mission ? Trouver le maximum de saloperies sur

Parker-Steele pour que le maire puisse torpiller la campagne de Sykes ?

— Il ne s'agit pas de politique, a rétorqué Kylie. Mais de retrouver un tueur en série.

— Bordel, qu'est-ce que vous croyez qu'on essaie de faire depuis quatre mois ?

— C'est marrant, c'est quasiment mot pour mot ce que nous a dit le maire : « Bordel, qu'est-ce qu'ils foutent ces deux plantons depuis quatre mois ? » Si vous avez quelque chose à redire à sa décision, je vous invite à le faire savoir auprès de la direction des services de police.

Donovan s'est tourné vers son coéquipier. Nul doute qu'ils n'avaient aucune envie de jouer les seconds couteaux. Mais ils ne disposaient d'aucune marge de manœuvre, et Kylie le savait parfaitement. Puis il s'est tourné vers moi, s'imaginant peut-être que j'allais tenter de raisonner Kylie. Mais je n'ai pas bronché.

— Décidez-vous, a continué Kylie. Vous êtes des nôtres, oui ou non ?

— Hé, si ça les branche pas, avec Bell on est par…

— Dégage, a protesté Donovan. On est sur cette affaire depuis le début. Hors de question de se laisser doubler à cause d'une embrouille politique. On reste dans le circuit.

— Vous pouvez commencer par nous transmettre les dossiers au 19e dans les vingt minutes, a dit Kylie en leur tendant sa carte. Je ne manquerai pas de signaler au maire à quel point vous avez été coopératifs.

Nos deux chiots nous ont lancé des regards contrits, comme si on leur avait confisqué leur jouet préféré.

— Ça veut dire que vous n'aurez pas besoin de nous ? a deviné Bell.

— Vous nous avez rendu un fier service, merci beaucoup, les gars, leur ai-je dit.

— OK, mais eux deux restent dans la course, et nous on jarte, a fait Bell.

J'ai acquiescé d'un signe de tête. Mais Kylie, qui voulait toujours avoir le dernier mot, en a ajouté trois :

— Pour le moment.

13

— Alors, tu as craché toute ta bile ? ai-je demandé à Kylie une fois les deux équipes parties chacune de leur côté.

— J'en ai toujours en réserve.

— Ça craint d'avoir à se fader ces deux pisse-froid alors qu'on avait deux petits jeunes hypermotivés sous la main.

— Zach, on aurait pu les garder tous les quatre. Pour une affaire comme celle-ci, on a carte blanche. Cela dit, on mettrait sur pied une unité spéciale de cinquante personnes qu'on passerait vite tout notre temps à gérer de la paperasse. La seule chose qu'il nous faut pour venir à bout de cette enquête, c'est toi et moi, à notre top niveau. Si j'ai demandé à Donovan et Boyle de rester sur le coup, c'est qu'ils ont une grande capacité d'apprentissage. Mais dès qu'on a atteint notre rythme de croisière, je puise à nouveau dans mes réserves de vacherie et je les renvoie faire le planton à la circulation.

Nous sommes restés encore une heure sur la scène du crime. L'équipe de John Dryden était toujours en train de passer la zone au peigne fin. Mais depuis la découverte du caddie, rien de nouveau. Retour au bureau en voiture.

Le Red ne dispose pas de locaux spécifiques. Comme nombre d'unités d'élite, nous sommes hébergés par un commissariat existant. En l'occurrence celui du 19e, situé sur la 67e Rue Est entre Lexington et la 3e Avenue.

Le bâtiment de briques rouges abrite plus de deux cents uniformes et quelques dizaines d'enquêteurs. Mais il est assez vaste pour que le Red y ait élu domicile au troisième étage, à l'écart de la folie qui régnait au rez-de-chaussée.

Ce qui ne nous dispensait pas, avant de monter dans les étages, de devoir traverser le tumulte. Et donc de passer devant l'inévitable sergent Bob McGrath, chargé de l'accueil.

— Merci pour la caisse, sergent, lui a lancé Kylie.

— Pas de quoi, inspecteur. Hé, attendez, j'ai quelque chose pour vous.

Il a tendu la main sous son comptoir et en a sorti un carton rempli de classeurs.

— Ça vient d'être livré. Vos dossiers Tyvek Killer.

J'ai pris le carton. Il ne pesait quasiment rien.

— C'est tout ? me suis-je étonné. Juste un carton ?

— On ne m'a rien donné d'autre. Le papier que j'ai signé n'indiquait que ça. Vous voulez vérifier le bordereau ?

— Non, ça ira, sergent. C'est juste qu'on s'attendait à en recevoir davantage.

— Désolé de vous décevoir. Pour certaines affaires, on reçoit jusqu'à dix ou vingt cartons. Dans ces cas-là, les inspecteurs ne manquent pas de rouspéter qu'ils ne pourront jamais tout passer en revue. Cette fois, c'est beaucoup plus léger en effet. Mais je pensais que vous seriez contents.

— Vous savez comment sont les inspecteurs, ai-je répliqué. Jamais contents.

J'ai emporté le carton dans notre bureau, et Kylie l'a ouvert.

— Quatre mois d'enquête tiennent là-dedans ? s'est-elle étonnée. Il n'y a que quatre classeurs. Aux noms d'Alex Kang, Sebastian Catt, Antoine Tinsdale et Donald Li.

— Je connais les trois premiers noms. Toutes victimes, ai-je indiqué. Qui est Li ?

Kylie a feuilleté son classeur.

— Il a un master en sciences sociales et enquête sur les gangs de Chinatown. Donovan et Boyle lui ont demandé d'établir un profil psychologique du tueur.

— Il est psy ?

Elle a vérifié dans le classeur.

— Ils ne disent pas « Dr », donc je suppose que non.

J'ai sorti le dossier Li du carton.

— Moi, je connais une vraie psy, ai-je dit. Elle est excellente en profilage. Je vais passer au bureau de Cheryl pour lui demander de jeter un coup d'œil aux notes de ce type. Je reviens aussi sec.

— Je croyais qu'elle était à Boston, a remarqué Kylie à l'instant où j'allais sortir.

— Juste pour le week-end. Elle est rentrée avec le premier vol ce matin.

— Donc tu ne l'as pas vue depuis quand… vendredi ?

— Jeudi après-midi.

— Dans ce cas, je doute fort que tu reviennes « aussi sec ». Mais ne t'attarde pas trop quand même. Les élections sont dans une semaine et un jour.

14

Dieu bénisse Fred Robinson.

Il avait été marié pendant onze ans à une femme sublime, brillante et pleine d'assurance. Puis il l'avait larguée pour une nana certes plus jeune mais moins intelligente et beaucoup moins indépendante.

Le malheur des uns fait le bonheur des autres.

J'ai rencontré Cheryl il y a quatre ans, à l'époque où j'essayais de rentrer au Red. C'était la psy de service chargée de sonder mon cerveau pour vérifier si j'étais apte.

J'étais stressé, et elle le savait.

— Ne vous inquiétez pas, inspecteur Jordan, m'avait-elle assuré avec un grand sourire. Je ne mords pas.

Encore que j'aurais été le dernier à m'en plaindre, eu égard aux lèvres pulpeuses, aux yeux d'ébène, à la chevelure de jais et au radieux teint caramel de l'intéressée. Je n'avais que vingt-neuf ans, et l'idée d'ajouter à mon tableau de chasse une psy latino sexy était loin de me déplaire.

Un an plus tard, Cheryl me confiait être irlandaise à 75 %. Mais grâce à sa grand-mère portoricaine, elle avait l'air aussi irlandaise que Jennifer Lopez.

À l'époque, elle portait encore une alliance, et je m'étais dit que tenter quelque chose avec une femme mariée pendant un entretien d'embauche n'était pas forcément mon meilleur plan de carrière.

Nous avions d'abord passé en revue mes origines et mon parcours professionnel, puis elle m'avait balancé une question lourde de sous-entendus :

— Pensez-vous que les gens riches et puissants méritent un meilleur niveau de service de la part de la police ?

— Absolument pas, avais-je répondu, ce qui pouvait sembler totalement suicidaire de la part de quelqu'un désireux d'intégrer l'unité d'élite au service des VIP.

Elle n'avait pas cillé et s'était contentée d'ajouter :

— Vous pourriez développer ?

— Les riches ne méritent pas une meilleure protection policière que les SDF. Ce qu'ils méritent, en revanche, notamment lorsqu'ils sont victimes d'un crime, c'est d'avoir affaire à des flics qui soient tout à la fois sensibles à leurs besoins spécifiques et dépourvus de préjugés à leur encontre, quand bien même ils seraient riches, gâtés par la vie et égocentriques.

— Vous êtes issu d'un milieu populaire, inspecteur Jordan. Qu'est-ce qui vous fait penser que vous saurez appréhender une personnalité comme Donald Trump par exemple ?

— Ma mère était maquilleuse. Elle a travaillé pour le cinéma, la télé ou encore la mode. Elle a donc été amenée à toutes les fréquenter, les divas, rock stars ou starlettes d'un jour. Toutes plus exigeantes les unes que les autres. Elle m'a appris à les gérer.

— Comment ?

— « Ne surtout pas tenter de les changer », disait-elle avant d'ajouter : « Il faut garder à l'esprit qu'au fond, dans leur for intérieur, ces gens-là doutent autant d'eux-mêmes que tout un chacun. » Et de conclure : « Aucune pièce ne sera jamais assez vaste pour deux narcissiques. Mieux vaut donc laisser son ego à la porte. »

— Votre mère était la sagesse incarnée. À vous écouter, elle devait s'entendre avec tout le monde.

— Oui, à une exception près, un type avec qui elle s'engueulait constamment.

Personne ne résistant aux potins du show-biz, je savais que je la tenais.

— Rien ne vous oblige à me dire son nom, mais j'avoue que vous avez éveillé ma curiosité, avait-elle concédé. De qui s'agit-il ?

— De mon père.

J'avais eu le boulot.

Cheryl et moi étions vite devenus amis. Ensuite, quand son mariage avait commencé à sentir le roussi, j'étais devenu le seul ami à qui elle avait envie de se confier. Deux semaines après son divorce, nous étions devenus amis « et plus si affinités ». Et je dois dire que d'affinités, nous n'en manquions pas.

La porte du bureau de Cheryl était ouverte. À peine avais-je franchi le seuil qu'elle se précipitait sur moi pour m'enlacer et me couvrir de baisers.

— Mon Dieu que je suis contente de te revoir ! s'est-elle exclamée en se pressant contre moi.

En un quart de seconde, certaines parties de mon corps se sont attendries tandis que d'autres, au contraire, s'affermissaient.

Cheryl et moi n'étions ensemble que depuis quelques mois et je ne m'attendais pas à de telles effusions. Mais je me suis mis instinctivement en mode pilote automatique, mes hanches entamant de petits mouvements circulaires contre les siennes.

— Et tu es contente comment au juste ? ai-je demandé en fermant la porte d'un revers du pied.

Sur quoi j'ai guidé Cheryl à petits pas collé-serré vers le sofa bleu ciel qui la dépannait quand elle devait bosser non-stop.

— Tu es fou, a-t-elle protesté mollement en faisant mine de me repousser sans pour autant se libérer de mon étreinte.

— Fou ? Erreur de diagnostic, docteur. « Excité » serait plus juste, ai-je dit en commençant à déboutonner son chemisier.

Contre toute attente, elle ne m'a pas arrêté et m'a embrassé de plus belle en s'agrippant à moi.

— Ferme la porte à clé, m'a-t-elle susurré.

J'allais m'exécuter, la main sur le verrou, quand brusquement quelqu'un a donné un coup de pied dans la porte sans s'être au préalable donné la peine de frapper.

— Un instant ! ai-je crié pour donner à Cheryl le temps de retourner à son bureau en quatrième vitesse tout en reboutonnant son chemisier.

J'ai ouvert la porte. C'était Matt Smith.

— Zach, comment ça va, mon vieux ? Je ne pensais pas te trouver ici. Sinon je t'aurais apporté un café.

Le tout prononcé avec un fort accent britannique, Matt étant un sujet expatrié de Sa Gracieuse Majesté.

Il portait un gobelet estampillé Starbucks dans chaque main, ce qui justifiait la méthode qu'il avait employée pour ouvrir la porte.

— Je me suis dit que tu aurais besoin d'un petit remontant, a fait Matt en posant un des deux gobelets sur le bureau de Cheryl. Latte soja avec double dose d'expresso, c'est bien ça ?

Les yeux de Cheryl se sont illuminés.

— Merci, Matt. Tu n'aurais pas dû.

— Je t'en prie. C'est moi qui te remercie pour le livre. Je l'ai lu d'une traite ce week-end. Très instructif. J'ai quelques questions mais ça peut attendre. Vous m'avez l'air occupés tous les deux. Zach, j'ai appris que tu étais sur l'affaire Tyvek Killer. J'ai essayé de tracer la dernière vidéo qu'il a postée, mais ça n'a rien donné. J'espère quand même que tu auras toujours besoin de ton *geek* préféré.

Matt était un petit génie de l'informatique, sûrement capable de pirater le Pentagone si on le lui avait demandé. Intelligent, analytique, et qui plus est collègue de travail agréable. De loin le meilleur de nos experts en info. Seul petit bémol, il n'a pas du tout le physique d'un *nerd*. Il ressemble même davantage à David Beckham qu'à Bill Gates. Et à ce moment précis, ça m'emmerdait carrément.

— Bien sûr, je te ferai signe, promis.

— Super, a-t-il répondu, son visage s'éclairant d'un sourire impeccable qui démentait tout ce qu'on m'avait toujours dit sur les pratiques dentaires britanniques.

Il a quitté la pièce et s'apprêtait à refermer la porte quand Cheryl l'a interpellé :

— Laisse ouvert. On manque d'air ici.

— Dois-je en déduire qu'on ne va pas reprendre ce qu'on avait commencé ? ai-je tenté une fois Smith hors de portée de voix.

— Je ne sais pas ce qui m'a pris, a-t-elle répondu. Mais maintenant que j'ai recouvré mes esprits, je crois bien me souvenir que l'endroit où on se trouve est un commissariat de police.

— Et alors ? C'est pas comme si on avait commis un crime.

— Détends-toi, cow-boy. On remettra ça dans quelques heures. Et je t'assure que tu ne regretteras pas d'avoir attendu un peu.

Aucun doute là-dessus.

Bref, comme je le disais précédemment : Dieu bénisse Fred Robinson.

15

Le mobilier du bureau de Cheryl était beaucoup trop stylé et confortable pour avoir été acquis sur fonds publics. Elle en avait assuré la déco à ses propres frais, choisissant des tissus et des coloris qui apportaient une touche féminine à son environnement professionnel. Ses diplômes étaient dûment accrochés au mur. Mais aucune photo personnelle. Après tout, on était dans le bureau d'une psy.

— Asseyez-vous, inspecteur, m'a-t-elle dit avec malice en s'installant derrière la table en verre qui lui servait de bureau.

J'ai pris place à mon tour dans le fauteuil qui lui faisait face, recouvert de tissu couleur pêche.

— C'est donc Kylie et vous qui avez hérité de l'affaire Tyvek Killer ? a-t-elle commencé sur un ton parfaitement neutre et professionnel.

— Oui. Sa dernière victime est Evelyn Parker-Steele.

— Je sais. J'ai vu la vidéo. C'est horrible. En quoi puis-je vous être utile ?

— Les dossiers qu'on a récupérés sur les trois premières victimes sont plutôt minces. On n'a pas encore fini de les éplucher. Mais il y en avait un quatrième :

le profil psychologique du tueur. J'aurais voulu que tu y jettes un œil, ai-je indiqué en posant le classeur sur son bureau.

Au lieu de s'en saisir, Cheryl l'a laissé de côté et a enlevé le couvercle de son gobelet pour prendre une petite gorgée de latte.

— Qui s'est chargé de ce profilage ?

— Un certain Donald Li.

— Connais pas.

— Je ne pense pas qu'il soit de ton calibre. C'est un enquêteur affecté au commissariat de Chinatown. Il a un master en sciences sociales.

Elle a repoussé le classeur de mon côté.

— Je serai ravie de vous filer un coup de main. Mais je préfère ne pas regarder ça. Donnez-moi juste les éléments dont vous disposez sur les victimes, et je reprendrai tout à zéro.

— C'était bien mon intention. Je suis peut-être venu un peu trop tôt. En fait, je voulais tout de suite te mettre dans le circuit.

— Dis plutôt que tu voulais m'allonger sur ce canapé, a-t-elle ajouté en sirotant son Starbucks.

— Aussi, ai-je avoué. Je ne t'avais pas vue depuis quatre jours. Il me fallait donc une excuse pour passer te voir au bureau. Mais j'admets que ce dossier était un prétexte bidon. Si j'avais su, je t'aurais apporté un latte soja avec double dose d'expresso. Soit dit en passant, je ne savais pas que c'était ton péché mignon.

— Parce que d'habitude je te vois le soir, et que je préfère un bon chardonnay. Mais ma hiérarchie désapprouve formellement ce type de boissons en journée.

— Alors comme ça, Matt Smith sait ce que tu commandes chez Starbucks ?

— Oui. Son bureau est juste à côté du mien.

— Et donc c'est lui qui se charge d'aller te chercher tes cafés ?

— Non. Là, c'était pour me remercier du livre que je lui ai prêté. Un bouquin sur le rang de naissance.

— Pourquoi ce choix ?

— Il a deux frères : un aîné et un cadet…

— Ah je vois : ce bon vieux syndrome de l'enfant du milieu, ai-je raillé. Ce pauvre petit Matt a été délaissé par ses parents et il est en manque d'affection.

— Bon sang, il s'est contenté de m'apporter un café. C'est plutôt gentil de sa part. Matt est un type gentil, c'est tout.

— C'est ça. Gentil, mignon et célibataire. Ne me dis pas qu'il était uniquement là pour te dire merci. Il te faisait du gringue, n'est-ce pas ?

— Ce n'est pas impossible. Écoute, je suis célibataire depuis peu, et personne, mis à part Kylie et Cates, n'est au courant pour toi et moi. Aux yeux de Matt, je suis donc à nouveau sur le marché. On peut imaginer qu'il me draguait un peu. Mais je ne suis pas entrée dans son jeu.

— Évidemment, j'étais là.

— Zach, en tant que femme, je suis flattée que tu puisses échafauder des scénarios aussi délirants. Mais en tant que psy, je n'ai qu'une chose à te dire : ressaisis-toi !

Elle me regardait fixement en buvant son latte soja.

— Breuvage exquis, n'est-il pas ? ai-je dit en prenant mon plus bel accent *british*.

— Tout à fait, très cher, a-t-elle répondu en s'efforçant de ne pas sourire.

— Je rêve ou c'était notre première dispute ?

Quelques secondes de réflexion.

— Exact. Mais rien de sérieux.

— Parfait. Voilà donc une perspective réjouissante.

— Tu penses à notre première dispute sérieuse ?

— Non, ai-je répliqué en reprenant mon classeur avant de me diriger vers la porte. À une bonne séance de sexe de réconciliation.

Je suis sorti sans me retourner et l'ai entendue éclater de rire derrière moi.

16

— On est carrément dans la merde, m'a lancé Kylie à mon retour à la boutique.

— Encore plus qu'il y a dix minutes quand je t'ai quittée ?

Elle m'a tendu un des classeurs Tyvek Killer que nous venions de récupérer.

— Tu peux me rappeler qui a eu la brillante idée de garder Donovan et Boyle sur cette affaire ?

— Je suppose que tu t'es laissé aveugler par leurs personnalités lumineuses et – je te cite – leur « grande capacité d'apprentissage » ?

— Je me suis bien plantée, a-t-elle admis en laissant tomber le classeur sur le bureau. Il n'y a rien là-dedans.

— Rien de chez rien ?

— Il ne s'agit pour l'essentiel que de documentation générale. Éléments biographiques, rapports d'expertise médicale, extraits des casiers judiciaires des victimes. On n'en apprendrait pas moins en lisant la chronique judiciaire du *Daily News*. Trois meurtres, Zach. Ces glandus ont enquêté sur trois meurtres, et ils n'ont toujours pas le moindre début de piste.

— C'est peut-être là notre chance, ai-je observé. On en a un quatrième, et ils n'ont pas encore tout foiré. Mettons les trois premiers de côté, histoire de commencer par le meurtre d'Evelyn Parker-Steele. Au moins dans celui-là, c'est nous qui avons une grande capacité d'apprentissage.

— Tu planes ou quoi ? On n'a que dalle. Tout ce qu'on sait, on le tient d'un politicard beau parleur. Et encore, ça date d'avant que Parker-Steele ne soit passée du statut de disparue à celui d'assassinée. Avant qu'elle ne sorte du placard et avoue le meurtre de sa maîtresse. Pour moi, on en est toujours à la case départ.

— Tu as raison. Dans ce cas, commençons par passer au peigne fin tout ce qu'on peut trouver concernant Parker-Steele : e-mails, relevés téléphoniques, transactions par carte bancaire. Il faudra aussi voir si elle connaissait l'une ou l'autre des trois autres victimes.

— Vu leurs profils, elle n'en connaissait sûrement aucune, objecta Kylie. Mais vérifions si elles pouvaient être liées d'une manière ou d'une autre. Elles pourraient avoir un ennemi commun. Interrogeons la famille pour voir ce qu'ils ont à nous dire.

— Super idée. Il est bien connu que les milliardaires sont toujours prompts à déballer leur linge sale familial pour aider les autorités à faire éclater la vérité. Et c'est moi qui plane ?

— OK, c'est toi qui as raison, là. Appelons Muriel Sykes. Même si elle n'a rien à nous dire, on aura toujours accès à l'ordinateur d'Evelyn.

Sykes nous avait donné son téléphone portable le samedi précédent, lorsqu'elle nous avait contactés pour signaler la disparition d'Evelyn. Kylie a composé son numéro.

— Madame Sykes, inspecteur MacDonald à l'appareil. Je…

Sykes l'a interrompue aussi sec et, pendant vingt bonnes secondes, impossible pour Kylie d'en placer une.

— Madame, je vous ai appelée dès que j'ai eu une minute de répit. Nous étions sur la scène de crime et…

Pause. Puis :

— Comment ça, « quelle scène de crime ? ». Nous étions à Central Park, où a été retrouvée Ev…

Nouvelle interruption. Le visage de Kylie passa de l'exaspération à la perplexité.

— Non, personne ne nous a prévenus. Quand l'avez-vous signalé ?… C'est le commissariat du 17e. Qu'est-ce qu'ils ont pris ?

Kylie s'est tournée vers moi, remuant les lèvres silencieusement pour mimer une série de jurons.

— Attendez, ne partez pas, a-t-elle repris. Nous serons là dans…

À nouveau quelques secondes de silence, avant qu'elle n'explose :

— Mais alors, où êtes-vous, madame Sykes ? a-t-elle fulminé. Où ??

Elle m'a fait signe de sortir, et nous nous sommes dirigés vers la porte.

— Ne touchez à rien s'il vous plaît, a-t-elle dit en poursuivant sa conversation téléphonique. Et surtout ne laissez entrer personne. On sera là dans cinq minutes.

Elle a mis fin à l'appel et dévalé l'escalier quatre à quatre en vociférant :

— Merde, merde, merde, merde, merde et merde ! On est vraiment deux crétins !

17

La Ford Interceptor nous attendait devant le commissariat, et Kylie s'est installée au volant. À peine avais-je claqué la portière qu'elle a démarré en trombe pour s'engager dans la 67e, direction l'ouest. Elle a grillé le feu au coin de Lexington, tous gyrophares dehors et sirène hurlante, et négocié un virage serré pour déboucher dans Park Avenue, qu'elle a remontée à toute blinde.

— On est en code 3 ? ai-je hurlé pour couvrir le son strident de la sirène.

En langage NYPD, « code 3 » signifie « extrême urgence avec danger de mort ». Même si ça ne nous donne pas le droit de mépriser totalement le code de la route, on peut tout de même jouer un peu des coudes pour se frayer un chemin. « Code 2 », c'est pour les situations hautement prioritaires mais sans urgence vitale. Là, le code de la route doit impérativement être respecté.

— Code 2,5, a répondu Kylie. Je vais essayer de ne tuer personne.

— Alors commence par ralentir.

Si elle n'a pas freiné, elle a au moins levé le pied de l'accélérateur.

— Et donc, où est-ce qu'on va ? Et pourquoi serions-nous deux crétins ? ai-je demandé.

— Quelle était la préoccupation majeure de Spellman – ou plutôt devrais-je dire : son unique préoccupation ?

— Que nous arrêtions le Tyvek Killer avant mardi prochain, pour lui éviter le titre d'ex-maire ?

— Exact. Si on respecte son timing, il pourra s'attribuer tous les mérites et crier sur les toits que le candidat « tolérance zéro » est déjà aux commandes. En revanche, si on n'a pas bouclé l'affaire avant les élections, c'est Sykes qui tirera à boulets rouges sur le maire en le faisant passer pour un incapable. Alors, à ton avis qu'attend-elle de nous ?

— Merde. En fait, elle ne veut surtout pas qu'on le coince.

— Bingo. Elle a tout intérêt à nous ralentir, et je pense qu'elle a trouvé un moyen de le faire. Son QG de campagne a été cambriolé très tôt ce matin. Et devine quoi ? On a volé l'ordinateur d'Evelyn.

— OK, tu avais raison. On est vraiment crétins. On était tellement obnubilés par notre boulot de flic qu'on en a oublié le tableau général. La politique.

Kylie fit une queue de poisson à un taxi qui ne daignait pas nous libérer le passage. Toujours sur les chapeaux de roues, nous traversâmes ensuite la 86e pour remonter vers le haut de Manhattan.

— Attends, son QG de campagne se trouve sur la 55e. Où est-ce que tu nous emmènes ?

— Au croisement de la 94e et de Park. À l'appart d'Evelyn Parker-Steele. C'est-à-dire là où elle a tué Cynthia Pritchard il y a deux ans.

— Et qu'est-on censés y trouver ?

— Muriel Sykes. Et je te parie un an de salaire que quelque chose ne s'y trouvera pas, répondit Kylie. L'ordinateur personnel d'Evelyn.

— Putain, fulminai-je en tapant du poing sur le tableau de bord côté passager. On emmerde le code 2. Appuie sur le champignon et fonce.

18

Comme bon nombre d'immeubles de Park Avenue, celui d'Evelyn était plutôt modeste. Rien à voir avec les somptueux édifices construits au début du siècle dernier. Le bâtiment de brique rouge datait des années 1960, et Evelyn avait probablement acheté son trois pièces dans les deux millions de dollars. Presque une broutille dans le quartier.

Or elle et son mari Jason Steele possédaient par ailleurs un haras de quatre-vingts millions à Pound Ridge. Pour elle, le 1199 Park Avenue n'était donc qu'un simple pied-à-terre qu'une poignée de millions de dollars avaient élégamment agrémenté de quelques meubles anciens et d'œuvres d'art modernes.

Pas besoin de montrer nos insignes au concierge. Les gyrophares de la Ford garée en double file lui avaient suffi.

— Je suppose que vous êtes là pour Mme Parker-Steele, a-t-il demandé en nous tenant la porte.

— Exact, a répondu Kylie. Mme Sykes est déjà là. Elle nous attend.

— C'est le 14A. L'ascenseur est par là. Vraiment affreux ce qui s'est passé. C'était une résidente modèle, qui ne causait jamais d'ennuis.

Sauf la fois où elle a jeté sa copine du haut de sa terrasse, évidemment. Étonnant comme il suffit de voir quelqu'un se faire torturer sur Internet pour oublier son passé.

La porte de l'appartement s'est ouverte avant même qu'on ait sonné. Muriel Sykes nous a fait entrer. Trente ans et quatre enfants après avoir été championne de crosse[1] avec l'équipe féminine de Penn State University, elle gardait du haut de son mètre quatre-vingts un imposant physique d'athlète. La coiffure sobre de ses cheveux châtains ainsi que son tailleur-jupe anthracite cadraient parfaitement avec l'âge et l'image d'une femme désireuse de convaincre un large électorat.

— Merci beaucoup d'être venus, nous a-t-elle dit comme si on avait eu la bienveillance d'accepter son invitation alors qu'en fait on avait déboulé dès qu'on avait compris sa volonté de saper notre enquête.

L'appartement d'Evelyn était décoré dans un style élégamment ennuyeux. Murs, meubles, œuvres d'art : tout n'était que subtiles nuances de beige. Le seul à détonner, assis dans un canapé écru, une télécommande argentée dans une main et une canette verte de Canada Dry dans l'autre, était un octogénaire à l'air revêche, vêtu d'un costume noir et d'un col roulé rouge.

— Voici le père d'Evelyn, Leonard Parker, a indiqué Sykes en guise de présentations.

Ont suivi les formules de condoléances de circonstance. Parker, davantage intéressé par le cours

1. Sport collectif nord-américain, d'origine amérindienne.

des valeurs boursières défilant à l'écran, les a reçues d'une oreille distraite.

— Elle n'était pas lesbienne, a-t-il déclaré en levant les yeux de l'écran. Ils l'ont torturée pour le lui faire dire. Evelyn et Jason étaient aussi heureux qu'un couple de jeunes mariés.

Nulle intention de sa part de nier le fait que sa fille était une meurtrière – du moment que nous ne pensions pas qu'elle ait pu être homosexuelle. Tu parles d'un père…

— Trouvez-moi cet enfoiré de Tyvek Killer, nous a-t-il lancé, semblant oublier que Kylie et moi ne travaillions pas pour lui mais pour la municipalité. On lui tirera les vers du nez. Je connais des types qui peuvent s'en charger.

Sykes est montée au créneau avant qu'il n'ait eu le temps de développer sa stratégie de vengeance.

— Leonard, tout ça me stresse. Il me faut une cigarette.

Il l'a regardée comme si elle avait annoncé son intention de faire pipi sur la moquette.

— Pas à l'intérieur, a-t-il tranché. Je vais vendre l'appartement. Je ne veux pas que les acheteurs potentiels sentent le clope en entrant. Allez fumer dehors.

Sykes nous a fait signe de la suivre et s'est dirigée vers la porte vitrée coulissante, qu'elle a ouverte, nous donnant accès à la fameuse terrasse où Cynthia Pritchard avait vécu ses derniers instants. Comme on était chez les riches, j'avais depuis le départ imaginé l'endroit comme un vaste toit-terrasse orné de mobiliers de jardin coûteux et d'une végétation luxuriante. Grosse erreur.

C'était tout au plus un balcon. Un de ces placards extérieurs qu'on peut observer en façade des tours d'habitation et où les New-Yorkais en mal d'espaces de rangement entassent vélos, barbecues rouillés et autres objets tombés en disgrâce.

Il n'y avait même pas de quoi s'asseoir. Nous sommes donc restés debout le temps que Sykes fume une Capri. Le genre de cigarettes ultralongues et ultrafines plébiscitées par les femmes souhaitant se goudronner les poumons tout en restant sophistiquées.

— Pas de photo, s'il vous plaît, nous a-t-elle enjoints après avoir pris une bouffée. Ça ternirait mon image.

— Que pouvez-vous nous dire au sujet du cambriolage ? a demandé Kylie.

— Ils n'ont pris que deux ou trois PC. Probablement un coup monté par l'équipe de Spellman. Bienvenue dans le monde de la politique. Pourtant, on aurait pu penser que le Watergate les aurait tous vaccinés. Mais non. Le maire est aux abois et ferait tout pour sauver sa peau.

— Avez-vous signalé ces vols ?

— Une personne de mon équipe s'en est chargée.

— Alors pourquoi être venue ici plutôt qu'à votre QG ? s'est étonnée Kylie.

— Leonard est un vieil ami et l'épreuve qu'il traverse est redoutable. Il m'a demandé si je voulais bien passer un moment ici avec lui. Leonard a beau avoir la peau dure, il adorait Evelyn. Elle était sa fille unique. Je pense qu'il souhaitait pouvoir se recueillir quelques instants.

Du grand baratin de politicard. Registre dans lequel Muriel excellait. De ce que j'en voyais, son cher vieil ami se préoccupait surtout du prix de revente du patrimoine immobilier familial.

— Avez-vous pris quelque chose dans l'appartement ? ai-je demandé.

— Inspecteur, votre question frise l'insulte, s'est-elle offusquée. Vous n'ignorez pas que j'ai été procureure dans une autre vie. Je sais très bien qu'en agissant comme vous le suggérez, j'aurais commis un acte criminel pouvant, au bas mot, être considéré comme une entrave à l'action de la justice. Ma réponse est donc un non catégorique.

— Excusez-moi. C'était une simple question de routine.

— Sauf que vous n'êtes pas de simples flics tous les deux. En tant que membres du Red, vous êtes formés pour gérer les situations délicates comme celle-ci. Vos faits d'armes héroïques vous ont valu la une des journaux, il y a quelques mois. On pourrait s'attendre à ce que vous posiez des questions un peu moins stupides.

La meilleure défense étant bien souvent l'attaque, Muriel Sykes venait de nous envoyer l'artillerie lourde.

— Bon, et vous en êtes où sur le meurtre d'Evelyn ? s'est-elle enquise.

— Nous souhaitons examiner son ordinateur, ai-je répondu. Avait-elle un portable ici ?

— Aucune idée. Mais si c'est le cas, je peux vous assurer que ni Leonard ni moi n'y avons touché.

— Est-ce que nous pouvons jeter un coup d'œil à l'appartement ou nous faut-il un mandat de perquisition ?

— Je vous en prie. Mon seul souhait est de vous rendre service, nous assura-t-elle en nous gratifiant de ce large sourire maternel qu'elle arborait sur ses affiches de campagne.

Pourtant, hormis son visage faussement bienveillant, tout en elle semblait paré au combat. Comme l'avait écrit un journaliste, « Sykes est une énigme politique. Vous ne savez jamais à l'avance ce qu'elle vous réserve : vous massacrer à la tronçonneuse ou vous préparer une fournée de cookies ».

— Avez-vous la moindre idée de ce qui pourrait relier Evelyn aux trois autres victimes ? ai-je demandé.

— Non, aucune. Le tueur ne la connaissait sûrement pas. Il tue ces trois crapules, mais le maire ne lui donne pas ce qu'il recherchait : de l'attention. Alors il décide de viser plus haut, s'en prend à une femme de pouvoir, lui extorque de fausses confessions, ce qui lui permet aujourd'hui de faire le buzz dans le monde entier. Si j'étais maire, il aurait été sous les verrous bien avant d'avoir pu toucher à un cheveu d'Evelyn.

Sur quoi elle a écrasé sa cigarette et pris une pastille mentholée.

— Maintenant, laissez-moi rejoindre Leonard, a-t-elle dit en ouvrant la porte vitrée d'un coup sec. Prenez tout le temps que vous voudrez pour faire le tour de l'appartement.

Sans nous attendre à trouver quoi que ce soit, Kylie et moi sommes passés d'une pièce à l'autre par acquit de conscience.

— Intéressant, ai-je dit en arrivant dans le bureau d'Evelyn. Pas d'ordinateur.

— Elle était peut-être amish, a ironisé Kylie. Heureusement que nous savons que Sykes est une ancienne procureure. Sinon, je la soupçonnerais volontiers de dissimulation d'éléments de preuve.

De retour dans le séjour, nous avons trouvé Leonard qui faisait les cent pas en hurlant dans son téléphone.

— Attends une seconde, Vernon, a-t-il dit en nous voyant arriver. Je vais demander aux flics. Dites, madame l'inspectrice, on est sur une scène de crime ici ? a-t-il demandé en désignant la pièce d'un mouvement circulaire de la main. L'appartement, c'est une scène de crime ?

— En théorie, il n'existe pas d'éléments à l'heure actuelle pour…

— Faites court. C'est une scène de crime, oui ou non ?

Quel que soit l'âge ou le compte en banque de son interlocuteur, Kylie MacDonald n'a pas pour habitude de se laisser marcher dessus.

— Monsieur Parker, pour répondre à votre question, a-t-elle dit en détachant à dessein chaque syllabe, la police municipale de New York ne considère pas pour l'instant que l'appartement de feu votre fille soit une scène de crime.

— On est bons, Vernon, a braillé Parker. Mets-le à un quatre-vingt-quinze et on verra si quelqu'un mord à l'hameçon.

Sur ces mots, le père endeuillé a raccroché, est passé devant nous sans un mot et est sorti de l'appartement à marche forcée.

19

— Bon, on peut dire que tout s'est passé comme sur des roulettes, ai-je fait quand nous sommes arrivés à l'ascenseur. J'ai plus ou moins accusé une ancienne procureure d'avoir fait disparaître des éléments de preuve. Toi, tu as été à deux doigts de filer une mandale au père de la victime. Quant à l'ordinateur d'Evelyn, possiblement notre unique piste pour coincer le tueur, il a mystérieusement disparu.

— Rien de mystérieux là-dedans, a corrigé Kylie. C'est clair comme de l'eau de roche. Muriel Sykes l'a piqué.

— Encore faudrait-il que tu puisses le prouver.

— Tu doutes de moi ? a-t-elle répliqué tandis que s'ouvraient les portes de l'ascenseur. Regarde ça.

Elle a foncé tout droit vers le concierge.

— Comment ça s'est passé là-haut ? lui a-t-il demandé tout mielleux, comme si c'était la saison des étrennes et Kylie la plus généreuse des résidentes de l'immeuble.

— Comment vous appelez-vous ? a rétorqué cette dernière en guise de réponse, l'air de ne pas vouloir s'en laisser conter.

— Nestor, a bredouillé l'autre.

— Dites-moi, Nestor, l'immeuble est-il doté d'une vidéosurveillance ?

— En circuit fermé, oui, a-t-il répondu en désignant les huit écrans de contrôle sur sa console. Les caméras n'enregistrent rien, mais elles me permettent de garder un œil sur ce qui se passe.

— Alors vous êtes plutôt vigilant, n'est-ce pas ?

— C'est mon boulot.

— Donc vous vous en souviendriez si Mme Sykes était montée à l'appartement de Mme Parker-Steele tôt ce matin ?

— Oui, mais je ne l'ai pas vue, a-t-il assuré un poil trop vite.

— Nestor, savez-vous pourquoi nous sommes ici ?

— C'est Mme Parker-Steele, a-t-il dit. Elle a été assassinée.

— Exact. Nous menons une enquête pour meurtre. Ce qui veut dire que si je vous pose une question et que vous me mentez, vous vous rendez coupable d'entrave à l'action de la justice. C'est un crime. Est-ce que je me fais bien comprendre ?

Il a acquiescé d'un signe de tête.

— Alors je vous repose la question. Avez-vous vu Mme Sykes monter à l'appartement de Mme Parker-Steele tôt ce matin ? Avant de répondre, demandez-vous si le billet qu'elle vous a laissé pour s'assurer de votre silence est assez gros pour avoir de quoi voir venir pendant les deux prochaines années. C'est en effet le minimum requis pour un faux témoignage dans le cadre d'une enquête pour homicide.

— Mme Sykes est venue ce matin. Peu après 7 heures. Je m'en souviens car c'est l'heure à laquelle je prends mon service. J'étais encore en train de boire mon café. Elle est arrivée en limousine et a dit à son chauffeur de l'attendre. Puis elle a pris l'ascenseur. Elle ne portait rien en montant, mais cinq minutes plus tard, quand je l'ai vue redescendre, elle avait l'ordinateur portable de Mme Parker-Steele. J'ai reconnu la housse, avec un autocollant Apple dessus. Elle m'a donné cent dollars.

— Pour quoi faire ? a demandé Kylie.

— Elle m'a dit : « Si quelqu'un veut savoir si je suis venue, vous dites que non. »

— Et c'est ce que vous avez fait, donc vous méritiez vos cent dollars. Et maintenant que vous avez dit la vérité, vous n'aurez pas à m'accompagner dans la voiture de police qui m'attend dehors. Bonne journée, Nestor.

Elle a ouvert la porte du hall, m'a fait signe de la précéder, puis nous avons regagné tous les deux la voiture. Nestor est resté les bras ballants, complètement abasourdi.

— Comme je te le disais, a repris Kylie en s'installant au volant, rien de mystérieux là-dedans. Muriel Sykes nous a coiffés au poteau. Et maintenant que je sais qu'elle va tout faire pour nous savonner la planche, j'ai changé d'avis.

— À quel sujet ?

Elle a engagé la Ford dans la circulation.

— Mardi prochain, je vote Spellman.

20

Nous redescendions vers le centre de Manhattan.

— Tu es d'accord avec moi, le portable d'Evelyn n'est que temporairement perdu, n'est-ce pas ? a dit Kylie.

— Selon toi, il va refaire surface mercredi matin une fois l'élection passée ? Sykes préférera peut-être le garder au chaud jusqu'à son investiture le 1er janvier.

— Dans un cas comme dans l'autre, hors de question que le NYPD Red reste les bras croisés en attendant. Allons rendre une petite visite à Evelyn. Elle aura peut-être quelque chose à nous dire. Appelle donc John Dryden et demande-lui si ça le dérangerait de me voir deux fois dans la même journée.

— Si tu veux le fond de ma pensée, tu emménagerais chez lui que ça ne le dérangerait guère, ai-je observé. Au cas où tu n'aurais pas percuté, le bonhomme en pince pour toi.

— Oooooh, a-t-elle minaudé en secouant sa crinière blonde à la Marilyn Monroe. Il est si intelligent, et moi si sotte. Je ne vois vraiment pas ce qu'il peut me trouver.

— Ta modestie l'aura fait chavirer.

L'Institut médico-légal se situe sur la 16e Est, le bâtiment jouxtant l'hôpital Bellevue, son principal fournisseur. Comme prévu, John était plus que ravi de nous voir. Et quand je dis nous, je ne parle pas de moi. J'ai laissé Kylie parler pour nous deux.

— John, on est complètement dans le *schwartz*. On a plus que jamais besoin de tes lumières, a-t-elle dit en préambule.

De ses deux mains, Dryden a aplani le tissu de sa blouse blanche.

— Suivez-moi, nous a-t-il dit avant de nous conduire dans une salle d'autopsie où Evelyn reposait sur une table de dissection.

— D'habitude, on ne va pas aussi vite, a-t-il repris. Mais ils l'ont fait passer en tête de liste. On vient de lui recoudre le dos.

— Dis-nous ce que tu as trouvé, a demandé Kylie.

— Le meurtrier ne me paraît s'inspirer d'aucune autre affaire. De son vivant, cette victime venait certes d'un milieu social radicalement différent des trois autres, mais elles sont toutes mortes de la même façon. Par asphyxie. Probablement étouffées par un sac en plastique placé sur leur tête. Toutes les quatre ont été en captivité pendant au moins soixante-douze heures, leurs cadavres soigneusement lavés à l'ammoniaque, et elles avaient toutes le même contenu gastrique : de la pizza. Et pas n'importe laquelle. Même pâte, même sauce, même fromage de qualité supérieure. De la pizza authentique, faite maison. Pas de la cochonnerie industrielle style Domino's ou Pizza Hut.

— Tu peux même déterminer ce genre de détails ? s'est émerveillée Kylie avant de se tourner vers moi. Ce garçon est incroyable.

John buvait du petit-lait, luttant probablement de toutes ses forces pour réprimer un début d'érection.

— Et du côté des blessures défensives, tu as quelque chose ? a ajouté Kylie. A-t-on des écorchures au niveau des articulations des doigts ou des fragments de peau sous les ongles ? Ou tout autre élément que le tueur n'aurait pas réussi à éliminer avec l'ammoniaque ?

— Rien de rien. Tout porte à croire que les victimes n'ont pas eu la moindre chance de se défendre.

Kylie s'est penchée sur le cadavre pour observer le visage d'Evelyn de plus près.

— Pourquoi a-t-elle la bouche aussi contusionnée ? Penses-tu que le meurtrier ait pu utiliser un bâillon-boule ?

— Non. Ça n'aurait eu pour effet que d'empêcher la victime de parler. Mais là, les dommages sont considérables. Plusieurs dents sont cassées, l'intérieur de la bouche lacéré, et les muscles de la mâchoire déchirés. Un simple bâillon-boule ne ferait pas un tel massacre.

— Quoi alors ?

— Je n'aime guère me livrer à des conjectures, a dit Dryden avec un sourire en coin.

— Mais tu as quand même une petite idée, je me trompe ?

— Pas pour le rapport officiel. Je n'indique rien dans mes rapports qui ne soit dûment vérifié. Mon boulot se fonde sur les faits, pas sur de la fantasmagorie.

— Allez, donne-moi juste trente secondes de fantasmagorie, a insisté Kylie.

Dryden a souri comme je ne l'avais encore jamais vu faire.

— En off, alors.

— Croix de bois, croix de fer, a juré Kylie en dessinant une croix imaginaire sur son sein gauche.

Une étincelle dans les yeux, John s'est lancé :

— Vous avez déjà entendu parler du sadomasochisme médiéval ?

— Pas vraiment, a répondu Kylie, qui l'a regardé d'un air intrigué. Mais je sens que tu vas bientôt nous éclairer.

21

— Je crois que nous venons de découvrir une facette de ce bon vieux John le Carré que peu de gens connaissent, a déclaré Kylie quand nous avons été de retour dans la voiture. Le gars en connaît davantage sur les ustensiles de torture médiévaux que Kellogg sur les corn-flakes.

— J'avais toujours soupçonné notre Dr Jekyll de bien cacher son jeu.

— M'étonnerait pas qu'il ait un chevalet d'écartèlement dans sa chambre et une guillotine dans sa cave, a-t-elle lancé en riant aux éclats.

En moins de temps qu'il ne fallait pour le dire, les yeux de Kylie avaient retrouvé leur espièglerie. La tristesse qui planait sur elle jusque-là s'était envolée, et je la voyais pimpante et débordante d'énergie.

— Je me fous de savoir qui gagnera les élections, a-t-elle dit. On va coincer ce connard de Tyvek Killer avant mardi et remettre les compteurs à zéro.

La voiture arrêtée à un feu rouge, elle s'est tournée vers moi, aussi survoltée qu'un limier tirant sur sa laisse.

— Pour commencer, on va mettre Matt Smith sur le coup.

Elle m'aurait envoyé un coup de poing dans l'estomac que ç'aurait été pareil. Sans même me laisser le temps de protester, Kylie a développé.

— Tu as entendu Dryden. La plupart de ces trucs se trouvent aujourd'hui dans des musées. Pour avoir une chance d'en trouver un exemplaire, on ne peut évidemment pas compter sur le rayon « torture » de Monoprix. On a affaire à un marché ultra-ésotérique, et je me suis dit que Matt pourrait remonter à sa source. En retrouvant ceux qui vendent cette camelote, on a des chances de mettre la main sur celui qui l'a achetée. Tu en penses quoi ?

Je ne pouvais hélas pas la contredire.

— Ça vaut le coup d'essayer, ai-je concédé.

— Entre nous, j'ai bossé avec des tas d'informaticiens. Matt est de loin le plus brillant de tous. Non seulement il touche sa bille sur le plan technique, mais il n'est pas du genre *geek* autiste. Il bosse super bien en équipe. On a vraiment du bol de l'avoir dans nos locaux.

Tu m'étonnes. Dans nos locaux, et pile-poil à côté du bureau de Cheryl.

À notre retour au commissariat, l'après-midi touchait à sa fin. Matt était là, plus affable et plus mignon que jamais. Et enchanté de pouvoir se rendre utile.

— Une poire d'angoisse ? s'est-il étonné quand on lui a répété les supputations de Dryden. Jamais entendu parler.

— On est trois, a confirmé Kylie. Et Dryden ne veut pas en faire sa thèse officielle. Il dit qu'il s'agit d'une simple conjecture.

— Je me demande bien d'où il sort ça, a dit Smith. Je ne suis pas très au fait du business de la torture, mais donnez-moi quelques heures et je vous dirai s'il y a moyen de savoir où le tueur a fait ses emplettes. Sinon, quoi de neuf concernant l'ordinateur de Parker-Steele ?

— Introuvable. Disparu. Évaporé, ai-je répondu.

— C'est dingue, a-t-il marmonné.

— Tu as trouvé quelque chose dans ses relevés de carte bleue ou de téléphone portable qui puisse la relier aux autres victimes ?

— Négatif. Elle ne leur a pas envoyé de texto ni passé d'appel téléphonique. Elle n'a pas non plus regardé leurs vidéo-confessions sur son iPhone. Rien non plus dans sa messagerie vocale ou dans ses connexions Internet qui me fournisse le moindre indice sur son meurtrier. C'est à croire qu'elle n'avait jamais eu le moindre contact avec celui qui l'a kidnappée.

— Dans ce cas, comment a-t-il pu l'embarquer sans qu'elle se débatte ou fasse un minimum de grabuge ? me suis-je étonné.

— Es-tu vraiment certain qu'elle ne s'est pas débattue ?

— Non, et ça commence à m'enquiquiner sérieusement. Kang, Tinsdale, Catt, Parker-Steele. Pas exactement les cibles les plus simples pour un kidnapping. S'il n'existe aucun lien entre eux, alors on peut supposer qu'ils se sont fait kidnapper par un parfait inconnu. Mais si tel est le cas, pourquoi n'auraient-ils opposé aucune résistance ?

— Surtout Kang et Tinsdale, est intervenue Kylie.

— S'ils avaient résisté, des témoins auraient assisté à la scène, ai-je rétorqué. Concentrons-nous sur Evelyn. Grâce à ses relevés de carte bancaire, nous savons qu'elle était vendredi soir au Hackie's Pub sur la 2e Avenue. Elle n'est jamais rentrée chez elle, alors que son appartement n'est qu'à trois cents mètres de là. Matt, peut-être qu'en analysant les dernières positions GPS de son téléphone tu pourrais circonscrire la zone approximative de son enlèvement. Ensuite, on p…

— Si je suis con ! s'est écrié celui que Kylie venait de me décrire comme le *geek* le plus brillant du monde. J'étais tellement focalisé sur l'idée d'un lien entre les quatre victimes que j'en ai zappé l'essentiel. Laissez-moi vingt minutes, et j'aurai quelque chose pour vous, a-t-il affirmé en s'installant devant son ordinateur. Tu es vraiment trop fort, Zach. Je me demande vraiment comment je n'y ai pas pensé plus tôt moi-même.

Ben voyons. Tu devais être trop occupé à faire du gringue à ma copine avec tes airs de star de foot, ton accent pointu et tes foutus lattes soja.

22

Vingt minutes plus tard, Kylie et moi étions de retour dans le bureau de Matt Smith. Je remarquai en passant que celui de Cheryl était fermé et toute lumière éteinte, ce qui signifiait qu'elle ne rentrerait avec aucun de nous deux.

— Qu'est-ce que tu nous ramènes ? a demandé Kylie.

— Les dernières positions connues d'Evelyn se trouvent dans ce périmètre, a répondu Smith en désignant sur son écran un plan Google Maps de l'Upper East Side. Hackie's Pub, au croisement de la 2e Avenue et de la 88e Rue. Elle a réglé sa note par American Express à 23 h 09. Son appartement est sur Park Avenue, niveau 94e, et donc à une dizaine de minutes de marche. Ce soir-là, comme il faisait assez doux, on peut supposer qu'elle a fait le trajet à pied. Et quand bien même elle aurait pris un taxi, hypothèse peu probable un week-end vu la circulation et les feux rouges, la course aurait sûrement duré dix minutes aussi. Or on sait qu'elle n'est jamais arrivée chez elle, ce qui veut dire qu'elle s'est évaporée à proximité du bar.

« Partant du postulat qu'elle était à pied, j'ai chopé les images de vidéosurveillance de la 2e Avenue.

Elle a dû mettre quelques minutes pour quitter le Hackie's après avoir payé, et une caméra l'a captée à 23 h 17 sur la 89e, marchant vers le nord. On la retrouve ensuite sur la 90e et sur la 91e. Et puis plus rien. Aucune caméra ne la repère au-delà de la 91e.

« Ensuite, je suis retourné voir ses relevés d'appel. Son iPhone émet en continu pendant un bon moment. J'ai vérifié auprès de son opérateur, qui la localise effectivement dans le pub toute la soirée, puis lorsqu'elle remonte la 2e Avenue. À 23 h 19, elle est à proximité de la 91e. Cinq minutes plus tard, elle est redescendue de douze rues vers le sud, au niveau de la 79e. Huit minutes après, elle se trouve sur la 59e et se dirige vers le Queens. Après ça, son opérateur ne capte plus aucun signal de son iPhone. Soit elle l'a éteint, soit il est au fond de l'East River.

— Elle est donc montée dans une voiture ou un taxi aux alentours de la 91e Rue, ai-je observé.

— Cette portion de la 2e Avenue est pleine de bars, a dit Smith. Il y en a trois entre la 91e et la 92e, dans la zone où on perd sa trace. Mais aucun d'eux n'est équipé de caméra extérieure.

— D'accord, a fait Kylie. Cela dit, un vendredi soir dans l'Upper East Side, on ne devrait pas manquer de témoins oculaires.

— Sauf que la plupart devaient se trouver à l'intérieur des bars, a remarqué Smith.

— Je ne parlais pas de ceux-là, mais des gens à l'extérieur, sur le trottoir, a précisé Kylie avant de se tourner vers moi. Zach, tu te rappelles comment Leonard Parker s'y est pris pour empêcher Muriel Sykes de mettre à mal son patrimoine immobilier ?

— Il l'a envoyée fumer son clope dehors, ai-je répondu. Très judicieux, inspecteur MacDonald. On sait ce qu'il nous reste à faire maintenant : arpenter le trottoir longeant les bars de la zone pour mettre la main sur un fumeur non seulement présent ce soir-là mais encore suffisamment sobre vers 23 heures pour voir Evelyn entrer dans une voiture et filer sur la 2e Avenue vers le sud.

— Marché conclu, a lancé Kylie, plus enthousiaste que jamais. C'est parti pour une tournée des bars.

23

Le post-it sur le bureau d'Emma Frye indiquait : « Appeler Gideon. » Sa liste de courses se terminait par les mêmes mots, écrits en grosses majuscules : « APPELER GIDEON !!! » Et pourtant, Emma avait laissé filer la journée sans appeler son fils. Comme de nombreux New-Yorkais, elle était restée scotchée à sa télé, captivée par le procès pour meurtre de Rachael O'Keefe.

— Emma, cria Sherman en ouvrant la porte d'entrée. Tu as appelé Gideon ?

Emma coupa le son de la télé et descendit l'escalier, non sans avoir préalablement vérifié sa coiffure dans le miroir du couloir.

— Regardez-moi ça, fit-elle en observant son reflet. Le portrait craché de Giddy adolescent.

Sherman, debout devant l'évier, arrangeait des fleurs dans un vase.

À la mort de son mari quelques années plus tôt, Emma n'avait jamais imaginé retrouver le bonheur un jour. La boutique de fleurs que Roy et elle possédaient était certes prospère, mais Emma ne se sentait pas capable de s'en occuper seule.

— Je vais vendre, avait-elle dit à Gideon.

Ce dernier avait trouvé l'acheteur idéal. Après avoir été professeur d'histoire et entraîneur d'athlétisme au lycée John-Adams, Sherman Frye venait de prendre sa retraite au terme de trente-cinq ans de bons et loyaux services. Il avait proposé de racheter la boutique mais à condition qu'Emma accepte de lui donner un coup de main pendant la première année.

Elle avait dit oui, et au bout de deux mois ils avaient commencé à s'offrir un restaurant de temps à autre pour leurs déjeuners d'affaires. De fil en aiguille, ils avaient fini par partir en week-end ensemble, enchaînant parties de golf, tournées de brocanteurs, excursions sur les sites de bataille de la guerre de Sécession, et virées en mer sur le yacht à moteur de Sherman, un magnifique Chris-Craft de dix mètres de long magnifiquement restauré.

Le soir où devait s'achever le contrat d'Emma, ils s'étaient rendus dans leur restaurant préféré, La Nora, sur Cross Bay Boulevard. Il avait attendu le moment du digestif pour glisser une enveloppe sur la table.

— Tiens, avait-il dit. Un petit cadeau de départ pour mon employée préférée.

Emma avait ouvert l'enveloppe et lu la carte, qui disait : « Ne pars pas. Jamais. »

Il lui avait ensuite tendu un petit coffret recouvert de velours bleu qui renfermait une bague de fiançailles sertie de diamants.

— Excuse-moi si je ne mets pas un genou par terre. Tu aurais dû me rencontrer avant que le golf ne me bousille les ligaments croisés, mais je t'aime, et tu as assez travaillé pour moi. Je voudrais maintenant passer le restant de mes jours à travailler pour toi. Emma, veux-tu m'épouser ?

Là encore, elle avait dit oui. Et depuis, elle n'avait jamais été aussi heureuse.

— Des iris, dit-elle en voyant Sherman remplir le vase. Mes préférées.

— Non, tu préfères le lilas. Mais tous les lilas que j'avais à la boutique étaient encore frais et parfaitement vendables. En revanche, ces chéries n'ont plus que vingt-quatre heures avant de trépasser. Je me suis donc dit que je pourrais les apporter à ma petite femme, qui a sûrement enfin appelé son fils comme je le lui demande depuis cinq jours.

Il l'entoura de ses gros bras d'ours.

— Alors, lui murmura-t-il à l'oreille. Tu l'as appelé ?

Elle se dégagea de son étreinte pour mieux voir ses yeux extraordinairement bleus, affichant sa moue d'excuse la plus sexy.

— Toujours pas. Je voulais le faire hier, mais c'était dimanche. Il a eu tellement de boulot ces derniers temps que je ne voulais pas le déranger pendant son jour de congé.

— Et aujourd'hui c'est lundi, et bien sûr tu as regardé le procès de Rachael O'Keefe à la télé toute la journée.

— Coupable.

— Ha ! J'étais sûr qu'elle était coupable.

— Non, non, rectifia Emma. C'est moi qui suis coupable d'avoir passé ma journée devant la télé. Le verdict est tombé cet après-midi. Le jury l'a déclarée innocente.

— C'est dingue, s'offusqua Sherman. Cette femme a tué sa fille. Ça ne fait pourtant pas l'ombre d'un doute.

— Maintenant, tu sais pourquoi je suis restée scotchée à la télé. Bon, j'appelle Gideon illico, dit-elle en composant le numéro sur son portable.

Il décrocha à la première sonnerie.

— Coucou, m'man, est-ce que c'est urgent? Je suis à la bourre.

— Bah, bonjour quand même. Pourquoi es-tu si pressé?

— Je dois retrouver Dave et d'autres potes. On descend dans le centre se prendre une ou deux bières devant le match de foot. Est-ce que ça peut attendre demain?

— J'ai juste une question. Ça ne prendra qu'une demi-seconde. Tu crois que tes amis et ta bière peuvent patienter une demi-seconde?

— Mais oui, bien sûr, m'man. Balance ta question.

— Sherman voudrait transformer ton ancienne chambre en coin à lui.

— Ce n'est pas une question, fit Gideon. Mais moi j'en ai une pour toi. Tu t'es remariée il y a moins d'un an, et Sherman fait déjà chambre à part?

— Ne sois pas bête. Il veut juste s'aménager un endroit confortable pour travailler sur son ordinateur. Il va écrire un roman.

— C'est vrai?

— Oui. Ça se passera pendant la guerre de Sécession.

— Genre *Autant en emporte le vent* ?

Emma éclata de rire.

— Mieux.

— Je suis à la bourre, m'man. C'est quoi ta question?

— J'ai passé toute la journée à mettre tes vieilles affaires dans des cartons. Il y a des vêtements, des cours du lycée, toutes tes coupes de base-ball. Pourrais-tu passer récupérer ce que tu veux garder pour qu'on débarrasse ta chambre?

— Non.

— Comment ça «non»? Tu es un adulte à présent. Tu ne peux pas tout laisser ici indéfiniment. On a besoin de place.

— Alors tu peux tout mettre à la benne à ordures. J'ai déjà pris tout ce que je voulais garder quand je suis parti. Pour le reste, je n'en ai pas eu besoin pendant quinze ans, ça ne va pas changer maintenant.

— Tu es sûr? Tu pourrais peut-être revendre quelques jouets sur eBay.

— M'man, tu as la collectionnite. Pas moi. Ni Sherman. Jette tout ce bordel. Au feu s'il le faut.

— Bon, d'accord. À mon avis, c'est un peu bête de jeter tout ce qui est encore en bon état, mais au moins ça fera plaisir à Sherman. Et pour ta gouverne, jeune homme, avec mon nouveau mari, tout va très bien au lit.

— Mon Dieu, dit Gideon. Je vais raccrocher pour que tu m'épargnes les détails. Je t'aime, m'man.

— Moi aussi je t'aime.

Emma raccrocha à son tour et enlaça Sherman.

— Voilà, mon beau fleuriste. La chambre est toute à toi. Tu peux dès maintenant filer dans ton nouveau bureau pour te mettre à ton roman.

Sherman posa les mains sur ses petites fesses charnues et la pressa contre lui.

— Qu'est-ce que tu dirais de monter avec moi dans la chambre, au cas où j'aurais besoin d'un peu d'inspiration avant de me mettre au boulot ?

— Merde ! s'exclama Emma.

— En voilà une façon de parler au type qui t'offre des iris…

— Non, c'est pas ça. J'ai oublié de dire quelque chose à Gideon.

— Dans ce cas, rappelle-le.

— Pas ce soir. Il allait retrouver des amis pour décompresser. Je l'appellerai à un autre moment.

— Tu voulais lui dire quoi ? s'enquit Sherman en se collant à elle pour l'entraîner vers l'escalier.

— En rangeant son bureau, j'ai trouvé un carnet rouge coincé derrière le tiroir du bas. Comme il ne lui appartient pas, je me demandais s'il pouvait m'en dire plus.

— Il est à qui, ce carnet ?

— Enzo Salvi.

Sherman s'arrêta brusquement au milieu de l'escalier.

— J'ai connu ce gamin du temps où j'étais prof. Un vrai morveux. Je suppose que tu sais qui est son père ?

— Bien entendu. Comme tout le monde à Howard Beach. Nous sommes tous allés à l'enterrement, par respect pour la famille.

— Alors fais-moi une faveur. Par respect pour moi, ne te mêle pas de ça. Le gamin est mort. Il n'a plus besoin de ce carnet.

— Peut-être que ça intéresserait sa mère de le récupérer, objecta Emma. Elle a perdu un fils. Chaque souvenir a son importance. C'est un lien avec lui.

— Certes, mais en l'espèce, ce truc est également relié à nous. Et je ne veux pas avoir le moindre lien avec la famille Salvi. Emma, ce sont des mafieux. Les gens normaux comme nous ne doivent pas avoir de contact avec ces gens-là.

— Alors qu'est-ce que je suis censée faire de ce carnet ?

— Jette-le à la poubelle avec le bordel de Gideon.

— OK, dit-elle avant de filer en direction de la chambre, Sherman à ses trousses.

24

Gideon jeta un coup d'œil dans le miroir et passa lentement la brosse dans ses mèches brunes et bouclées, à l'affût d'un de ces cheveux blancs qui avaient commencé à apparaître depuis peu. Pas un en vue.

Il repensa à la fille à la brassière de sport et à la casquette des pompiers de New York.

— Tout est une question de timing, Andie, déclara-t-il en jouant avec son reflet dans le miroir. Et il se trouve que le tien était craignos.

Il quitta son appartement de la 84e Ouest et marcha jusqu'à la station de métro située à l'angle de la 86e et de Broadway. Il était content d'avoir fait rire sa mère. C'était somme toute la moindre des choses qu'il pût faire après avoir tué son mari.

Il prit la ligne 1 en direction du sud.

Gideon se sentait personnellement responsable de la mort de son père. Officiellement, il s'agissait d'une mort accidentelle. Mais il demeurait persuadé qu'elle aurait pu être évitée pour peu qu'il ait tenu sa promesse. Ce jour-là, il était censé regarder le Super Bowl sur l'écran géant de son père. Mais, deux jours avant le match, il avait réussi à dégoter deux billets pour des places idéalement placées, et donc laissé tomber son père pour s'envoler pour Miami avec Meredith.

Ç'avait été le meilleur week-end de sa vie… jusqu'à ce que sa mère l'appelle à la mi-temps. Après deux bières, Roy avait décidé de monter sur le toit pour ajuster l'antenne satellite. Qu'il en ait en fait descendu deux, quatre ou six importait peu. Il s'était brisé les cervicales, et la chute avait été mortelle. Tout le monde s'accordait à dire que c'était mieux ainsi, vu l'état végétatif dans lequel il aurait survécu.

Gideon était rongé par le remords. C'est lui qui aurait dû se trouver sur ce toit. Il s'était juré de tout faire pour tenter de racheter sa faute auprès de sa mère, et le fait d'avoir trouvé en la personne de Sherman Frye un acheteur pour la boutique y avait grandement contribué. Grâce à Sherman, sa mère avait retrouvé goût au bonheur, ce qui suffisait amplement à celui de Gideon.

Il descendit à la station Chambers Street, remonta West Broadway, et prit à droite sur Duane Street en direction du bar le plus chaud de Manhattan Sud – voire de tout l'arrondissement.

Deux ans plus tôt, considérant qu'une bonne cuite valait mieux qu'une mauvaise plaidoirie, trois avocats pénalistes à l'approche de la cinquantaine avaient ouvert un gigantesque bar sur Duane Street, à deux rues seulement du Tribunal d'instance fédéral.

Baptisé « Ne me jugez pas », il était devenu le rade préféré de toute la profession – un des rares endroits à New York où vous pouviez avouer être avocat sans que votre interlocuteur lève les yeux au ciel.

— Ne me jugez pas non plus, dit Gideon en considérant son reflet dans le verre dépoli de la porte d'entrée.

Le bar était plein à craquer, mais Meredith devait être à l'affût car il l'entendit crier « Gid ! » par-dessus le brouhaha ambiant. Elle s'était levée et lui faisait signe de la main. Gideon se fraya un chemin jusqu'à la table où la jeune femme compatissait avec l'équipe d'avocats qui venaient de perdre dans la plus grosse affaire de leurs jeunes carrières.

Meredith, à moitié pompette, totalement dévastée mais toujours aussi belle, se jeta à son cou.

— Je n'en reviens pas qu'on ait perdu, dit-elle en restant agrippée à lui.

— Je suis vraiment désolé, dit Gideon.

Il prenait garde de ne pas trop se coller à elle. Quoi de plus indélicat en effet qu'un type chopant la gaule au moment où il était censé réconforter sa copine.

— Ce n'est pas votre faute, lui assura-t-il en balayant une mèche rousse qui lui tombait sur les yeux avant de lui déposer un baiser sur le front. Le jury a tout simplement marché dans la combine de la défense, c'est tout.

Elle se rassit et Gideon prit place entre elle et son frère, Dave.

— C'est un sale jour, déclara ce dernier en se saisissant d'un des cinq pichets qui se trouvaient sur la table pour servir une bière à son meilleur ami. Sale jour pour la justice de notre pays.

25

— Vous avez de l'avance sur moi, les gars, dit Gideon en prenant sa pinte. Il va falloir que je vous rattrape.

Il avala quatre grosses gorgées de blonde et reposa bruyamment sa pinte sur la table. Dave le resservit dans la foulée.

Gideon jeta un coup d'œil circulaire dans la salle. Les murs étaient recouverts d'écrans de télé dont la moitié retransmettaient du foot tandis que les autres diffusaient « Post mortem », la célèbre émission de CNN consacrée à l'actualité judiciaire. Et dans un bar qui grouillait d'avocats, rien – pas même le Tyvek Killer – n'avait davantage de retentissement que l'affaire Rachael O'Keefe.

O'Keefe, une mère célibataire de vingt-neuf ans, habitait sur la 71e Est avec sa fille de cinq ans, Kimi. Le jour, elle travaillait comme assistante médicale et recueillait sang, urine et autres fluides corporels pour un laboratoire d'analyses médicales de l'Upper West Side. Le soir, impatiente d'échapper à la monotonie de son existence, elle couchait Kimi vers 20 heures et à 21 heures descendait au bar qui se trouvait en face de son immeuble.

En cas de nécessité, Kimi savait qu'elle pouvait appeler Rachael en composant son numéro abrégé sur son portable, ou bien appuyer sur le bouton de l'interphone pour contacter le gardien. Ce dernier n'aurait alors qu'à courir jusqu'au bar pour aller chercher sa maman.

Rachael savait que ce n'était pas des méthodes d'éducation qu'aurait approuvées Françoise Dolto. Mais avait-elle le choix ? Les hommes qu'elle rencontrait dans le cadre de son travail ne lui accordaient leur compagnie que le temps d'une prise de sang ou d'un prélèvement. Il ne lui restait donc que ses soirées pour avoir une chance de rencontrer un mec convenable – ou, à défaut, un connard qu'elle ferait monter dans sa chambre pour qu'il lui redonne le sourire le temps d'une partie de jambes en l'air.

Mais un dimanche soir quelque chose ne se passa pas comme prévu. Selon les dires de Rachael, elle était rentrée à 2 heures du matin, s'était aussitôt effondrée sur son lit et avait dormi jusqu'à 10 heures. Kimi se réveillant habituellement vers 6 h 30, Rachael était allée dans la chambre de sa fille pour voir ce qui se passait.

L'enfant avait disparu. De même que Mookie, le petit singe en peluche rose avec qui Kimi dormait chaque nuit. À 10 h 04 ce lundi matin, Rachael appela Police secours. En moins de vingt-quatre heures, Kimi O'Keefe allait devenir la personne la plus recherchée des États-Unis.

On retrouva son corps quatre jours plus tard dans une décharge de la Pennsylvanie. Elle était morte étouffée. On n'avait pas repéré son singe rose, mais les enquêteurs n'avaient eu aucune difficulté à déterminer que le tas de détritus dans lequel elle gisait provenait d'une benne à ordures de New York ayant collecté les poubelles de l'immeuble de Kimi le lundi matin.

Un mois plus tard, Rachael était inculpée d'homicide volontaire.

Gideon se souvenait du jour où Meredith avait été chargée de l'affaire. Ce soir-là, elle avait déboulé chez lui, extatique.

— Ça y est ! Ça y est ! J'ai rejoint l'équipe qui bosse sur l'affaire O'Keefe ! avait-elle hurlé de joie.

Elle l'avait enlacé et ils s'étaient jetés sur le canapé en s'embrassant.

— Génial ! avait-il répondu après avoir repris son souffle. Tu vas devenir une star des médias.

— Rien n'est moins sûr. On est neuf dans l'équipe, et je ne participerai pas aux audiences. Au lieu de ça, je serai cloîtrée dans mon bureau à éplucher des rapports d'expertise. Je vais surtout jouer les petites mains, mais je serai quand même chargée de préparer certains des témoins. C'est le plus gros procès de ma carrière, alors si on gagne…

— Quand vous gagnerez, l'avait corrigée Gideon qui avait déjà glissé sa main sous sa jupe et remontait lentement le long de sa cuisse.

Le sexe avec Meredith était tout ce dont Gideon avait rêvé quand il était gamin. Lui et Dave ne lui avaient jamais dit la vérité sur la mort d'Enzo Salvi. Étrangement, Gideon avait toujours pensé que sa bonne fortune, il la devait au jeune mafioso.

Il avait fallu deux ans à Meredith avant d'oser refaire l'amour. Un fiasco. Elle avait d'abord rassuré le type en lui disant que ce n'était pas sa faute, puis avait commis l'erreur de lui avouer la vérité. Non seulement il ne lui avait témoigné aucune compassion, mais il avait fait le lien entre plage, alcool et déguisement sexy pour en arriver à la conclusion qu'après tout, elle l'avait bien cherché. Même s'il n'était pas allé jusqu'à le dire tout haut, Meredith avait lu dans ses pensées. Après cet épisode, ses aventures avaient été aussi rares que frustrantes.

Jusqu'à la Saint-Sylvestre 2009. Gideon et Meredith s'étaient retrouvés à danser ensemble à la même fête, et à minuit le déclic s'était produit. Il s'était penché vers elle, avait posé ses lèvres contre les siennes, et Meredith n'avait pas esquivé son baiser. Leur différence d'âge de cinq ans n'avait plus aucune importance pour elle.

— Je te fais confiance, avait-elle dit en l'embrassant avec toute la fougue et toute la passion qu'on avait voulu tuer en elle sur cette plage huit ans plus tôt.

Depuis, le sexe entre eux avait été fabuleux. Naturel, décomplexé, et sans « je t'aime » superflus.

La première fois que Gideon avait prononcé ces mots, Meredith les avait balayés d'un trait d'humour :

— Tu viens de commettre une contravention de cinquième classe. Pour manquement à la règle de base régissant le sexe entre amis : usage interdit du mot en « A ».

Le soir où elle lui avait fièrement annoncé qu'elle était affectée à la plus grosse affaire de sa vie, Gideon avait à nouveau tenté sa chance. Allongé sur le sol, haletant au milieu des magazines tombés de la table de salon renversée, Gideon, toujours en elle, lui avait murmuré « Je t'aime » à l'oreille.

Il s'attendait à ce qu'elle lui rappelle les règles du jeu. Au lieu de quoi il sentit des larmes couler sur ses joues. Celles de Meredith.

— Désolée de t'avoir fait patienter si longtemps, dit-elle en approchant ses lèvres des siennes. Moi aussi, je t'aime.

Son corps se détendit et sa respiration reprit un rythme régulier.

— On va gagner cette affaire, continua-t-elle en sombrant dans les bras de Morphée. N'est-ce pas ?

— Mmmm…, avait-il répondu, les yeux clos et sa respiration calée sur celle de Meredith. Il est impossible que tu perdes.

26

— Je me demande pourquoi ils parlent de ça sur CNN, lâcha Meredith au milieu de sa quatrième margarita. Ça devrait passer sur Comedy Central. Ce procès de merde n'était qu'une grosse blague.

Les autres avocats présents autour de la table levèrent leurs verres en signe de solidarité.

— On avait cinquante témoins à notre disposition, tous prêts à jurer sur la Bible que Rachael O'Keefe était un vrai pilier de bar et qu'elle laissait sa fille seule pratiquement tous les soirs, développa Meredith à l'attention de son public, acquis à sa cause. Notre erreur a été de n'en appeler que cinq à la barre. Et parmi eux, trois ont témoigné que Rachael se sentait bloquée avec Kimi. Qu'elle s'installait au bar pour siroter son vin blanc en racontant au premier venu qu'elle aurait préféré que sa fille ne soit jamais née. Un jour et demi de témoignages. Et qu'en a retenu le jury ? Tout juste de quoi la déclarer coupable d'abandon moral et matériel de son enfant. En gros, c'était une mauvaise mère, basta. C'est comme si, dans l'affaire O. J. Simpson, tu déclarais le mec coupable d'avoir foutu du sang partout et le condamnais à verser une amende pour atteinte aux biens d'autrui.

Tandis que Meredith buvait la dernière gorgée de son cocktail, Dave se leva pour prendre sa sœur par la taille.

— Je crois qu'il est temps que tu te rasseyes, sœurette.

— Non, j'ai encore des trucs à dire, rétorqua-t-elle en le repoussant.

— Laisse-la parler, Dave, dit Gideon. Les deux derniers mois ont été super durs pour elle. Faut que ça sorte.

Dave secoua la tête mais ne chercha pas à discuter, se contentant de regagner son siège.

Gideon tendit sa bière à Meredith.

— Bois un coup, ma chérie. Et dis tout ce que tu as sur le cœur.

— OK. Imaginons que je suis Rachael O'Keefe, commença-t-elle en peinant à articuler ses mots. Il est 2 heures du mat', et je suis complètement bourrée.

— Très convaincant, beugla Gideon avant que le reste du groupe ne s'esclaffe à son tour.

— Des années au club théâtre de NYU, dit Meredith, courbette à l'appui. J'en étais où ? Ah, oui, je traverse la rue en titubant pour rentrer chez moi. Je jette un œil dans la chambre de ma fille pour vérifier que tout va bien. Toutes les mères font ça, même bourrées. La petite Kimi, qui a passé cinq heures toute seule dans le noir, est en pleurs. Foutue gamine, toujours à pleurnicher. Je m'énerve. J'attrape un oreiller et je l'écrase sur son visage. Je ne veux pas la tuer. Juste qu'elle la ferme. Et j'y parviens. La fillette ne pleure plus. Ce silence me fait tellement de bien que je maintiens l'oreiller encore quelques instants. Et l'enfant cesse de respirer. Oups. Ce n'était pas le but. Je n'avais vraiment pas l'intention de la tuer.

Meredith redressa les épaules, lissa sa jupe et s'adressa au petit groupe.

— Mesdames et messieurs les jurés. Admettons que Rachael O'Keefe n'ait pas délibérément tué sa fille. En revanche, une fois l'irréparable commis, elle a bel et bien cherché à se couvrir. Qui d'autre qu'elle aurait pu l'envelopper dans une couverture avec autant de soin avant de la mettre dans un sac-poubelle ? Qui d'autre serait sorti discrètement par l'entrée de service pour laisser le corps de Kimi avec les poubelles destinées à la benne à ordures du matin ? Rachael la mauvaise mère ? Non, mauvaise mère, elle l'a toujours été. Mais ce soir-là, elle s'est transformée en mère infanticide.

— Super convaincant, dit Gideon. Je vote coupable.

— Merci, répliqua Meredith en s'envoyant une nouvelle gorgée de bière. Mon beau, tu aurais dû faire partie du jury. Tu sais ce que c'était leur problème, à ces jurés ?

Gideon haussa les épaules.

— À tout hasard : ils étaient tous déficients mentaux ?

Meredith partit d'un grand rire – exagérément long par rapport à la blague.

— Non, le problème avec ces jurés, c'est qu'aucun d'eux n'a réussi à s'imaginer Rachael O'Keefe en train de tuer sa fille. Une bande de crétins.

Nouvelle gorgée de bière.

— J'ai une question à vous soumettre, dit-elle à son auditoire. Si, en vous levant un matin, vous constatez que votre vitre et le bitume de la rue sont mouillés, avez-vous réellement besoin de voir et d'entendre la pluie pour en arriver à l'inévitable conclusion qu'il a plu dans la nuit ?

— Non ! répondirent-ils tous en chœur en secouant la tête.

— Non, répéta Meredith. Nul besoin de l'avoir vue tuer Kimi pour savoir que Rachael l'a fait. On n'a vu personne d'autre entrer ou sortir de l'immeuble. Elle seule avait accès à l'appartement. Et, plus important encore : elle seule avait un mobile. Rachael O'Keefe a tué sa fille à 2 heures du matin, a patienté pendant huit heures le temps que la benne à ordures emporte le petit corps pour, enfin, appeler les flics et signaler sa disparition. Cette affaire, c'était du gâteau. Comment on a pu perdre ?

— C'est bon, ça suffit, dit Dave à Gideon. Elle se fait du mal, là.

Tout le monde savait pertinemment pourquoi ils avaient perdu. Mais personne ne voulait que Meredith pense qu'ils la tenaient pour responsable.

Dave se leva, la prit à nouveau par la taille et la fit s'asseoir à côté de Gideon.

— Putain, comment on a pu perdre ?

Et là, comme si les dieux de CNN avaient entendu la question, la réponse fusa à l'écran.

Le Sorcier.

27

Un des témoins clés de l'accusation était Audrey Yeager. La quarantaine passée, cette assistante juridique habitait sur le même palier que Rachael O'Keefe. Meredith l'avait préparée pour le procès, et à son grand étonnement elle avait été invitée à s'asseoir sur le banc de l'accusation le jour où Yeager devait témoigner.

Audrey se présenta à la barre. D'une voix calme et posée, elle déclara avoir de nombreuses fois par le passé entendu Kimi pleurer la nuit. Et malgré ce que pouvait dire Rachael, Kimi ne l'appelait pas toujours sur son portable. Pire, quand c'était le cas, Rachael se pressait rarement pour rentrer.

— Certains soirs, j'entendais la pauvre petite pleurer pendant des heures, témoigna-t-elle. Ça commençait avant que j'aille me coucher, et ça continuait plus ou moins fort pendant une bonne partie de la nuit, entre gémissements et lamentations plaintives. Vu que sa chambre se trouve juste à côté de mon salon, j'entendais tout distinctement. C'était horrible.

Son témoignage était décisif, en ce qu'il dépeignait Rachael O'Keefe sous les traits d'une mère cruellement négligente, dont l'enfant était par sa faute livrée à elle-même quasiment tous les soirs. L'argument du téléphone portable ne tenait pas debout. Pour le procureur, la vérité était que chaque nuit Rachael rentrait ivre et devait calmer sa fillette en pleine crise d'hystérie. Or ce dimanche soir fatal, Rachael n'eut ni la patience, ni la volonté de calmer sa fille. Incapable d'assumer ses devoirs de mère, abrutie par l'alcool, elle avait mis un oreiller sur la tête de Kimi dans l'espoir de la faire taire.

S'il n'y avait pas eu préméditation, l'intention de tuer était en revanche indéniable. C'était donc un meurtre.

C'est alors que Dennis Sawcer entra en scène. Sawcer était une légende. Cet avocat pénaliste arrachait systématiquement la victoire des griffes de l'accusation. Un journaliste du *Daily News* avait un jour écrit qu'« avec un tel pouvoir d'envoûtement sur les jurés, il aurait dû s'appeler Sorcier ».

Le surnom lui était resté, ce qui n'était pas pour lui déplaire. À quarante ans, Sawcer ne défendait plus que deux types de clients : ceux dont le portefeuille était suffisamment fourni pour accroître sa fortune, et les causes perdues comme Rachael O'Keefe, qui ne faisaient qu'asseoir sa réputation.

— Madame Yeager, dit-il en s'avançant à pas comptés vers le témoin. Commençons par jouer cartes sur table. Nous nous connaissons, n'est-ce pas ?

— Oui, répondit Audrey.

— Vous êtes assistante juridique au sein du cabinet d'un de mes confrères, et nous nous sommes rencontrés à de nombreuses occasions, continua-t-il avec un large sourire.

— Oui, en effet.

— Savez-vous ce que je pense de vous ?

Elle se décomposa.

— Non, monsieur.

— Eh bien, je vais vous le dire sans détour. Mesdames et messieurs les jurés, déclama-t-il avec emphase, cette femme est un ange. Il n'y a pas plus dévoué, plus affable et plus attentionné que Mme Yeager.

Quelques sourires dans la tribune des jurés. Tous avaient l'air un peu perplexe. Pourquoi diable l'avocat de la défense dressait-il un portrait aussi élogieux du témoin clé de l'accusation ?

Meredith se posait la même question. Son ventre se noua.

— Audrey, reprit le Sorcier. Cela a dû être particulièrement difficile pour vous d'entendre cette enfant pleurer toutes les nuits des semaines durant.

— Oui, c'est vrai.

Meredith hocha la tête. Se contenter de répondre aux questions. Surtout ne prendre aucune initiative.

— En avez-vous jamais parlé à sa mère ?

— Non.

— Pourquoi cela ?

— Ce n'était pas mon rôle.

— Je comprends, acquiesça Sawcer. Qui sommes-nous pour juger nos voisins et leur suggérer qu'ils sont de mauvais parents, n'est-ce pas ?

Audrey acquiesça de la tête.

— Vous vous êtes donc contentée de laisser la petite Kimi pleurer tout son saoul, soir après soir, assena-t-il.

Yeager resta muette, le visage fermé.

— Pardonnez-moi, mais je n'ai pas entendu votre réponse. Il faut dire que ma question tenait plus de l'assertion. Permettez, je vous prie, que je la reformule sur le mode interrogatif. Madame Yeager, avez-vous oui ou non laissé Kimi O'Keefe, seule et apeurée, pleurer toutes les larmes de son corps, des heures durant, pendant que celle qui ose se prétendre sa mère jouait les piliers de bar et s'avinait en attendant que le premier mâle venu la ramène dans sa chambre pour la tringler sauvagement ?

— Objection ! hurla le procureur. Tentative d'intimidation du témoin.

— Accordée, s'empressa d'affirmer le juge. Maître, je vous autorise à continuer sur ce terrain, mais je vous prie de surveiller votre langage et de ne pas malmener le témoin.

— Mes excuses à la cour, dit Sawcer, ainsi qu'à Mme Yeager. Audrey, je vous connais. Vous êtes parée de toutes les vertus remarquables que j'évoquais à l'instant. Par conséquent, si je puis vous croire lorsque vous affirmez n'avoir jamais dit à Mme O'Keefe ce que vous pensiez de ses méthodes éducatives, j'ai en revanche beaucoup de mal à imaginer que vous ayez pu laisser cette pauvre fillette souffrir sans lever le petit doigt. Est-ce que je me trompe ?

— Non.

Pétrifiée et le cœur battant à tout rompre, Meredith était prise de bouffées de chaleur.

— Alors dites au jury ce que vous avez fait pour venir en aide à Kimi, continua Sawcer.

— Une nuit, répondit Yeager, j'ai sonné chez elle. Je lui ai dit que c'était moi, Audrey. Elle me connaissait un peu, et a donc ouvert la porte. Je suis rentrée et je l'ai calmée.

— Comment y êtes-vous parvenue ?

— Oh, je lui lisais un livre, ou alors nous chantions des chansons. Parfois on jouait avec ses poupées Barbie. Il y avait tout un tas de choses que nous aimions faire.

— Vous avez donc rendu visite à Kimi plusieurs fois.

— Oui.

— Plus de cinq fois ?

— Oui.

— Plus de dix ?

— Oui.

— Ne chicanons pas sur le nombre. Pouvons-nous simplement dire que vous avez tenu compagnie à Kimi à de nombreuses reprises en vous rendant dans l'appartement de votre voisine ? Ou bien « souvent » serait davantage exact ?

— À de nombreuses reprises.

— Sa mère était-elle au courant ?

— Personne n'était au courant, assura Audrey avant, cette fois, de poursuivre : J'ai dit à Kimi que je me ferais gronder si elle en parlait, et que je ne pourrais jamais revenir.

— Avez-vous eu des gestes susceptibles de faire du mal à Kimi ? demanda Sawcer d'une voix douce.

— Oh, mon Dieu, non ! s'offusqua Yeager. Je… je l'aimais beaucoup. Je n'ai jamais eu d'enfant. Je ne supportais pas de voir la façon dont sa mère la traitait. (Les larmes lui montèrent aux yeux avant de ruisseler le long de ses joues.) Elle… elle était ce que j'avais de plus précieux et cette… cette…

La bonne éducation d'Audrey Yeager l'empêcha de prononcer le mot qui lui venait à l'esprit.

Sawcer s'approcha de la table de la défense, lui tendit une boîte de mouchoirs en papier et patienta le temps qu'elle reprenne ses esprits.

— Continuez, je vous prie, dit-il.

Audrey prit une grande respiration.

— Kimi était ce que j'avais de plus précieux, répéta-t-elle. Et Rachael l'a tuée.

— Il se peut que vous ayez raison, dit Sawcer. Il est possible en effet que Rachael O'Keefe, à son retour chez elle cette nuit-là, ait tué sa fille.

Pause, le temps que l'idée mûrisse dans l'esprit des jurés.

— Mais ! s'écria Sawcer, et Meredith savait déjà ce qui allait suivre.

— Mais, répéta Sawcer un ton en dessous, Kimi était une enfant en manque d'amour, prête à ouvrir la porte à quiconque entendrait ses sanglots et tenterait de la consoler.

— Objection.

— Rejetée.

— Peut-être y eut-il un autre voisin compatissant. À moins qu'il ne se soit agi d'un voisin pas si compatissant que ça, las d'entendre ses pleurs incessants. Ou encore d'un livreur de pizzas détraqué. Ou bien d'un des mille inconnus qui auraient pu pénétrer dans l'immeuble ce soir-là en profitant d'un rapide passage aux toilettes du concierge. Donc oui, cela aurait pu être elle, dit-il en désignant Rachael tout en haussant à nouveau la voix. De même que cela aurait pu être n'importe qui. Est-ce que je me trompe, Audrey ?

Elle secoua la tête.

— Je ne vous entends pas !

— Non, vous avez raison.

Il se tourna vers le jury.

— Bien sûr que j'ai raison. Cela… aurait… pu… être… n'importe qui. Et Kimi, qui avait tant besoin qu'on s'occupe d'elle, aurait ouvert la porte et l'aurait laissé entrer.

Il regagna lentement la table de la défense et tira sa chaise.

— Mesdames et messieurs les jurés, voilà ce que l'on appelle – et Mme Yeager, en tant qu'assistante juridique, ne me contredira pas –, voilà ce qu'on appelle un doute raisonnable. Très, très, très raisonnable, conclut-il, avant de se rasseoir.

Les jurés étaient comme hypnotisés.

Une fois encore, le Sorcier avait frappé.

28

Kylie et moi remontions la 3e Avenue à fond de train, tous les deux perdus dans nos pensées. De mon côté, je m'écrivais des scénarios dignes des *Feux de l'amour*, qui se terminaient tous avec Cheryl en train de me larguer pour Matt Smith. Quant à Kylie, la connaissant, j'imaginais qu'elle échafaudait un plan d'action musclé pour sauver son mari de l'autodestruction.

Après un virage serré pour prendre la 92e Rue, nous avons débouché sur un terrain dévasté connu sous le nom de « Projet de métro de la 2e Avenue ».

L'idée de creuser une ligne de métro sous la 2e Avenue entre Harlem et Wall Street ne datait pas d'hier. Le premier projet remontait à plusieurs décennies avant ma naissance, mais il avait fallu attendre 2007 pour qu'il se concrétise. Même s'ils arrivent à trouver les financements nécessaires pour terminer ce tunnel de treize kilomètres de long, ce sera bien après ma mort. En attendant, la 2e Avenue entre la 63e et la 96e ressemble à Bagdad après le déclenchement de la guerre en Irak.

Une fois la voiture garée sur la 1re Avenue, nous voilà repartis en sens inverse. L'atmosphère était automnale. Il ne faisait guère plus de cinq degrés et les bars le long de la 2e Avenue arboraient tous un total look Halloween.

Premier arrêt au Foggy Goggle. En période de championnat, les lundis soir avaient des airs de vendredi, et le bar était rempli d'aficionados rêvant de voir les New England Patriots se faire massacrer par Miami.

Munis de photos d'Evelyn, nous avons abordé notre cœur de cible : les fumeurs clopant sur le trottoir. Si quelques-uns l'avaient bien vue aux infos télévisées, personne en revanche ne l'avait aperçue à proximité du bar vendredi soir. Aucun des clients présents à l'intérieur ne s'est révélé d'une quelconque utilité non plus.

Prochaine étape : le Sticks and Balls, où les clients se divisaient en deux groupes : ceux qui regardaient le tournoi de billard organisé dans la salle du fond, et les autres, qui vociféraient contre les Patriots.

Kylie et moi avons décidé de nous séparer pour sonder la salle. Une demi-douzaine de gars, la testostérone boostée par l'alcool, « pensaient savoir quelque chose » et se proposaient d'en discuter avec Kylie autour d'un verre.

Elle avait sa réponse toute faite : « Génial. On va chez moi ? Je crèche au commissariat du 19e. Tu pourras rester dormir. »

Au bout de dix minutes, comprenant que nous serions à nouveau bredouilles, nous avons filé au bar suivant, le bien nommé Not A Health Club. Pas de doute là-dessus, il n'avait rien d'un « club de remise en forme ». Il y avait deux fois plus de fumeurs à l'extérieur que nous n'en avions trouvé devant les deux précédents bars.

L'un après l'autre, ils ont scruté la photo d'Evelyn en hochant la tête négativement. On en avait interrogé à peu près la moitié quand un type s'est approché de Kylie, clope au bec :

— Je suis Romeo. C'est moi que vous cherchez ?

Il devait peser dans les cent dix kilos pour un mètre soixante-dix, cheveux bouclés et clairsemés, et sa barbe fournie rendait son visage potelé encore plus rond. J'avais de sérieux doutes sur le fait qu'une femme puisse « chercher » un type pareil. Surtout avec des entrées en matière aussi pitoyables que « Je suis Romeo. C'est moi que vous cherchez ? ».

— Et pourquoi je vous chercherais ? a demandé Kylie.

— Vous êtes flics, non ? Vous cherchez des infos sur cette femme, a-t-il répondu en désignant la photo que Kylie avait à la main. C'est moi qui vous ai appelée. Je suis Joe Romeo.

— Quand m'avez-vous appelée ?

— Ce soir, juste après avoir entendu parler du meurtre d'Evelyn Parker-Steele au journal de 18 heures. J'ai appelé au numéro vert indiqué sur votre site Internet. Là où ils promettent une récompense de deux mille dollars pour toute info permettant de coincer le tueur. J'ai rappelé à 19 h 30 pour leur dire que je ne pouvais pas rester bloqué dans mon appart toute la soirée, et qu'on pourrait me trouver ici.

Dans les affaires d'homicides hypermédiatisées, notre numéro vert reçoit des centaines d'appels. Nos services donnent suite à chacun d'entre eux, ce qui prend évidemment un certain temps. Inutile de dire que son message était resté noyé parmi les appels jugés non prioritaires.

— Oh, oui, bien sûr, ai-je affirmé. Nous avons bien reçu vos deux appels. Dites-nous ce que vous savez, monsieur Romeo.

— C'était vendredi soir, vers 23 heures. J'étais là, en train de fumer un clope, quand j'ai vu votre nana remonter la 2e Avenue. Je ne savais pas encore qui c'était, mais sa tenue avait attiré mon attention. Je bosse dans la mode, alors j'ai l'œil quand il s'agit de repérer une femme qui sait s'habiller. Tailleur-pantalon gris, corsage bordeaux, escarpins Brian Atwood – elle avait une petite fortune sur le dos.

— Vous rappelez-vous dans quelle direction elle se dirigeait ? a questionné Kylie. A-t-elle tourné au carrefour ? S'est-elle rendue dans un autre bar ?

— Non, une voiture s'est arrêtée à son niveau, a-t-il répliqué en tirant sur son clope. Un SUV noir.

— Avez-vous vu le chauffeur ? ai-je sondé.

— Non, mais le type à l'arrière a baissé sa vitre et l'a appelée.

Le type à l'arrière ? Kylie et moi avons échangé un regard perplexe.

— Êtes-vous certain que le type se trouvait à l'arrière ? me suis-je étonné.

— Oui. Et ça se voyait qu'elle ne le connaissait pas. Je me suis dit que c'était un de ces connards qui abordent les nanas au hasard. Mais elle s'est quand même approchée de lui. À ce stade, la scène avait capté toute mon attention, et j'attendais le moment où elle l'enverrait bouler. Au lieu de quoi elle l'a écouté pendant dix bonnes secondes, avant de monter dans la voiture.

— Elle est montée de son propre chef ? Il n'est même pas sorti pour lui ouvrir la porte ?

Il a secoué la tête.

— Non. Elle s'est installée direct à l'arrière.

— Êtes-vous absolument certain qu'il y avait deux hommes à bord ? ai-je insisté.

Les témoins oculaires alcoolisés n'étant pas les plus fiables, je préférais m'assurer que Romeo s'en tenait bien à la même version.

— Non, je ne peux pas vous assurer que c'était deux hommes. Je n'ai jamais vu le chauffeur. Ç'aurait tout aussi bien pu être une femme ou un singe savant.

— Pouvez-vous nous décrire l'homme assis à l'arrière ?

— Il était blanc.

— C'est tout ?

— Oui. Je n'ai pas vu son visage. Seulement sa main, posée sur la vitre baissée. Hé, n'essayez pas de me carotter ma récompense au motif que je n'ai pas vu leurs visages. Je vous ai donné deux indices : la bagnole noire et le type blanc. Ça vaut bien quelque chose.

— Tout à fait, lui ai-je assuré. Vous nous avez été d'une grande aide. Merci de nous avoir contactés.

Romeo a écrasé son mégot et tendu à Kylie sa carte de visite avant de regagner le bar d'un pas lourd.

— Il nous a décrit les vêtements qu'elle portait, a dit Kylie. Et le fait qu'il ait vu Evelyn monter dans une bagnole confirme la théorie de Matt. Elle aurait effectivement descendu la 2e Avenue en voiture avant de prendre le pont en direction du Queens au niveau de la 59e. À partir de là, son portable ne nous dit plus rien.

— OK, ai-je dit. Récapitulons. On a deux suspects dans une voiture noire – l'un des deux pouvant aussi bien être un homme qu'une femme – roulant en direction du Queens. Et on est sûr que l'homme a la main blanche.

Kylie n'a pu réprimer un sourire.

— Eh bien, a-t-elle fait. Ça fait pas lourd.

29

À 22 h 15, Kylie et moi avions levé les voiles. Et à 22 h 16 j'appelais Cheryl sur son fixe. Pas de réponse. Je n'ai pas laissé de message.

À 6 heures le lendemain matin, je suis entré dans le snack de Gerri et me suis installé à ma table habituelle. À ma grande surprise, Gerri en personne est venue dare-dare me servir une tasse de café.

— Alors, Zach, comment ça se passe avec ta psy ?

Le snack se trouvait à un coin de rue du commissariat. La propriétaire, Gerri Gomperts, sorte de Ménie Grégoire aux allures de cheftaine scoute, mettait un point d'honneur à tout savoir de la vie de chacun de ses clients. D'où la blague récurrente au sein du 19ᵉ : si l'IGS, la police des polices, avait besoin de se renseigner sur l'un d'entre nous, inutile de chercher du côté du commissariat. Il suffisait d'aller faire un tour au snack de Gerri.

Gerri avait suivi mon histoire avec Cheryl avant même que celle-ci ne débute.

— Ça va, ça va, ai-je répondu avec un sourire forcé.

— Ah ben voilà qui est romantique, m'a-t-elle rétorqué. A-t-on jamais entendu une chanson d'amour avec « Ça va, ça va » comme refrain ?

Cheryl est arrivée cinq minutes plus tard et s'est installée à ma table. Gerri n'a pas tardé à se manifester.

— Bonjour, Cheryl, lui a-t-elle dit en lui versant une tasse de café.

— Alors comme ça tu ne prends plus de latte soja ? ai-je noté.

À la façon dont elles m'ont regardé toutes les deux, j'ai compris que ma pique était tombée à plat.

— Je n'ai pas eu le temps de regarder tes dossiers avant de sortir du bureau hier soir, m'a dit Cheryl dès que Gerri a tourné les talons. Est-ce que ça peut attendre cet après-midi ?

— Avec Kylie on va crapahuter toute la journée. On dit 17 heures ? On pourrait enchaîner avec un dîner.

— Bonjour, a tonitrué une voix de baryton familière, ne lui laissant pas le temps de répondre.

C'était Matt Smith, la star de mes *Feux de l'amour* intérieurs.

— Désolé de ne pouvoir me joindre à vous. Je prends juste un café à emporter. La boîte mail du capitaine Cates n'arrête pas de planter et elle veut que le problème soit réglé au plus vite. Comment ça s'est passé hier soir ?

— Génial, s'est exclamée Cheryl. Exactement comme tu m'avais dit.

— En fait, ma question s'adressait à Zach, a corrigé Matt. Comment s'est passée votre tournée des bars ?

— On a trouvé une piste, ai-je répondu. Il semble qu'un SUV noir l'a prise en charge à l'endroit exact où tu nous as indiqué qu'elle avait disparu des écrans radar.

— Bien joué. Ça nous explique pourquoi Evelyn a mis si peu de temps pour rejoindre le pont de la 59e. Avec son relevé téléphonique, je vérifierai si dans les six derniers mois elle a appelé un propriétaire de SUV noir. Je m'y mets dès que j'ai réglé mon problème de boîte mail. À part ça, je continue mes recherches pour retrouver la trace d'un achat de poire d'angoisse.

— Merci, ai-je dit.

— C'est moi qui te remercie, mon ami. C'est une vraie chance pour moi d'avoir rejoint votre équipe. Quant à madame la psy, a-t-il fait en se tournant vers Cheryl, passe donc dans mon bureau à midi. On pourra grignoter un morceau et tu me raconteras hier soir.

— Ça marche, a-t-elle répondu.

J'ai attendu que Matt soit sorti pour cuisiner Cheryl :

— Alors, madame la psy. Qu'y avait-il donc de si génial hier soir ?

— La pièce. Je t'ai dit que j'emmenais mes parents au théâtre pour leur anniversaire de mariage. Une pièce que m'avait recommandée Matt.

— Désolé. C'est la folie en ce moment. J'avais oublié. Je suis content que ça se soit bien passé.

— Plus que bien, en fait. Comme Matt connaissait l'auteur, il s'était arrangé pour que je puisse emmener papa et maman dans les loges pour le saluer. Ils étaient aux anges !

— Génial, en effet.

— Zach, tu n'as pas l'air dans ton assiette. Que se passe-t-il au juste ?

— Rien, c'est juste moi.

— Tu veux qu'on en parle ?

— C'est la psy ou l'amie qui parle ?

— Dans un cas comme dans l'autre, ça restera entre nous. Qu'est-ce qui te chagrine ?

Pour commencer, que tu passes dans le bureau de Matt à midi. Mais ça, je ne pouvais évidemment pas le lui dire.

— C'est Spence, ai-je répondu, histoire de trouver quelque chose de crédible. Il est devenu accro aux médocs, et ça commence à avoir une incidence sur la fiabilité de Kylie.

— Et donc ça t'affecte toi aussi.

— Oui. Spence est le mari de ma coéquipière. Ce qui leur arrive m'affecte indirectement aussi.

— C'est tout ?

— C'est tout ce qui me chagrine. Rien de plus.

Cheryl s'est frotté le menton et a hoché la tête d'un air pensif.

— Inspecteur Jordan, vous vous foutez gentiment de moi, m'a-t-elle lancé. Je n'ai qu'une question : tu mens à l'amie ou à la psy ?

Grillé. J'ai éclaté de rire.

— Aux deux. Et ni l'une ni l'autre ne semble être tombée dans le panneau.

— Zach, je ne sais pas ce que tu as sur le cœur, a-t-elle dit en se levant de sa chaise. Mais même si c'était le cas, ce n'est pas à moi de te le dire. Ce sera plus efficace si tu le trouves toi-même. Alors je pourrai peut-être t'aider à y voir plus clair. Il faut que je file. Et sinon, oui, ça me ferait extrêmement plaisir de dîner avec toi ce soir. Si tu le souhaites, on pourra reprendre la discussion là où on s'est arrêtés.

Après son départ, je suis resté seul encore une bonne minute le temps de finir mon café. Puis je me suis levé pour aller payer. Gerri était derrière la caisse. Les sourcils froncés, elle ne me décrocha pas un mot.

— À quoi penses-tu, Gerri ?

— Rien.

— Tu es bien silencieuse ce matin.

— Tu me connais, répondit-elle du tac au tac. Je ne suis pas du genre à m'immiscer dans la vie privée des gens.

— Ah bon ? Et depuis quand ?

— Mon poussin, si tu veux vraiment connaître le fond de ma pensée, tu n'as qu'à demander.

— OK, Gerri. Alors je te le demande. Quel est le fond de ta pensée au juste ?

— Tu veux vraiment que je te le dise ? m'a-t-elle nargué.

Même si je risquais fort de le regretter, elle finirait tôt ou tard par cracher le morceau.

— Fais comme chez toi.

— Mais après, zéro question, a-t-elle précisé. Je vais juste te dire ce que j'en pense. Pas de bla-bla. Je ne tiens pas à ce qu'on en parle pendant des heures.

— Marché conclu. Zéro question. Dis-moi juste le fond de ta pensée.

Elle s'est redressée de toute sa hauteur – ce qui ne changeait rien au fait qu'elle faisait au bas mot trente centimètres de moins que moi – et m'a regardé droit dans les yeux.

— Il est temps que tu te sortes les doigts du cul, voilà ce que je pense.

— Autre chose?

— Oui. C’est un dollar cinquante pour le café.

30

Il était à peine 6 h 45 quand je suis arrivé au commissariat. Et pourtant, Kylie était déjà à son bureau.

— Bonjour, inspecteur, a-t-elle dit. C'est gentil de passer.

— Cette petite boutade suggérerait-elle que Spence et toi avez eu un début de matinée agréable ?

— Il n'était pas encore réveillé quand je suis partie. Ceci explique cela. Cates nous attend pour notre rapport.

Il nous a fallu dix bonnes minutes pour briefer Delia Cates sur les derniers développements concernant l'affaire Parker-Steele. Elle ne nous a interrompus qu'à deux reprises. La première fois, quand on lui a expliqué que les deux ordinateurs d'Evelyn avaient disparu comme par enchantement.

— Le concierge est sûr de lui quand il dit avoir vu Muriel Sykes sortir de l'immeuble avec le portable d'Evelyn sous le bras ? a-t-elle demandé.

— À proprement parler, il l'a seulement vue porter un ordinateur, ai-je admis. Mais elle lui a filé cent dollars pour qu'il oublie ce qu'il avait vu.

— Encore un cas flagrant d'entrave à l'action de la justice qui passera au travers des mailles du filet de notre justice foireuse, a jugé Cates.

Sa dernière remarque est arrivée quand on lui a rapporté que Joe Romeo avait vu Evelyn monter dans un SUV noir avec deux personnes à son bord vendredi soir.

— Ce qui veut dire qu'on aurait non pas un mais deux Tyvek Killers ?

— Le Caméléon aussi avait un complice, a observé Kylie. Vu que le Tyvek Killer a dû transporter des corps plutôt lourds, ça ne m'étonnerait pas qu'il en ait un aussi.

— Vous avez donc déjà réussi à déterminer l'endroit où Evelyn Parker-Steele s'est fait kidnapper, a dit Cates. Et vous avez mis la main sur un témoin qui dit l'avoir vue monter de son plein gré dans un SUV noir ayant à son bord au moins deux personnes. Vous avez donc récupéré en vingt-quatre heures davantage d'éléments tangibles que Donovan et Boyle en quatre mois.

— On n'a pas tant de mérite que ça, a dit Kylie. Les deux bougres nous ont simplifié la tâche en mettant la barre aussi bas. Les dossiers qu'ils ont montés sur les trois premiers homicides sont fins comme un cheveu. Il n'y a rien à en tirer. Avec Zach, on se demandait si on ne devrait pas revenir sur leurs investigations.

— Si on arrive à déterminer l'endroit où les trois autres victimes ont disparu, on a une petite chance de trouver un témoin capable de nous donner une meilleure description de la voiture ou des ravisseurs, ai-je confirmé. On pourrait commencer avec la deuxième victime, Sebastian Catt. Il habitait par ici, à l'angle de York Avenue et de la 84e.

— Qu'est-ce qu'on a sur lui ? a questionné Cates.

— Pour l'instant, rien de neuf par rapport au peu qui se trouve déjà dans le misérable classeur de Donovan et Boyle.

— Je vais être franche, a concédé Cates. Je suis tellement embourbée dans ce merdier politique que je n'ai pas eu une minute pour lire leurs dossiers – aussi squelettiques soient-ils.

Kylie a pris un air faussement étonné.

— Quel merdier politique ? a-t-elle dit. Je ne vois pas de quoi vous voulez parler. Merci de nous avoir épargnés, capitaine.

Le visage de Cates s'est fendu d'un large sourire.

— Et vous, merci de m'avoir fait rire, inspecteur. Avec le maire et le commissaire principal en permanence sur mon dos, je ne sais pas quand j'en aurai à nouveau l'occasion. Dites-moi ce que vous savez sur Sebastian Catt.

— Il était « photographe de mode », a répondu Kylie en mimant des guillemets.

Cates a repéré l'allusion cryptée et secoué la tête d'un air dégoûté :

— Et qui aimait-il photographier ? Les petits garçons ? Les petites filles ?

— Les jeunes femmes, a déclaré Kylie. Il les repérait sur Craigslist, le site d'annonces, et leur faisait miroiter une carrière de mannequin qui consistait finalement à se laisser filmer pour des shows érotiques par webcam ou à participer à des défilés de lingerie coquine dans des soirées privées. Pour couronner le tout, il était *sex addict*. Ces gamines – certaines étaient mineures –, il les droguait avant de les déshabiller et de les mettre dans son lit. Il en gardait une ou deux à domicile puis les faisait tourner, histoire de toujours avoir de la chair fraîche.

— Et après on s'étonne que quelqu'un ait voulu le trucider, a remarqué Cates.

— Il a commencé par buter un de ses premiers modèles, ai-je dit. Savannah Lee, dix-neuf ans. Lui en avait quarante-neuf, mais cette fille était différente. Il était tombé amoureux. Ça a duré environ deux mois, et un soir on a retrouvé la fille morte, poignardée, à quelques encablures du domicile de Catt. Son sac à dos avait été dérobé, ce qui pouvait faire penser à un vol à l'arraché qui aurait mal tourné. Mais les flics n'y ont jamais cru. Ils ont soupçonné Catt, sans toutefois disposer d'élément concret le mettant en cause.

— Jusqu'au moment où un témoin s'est manifesté. Hattie LaFleur, est intervenue Kylie. Elle et son mari habitaient l'appartement jouxtant celui de Catt. Dans les soixante-dix ans, gérante du Daffodil Grill sur York Avenue, une petite dame haute en couleur qui était très appréciée dans le quartier.

— Vous parlez d'elle au passé? s'est interrogée Cates.

— Elle est la deuxième victime de Catt, a précisé Kylie. Hattie offrait le déjeuner à Savannah une ou deux fois par semaine dans son restaurant. Elle avait fini par convaincre la petite de larguer Catt pour vivre sa vie. Le soir où Savannah a été assassinée,

Hattie était sortie promener son chien. Il était 1 heure du matin, soit pile-poil au milieu de la fourchette horaire durant laquelle était survenu le décès. Elle avait juré aux flics avoir vu Catt sortir furtivement de l'immeuble, les cheveux en bataille et portant le sac à dos de Savannah. Il a alors été mis en garde à vue, puis immédiatement relâché sous caution. Une semaine avant le procès, au cours d'une de ses sorties nocturnes pour promener son chien, Hattie a été tuée d'un coup de couteau.

— Encore un prétendu vol à l'arraché qui aurait mal tourné, a soupiré Cates.

— Tout le monde savait pertinemment qui l'avait tuée, a dit Kylie. D'autant plus que le chien de Hattie n'a jamais été retrouvé. Après tout, quitte à se débarrasser de la voisine qui en savait assez pour vous faire coffrer, autant en profiter pour liquider son insupportable roquet. Mais là encore, aucune preuve formelle, et Catt n'a pas été inquiété pour ce meurtre non plus. *Bis repetita*.

— Et pourtant on est sûrs et certains que c'est lui qui a fait le coup, ai-je affirmé, dans la mesure où Catt a admis sa culpabilité dans les deux meurtres dans la vidéo-confession diffusée sur le Net. Il a également avoué avoir balancé le clébard dans l'East River après l'avoir zigouillé.

— Le corps de Sebastian Catt a été retrouvé à proximité du Centre international de la photographie sur la 43e Ouest, a conclu Kylie. Mais nous n'avons pas la moindre idée de l'endroit où il a pu être kidnappé, ni à quel moment cela s'est produit. Il faut dire que ce n'est pas le genre de type qui manque à grand monde. Il nous faudra donc aller à la pêche aux infos. On va commencer par le voisin de Catt, Horton LaFleur, le mari de Hattie.

31

— Il faut que je fasse une pause pipi, a dit Kylie quand nous sommes sortis du bureau de Cates. Récupère la bagnole et attends-moi devant.

— Ça doit être plutôt sympa d'avoir un chauffeur particulier, ai-je ironisé, ne loupant jamais une occasion de lui balancer une vanne. Comme le commissaire divisionnaire Harries.

— Pas tant que ça, a-t-elle rétorqué, il m'est arrivé de croiser le chauffeur d'Harries. Lui au moins sait tenir sa langue, m'a-t-elle lancé avant de filer aux toilettes.

J'ai descendu les marches du perron du commissariat sans me douter de ce qui allait se produire.

Un véritable guet-apens.

Surgissant de derrière une camionnette garée le long du trottoir est apparu Damon Parker, le frère d'Evelyn Parker-Steele.

S'il existait un concours de la personne la plus détestée d'Amérique, nul doute que Damon Parker s'empresserait de s'y inscrire et qu'il mènerait une campagne acharnée pour gagner. Dans son enfance, son connard de père lui avait probablement martelé le message que les mecs sympas finissent bons derniers, car Damon avait fait carrière à la télé en étant tout sauf sympa.

Au contraire, il était davantage connu pour ses coups fumeux et ses interviews musclées que pour son intégrité journalistique. Et à en juger par l'équipe de cameramen qui le suivait, je risquais fort d'être sa prochaine victime.

— Inspecteur Jordan, a braillé Parker, qui ne s'adressait pas tant à moi qu'aux téléspectateurs qui le regarderaient m'étriller le soir venu. Les gens veulent savoir !

C'était son slogan, ainsi que le titre de son émission : « Les gens veulent savoir. »

Et moi, mon slogan, c'était : « Rien à battre de ce que les gens veulent savoir. » Mais le service de presse du NYPD ne voyait pas d'un très bon œil les flics qui se permettent face caméra de dire ce qu'ils ont sur cœur.

J'arrivais à la voiture quand Parker et son équipe me barrèrent le passage.

— Les gens veulent savoir, s'est-il époumoné comme s'il s'était trouvé à trente mètres de moi alors qu'il me collait un micro sous le nez. Les gens veulent savoir pourquoi ils financent avec leurs impôts une police municipale de trente-cinq mille hommes qui est incapable de mettre la main sur le monstre ayant sauvagement torturé puis assassiné quatre innocentes victimes.

— Je ne ferai aucun commentaire, ai-je dit.

— Aucun commentaire, c'est déjà un commentaire, n'est-ce pas? a-t-il beuglé à l'intention de ses fidèles qui l'écoutaient débiter ses diatribes quotidiennes. Bien sûr qu'il ne veut pas parler. Il est muselé par le maire. Et vous voulez savoir pourquoi ? Parce qu'il y a une cinquième victime, et que le maire, qui s'accroche désespérément à un poste auquel il a lamentablement échoué, refuse de le révéler au public. Inspecteur, pouvez-vous au moins nous en dire plus sur cette cinquième victime ?

Une cinquième victime ? Ce type était vraiment un as de la manipulation. Mais au Red nous étions formés pour repérer ce genre de piège, et je n'allais certainement pas tomber dans le panneau.

— Il m'est impossible de commenter une enquête en cours, ai-je répondu poliment, exactement comme on m'avait appris à le faire.

— Dans ce cas, c'est moi qui vais vous révéler ce que vous dissimule le maire, a-t-il déclaré. Ce monstre, le Tyvek Killer, terrorise les New-Yorkais au point que nombre d'entre eux se barricadent chez eux. Partout où je suis allé, à Astoria, Bensonhurst, ou encore Gew Gardens, les gens ont tellement peur de sortir le soir que les commerces de proximité commencent à en souffrir. Les restaurants se vident. Les magasins de quartier ferment les uns après les autres. La cinquième victime, a-t-il conclu, c'est l'économie new-yorkaise.

Du grand n'importe quoi, mais la rhétorique était parfaite. Parker faisait campagne pour Sykes, et je lui servais de faire-valoir. Je me suis efforcé de passer mon chemin sans jouer des coudes, certain qu'il se serait réjoui de me voir perdre mon sang-froid, sautant sur l'occasion de fustiger les brutalités policières.

Sur ces entrefaites, Kylie est apparue sur le perron du commissariat.

Voici un extrait de ce qu'on nous inculque au centre d'instruction du NYPD : « La presse usera parfois de méthodes outrancières, s'en prenant aux officiers ou au service de police municipal par des attaques virulentes afin de provoquer une réaction affective. Ne réagissez pas et gardez votre calme. Restez ferme, mais poli. »

Personnellement, je m'étais toujours efforcé d'éviter les confrontations avec les médias. Ma coéquipière, elle, semblait considérer que cet impératif de prudence était tout sauf obligatoire.

— Damon, s'est-elle écriée du haut des marches.

Kylie et moi évoluions dans des milieux fort différents. En tant qu'épouse de producteur, elle était amenée à rencontrer des gens de la télé et connaissait forcément Parker.

Celui-ci s'est retourné et Kylie s'est précipitée sur lui.

— Est-ce qu'on peut savoir ce que vous faites, Damon ?

Le torero avait agité le chiffon rouge.

Le taureau s'est avancé prudemment.

— Ce que je fais moi ? a objecté Parker.

Ne manquaient que les « olé ! » de la foule.

— Je suis à la recherche de la vérité, a-t-il dit. Les gens veulent connaître la vérité, inspecteur MacDonald, et ils comptent sur moi pour qu'elle éclate au grand jour. Voilà ce que je fais, comme toujours. Sauf que cette fois j'en ai fait une affaire personnelle. Ma sœur a été tuée, et je veux que son assassin soit traduit en justice.

Après m'avoir servi son couplet sur la cinquième victime, voilà qu'il nous sortait le refrain du frère endeuillé.

— Avez-vous seulement essayé de retrouver le meurtrier de ma sœur ? a-t-il demandé en usant d'une de ces formules assassines dont il avait le secret. Ou bien avez-vous reçu pour instruction de monter en épingle la pseudo-confession d'Evelyn, histoire de la faire passer pour une tueuse et ainsi ternir la réputation de la candidate en qui ma sœur avait toute confiance ?

Plus outrancier tu meurs. On peut dire que Parker mettait le paquet. Il avait eu beau m'asticoter, je n'avais pas mordu à l'hameçon. Mais avec Kylie c'était une autre histoire. Elle était du genre à réagir au quart de tour.

Le cameraman se retourna pour filmer sa réaction et elle regarda droit dans l'objectif. L'inspecteur MacDonald était prête pour son grand show.

— Vous vous contrefichez de la vérité, et qu'on retrouve ou non l'assassin d'Evelyn est le cadet de vos soucis. Ce n'est pas après le tueur que vous en avez, mais après les flics et le maire. Vous ne faites rien d'autre qu'exploiter le meurtre de votre sœur pour booster votre audience. Votre présence ici n'a pas d'autre objectif. Une dernière question, Damon. Comment pouvez-vous encore vous regarder dans un miroir ? a-t-elle hurlé. Ça aussi, les gens veulent le savoir.

Sans attendre sa réponse, Kylie est montée prestement à bord et a claqué la porte. Parker s'égosillait devant la caméra et je démarrai en trombe.

Ma coéquipière est décidément fâchée avec les conventions. Non contente d'enfreindre les règles, elle semble toujours se réjouir du chaos qui s'ensuit.

— Alors, m'a-t-elle lancé avec un grand sourire jubilatoire, j'étais comment ? Tu crois que j'ai un avenir à la télé ?

— Tu m'as carrément bluffé, ai-je répondu en remontant la 67e à toute allure en direction de Park Avenue. Mais après tout ce tintouin médiatique, j'espère juste que tu as encore un avenir dans la police.

32

L'Upper East Side est l'un des quartiers les plus huppés de Manhattan. Mais à la différence des habitants de Bel Air à Los Angeles, les grosses fortunes locales n'ont pas la place de construire d'immenses villas entourées de terrains somptueux. L'immobilier new-yorkais étant vertical, même un appartement à vingt millions de dollars passe parfaitement inaperçu s'il est niché au cœur d'une tour de quarante étages.

Sortent davantage du lot les habitations sensiblement moins cossues, comme cet immeuble d'avant-guerre de cinq étages en grès brun sur la 84e Rue entre la 1re Avenue et York. Flanqué d'un côté par un pressing et, de l'autre, par un complexe de deux cents appartements, sa façade était ornée des escaliers de secours métalliques qui caractérisaient à New York les bâtiments de hauteur et standing plus modestes.

C'est ici que nous avons trouvé Horton LaFleur qui, à l'évidence, devait faire chuter le revenu moyen de son quartier aisé.

Après avoir sonné à son nom dans le vestibule de l'immeuble pour nous annoncer, nous nous étions dirigés vers l'appartement 1A – rez-de-chaussée, face. L'homme qui nous a ouvert, le visage émacié, mesurait dans les un mètre quatre-vingts et tirait derrière lui une bouteille d'oxygène portable.

— Emphysème, nous a dit LaFleur d'une voix sifflante en guise d'explication. Entrez.

Le séjour était compact. Pas le choix d'ailleurs. Mis à part la minuscule cuisine et la salle de bains, c'était la seule pièce dont il disposait. Il y avait un lit-banquette pouvant servir de sofa, une table pouvant servir de bureau et au mur était encadré l'Ordre militaire du Purple Heart, qui a attiré immédiatement mon regard.

— Merci pour votre dévouement, ai-je dit.

LaFleur s'est contenté de hocher la tête.

— Vietnam.

Et ce fut tout. Deux petites syllabes pour nous signifier qu'il était fier du sacrifice rendu à la nation mais qu'il n'avait nullement l'intention d'en parler.

Dans un coin de la pièce s'entassaient des boîtes de rangement en plastique remplies de vieux téléphones et de câbles, ainsi qu'une ceinture à outils en cuir.

— J'étais monteur de lignes téléphoniques, nous a expliqué LaFleur. D'abord pour New York Tel, avant que ça ne devienne Bell Atlantic, puis Verizon. C'est le même bordel, juste le logo qui change sur le bleu de travail.

J'ai fouillé dans une des boîtes pour en extraire un combiné rose « Princesse » à cadran rotatif.

— On n'en voit plus beaucoup des téléphones comme ça, ai-je remarqué.

— C'est une des premières versions du 701B, qui plaisait beaucoup aux adolescentes. Il était si léger qu'il tournait en même temps que votre doigt quand vous composiez le numéro sur le cadran. Du coup, on a dû lester les modèles ultérieurs avec du plomb.

— Ça a de la valeur aujourd'hui ? me suis-je enquis.

— Valeur sentimentale, uniquement. Mais n'allez pas croire que j'ai volé tout ce barda. Ce ne sont que des vieilleries. On est comme ça, nous autres les anciens des télécoms. À force de passer nos journées avec ces bitonios, quand un modèle finissait par être abandonné, on avait juste envie d'en garder un ou deux en souvenir. Hattie me disait toujours que les gars des télécoms avaient tous la collectionnite. Mais que voulez-vous, c'est toute ma vie. J'en avais même encore plus avant, mais il a fallu que je me sépare d'une partie quand on a emménagé ici. Je déteste ce trou à rats, mais c'est tout ce qu'on avait pu trouver dans notre budget, et à proximité de son boulot.

Sur la table était posée une photo encadrée en noir et blanc de jeunes mariés. C'était Horton et Hattie, plusieurs décennies avant la bouteille d'oxygène et le meurtre ignoble.

Kylie s'en est saisie.

— Elle était très belle. Toutes nos condoléances.

— J'ai comme dans l'idée que vous n'êtes pas venus me voir pour me parler d'elle, a dit LaFleur, la voix dénuée de toute émotion.

— Nous menons l'enquête sur le meurtre de Sebastian Catt, a déclaré Kylie.

— Pourquoi ?

— Nous sommes de la police criminelle. C'est notre boulot.

— Je sais qui vous êtes, mademoiselle, a tranché LaFleur. Mais que venez-vous chercher ici ? Une espèce de justicier a réglé son compte à ce salaud et mis en ligne une vidéo pour que le monde entier sache que c'était tout ce qu'il méritait. Fin de l'histoire.

— Pas pour nous, a dit Kylie. Catt a été vu pour la dernière fois à son studio de photo de la 87e Rue. D'après son assistante, il est ensuite rentré chez lui vers 18 heures. Sa boîte aux lettres étant vide, on est à peu près sûrs qu'il est passé à son domicile ce soir-là. On y a d'ailleurs trouvé des indices prouvant qu'il s'est préparé à dîner. C'est après qu'on perd sa trace. Comme vous êtes son voisin, on s'est dit que vous pourriez peut-être nous confirmer l'avoir vu ou entendu rentrer chez lui. Ou alors en sortir.

LaFleur a secoué la tête.

— Ce n'est pas le cas.

— Êtes-vous vraiment certain de n'avoir rien entendu du tout ? a insisté Kylie.

— Absolument certain. Et même si j'avais entendu quelque chose, je me serais bien gardé de vous le dire. Cette ordure a assassiné ma femme. Neuf jours seulement avant notre cinquantième anniversaire de mariage. Neuf petits jours. J'avais pourtant dit à Hattie de refuser de témoigner.

Sa respiration s'est faite plus difficile, et il a pris plusieurs bouffées d'oxygène.

— Nous comprenons parfaitement ce que vous ressentez à l'égard de Catt, a dit Kylie. Mais sachez que la dissimulation d'éléments de preuve est un crime.

Il a éclaté de rire.

— Vous n'avez pas la moindre idée de ce que je ressens. Quant à vos menaces voilées, laissez-moi rire. Un tueur en série est dans la nature et vous êtes censés lui mettre la main dessus. J'imagine la tête de votre hiérarchie quand elle apprendra que le seul gars que vous avez arrêté est un vétéran du Vietnam, que sa femme a été assassinée, et qu'il doit comparaître devant le juge en traînant sa bonbonne d'oxygène derrière lui.

Il lui a tendu les poignets.

— Allez-y, mademoiselle, l'a-t-il défiée. Passez-moi les menottes.

Kylie a eu un mouvement de recul.

— Horton, a-t-elle dit. Vous permettez que je vous appelle Horton ?

Il lui a lancé un regard furibond.

— Certainement pas. On n'a pas gardé les cochons ensemble.

— Soit, a concédé Kylie. Monsieur LaFleur, nous ne sommes pas là pour vous arrêter, mais un tueur soi-disant justicier sème la terreur et…

— Quel âge avez-vous ? a demandé LaFleur.

— Trente-quatre ans.

— Alors vous n'êtes pas assez âgée pour vous souvenir de Bernie Goetz, a-t-il dit. L'affaire remonte aux années 1980. Le type s'était fait tabasser par trois jeunes punks dans une station de métro. Un flic, qui n'était pas en service à ce moment-là, était intervenu et avait réussi à en neutraliser un tandis que les deux autres prenaient la fuite. Celui qui a été arrêté a passé deux fois moins de temps dans le commissariat que Goetz. Pour finir, le petit merdeux a seulement été poursuivi pour dégradation du bien autrui car il avait déchiré la veste de Goetz. Après ça, Goetz a fait une demande de port d'arme auprès des services municipaux. Je vous laisse deviner la suite.

— Sa demande a été rejetée, a dit Kylie.

— Exact. Quelques années plus tard, toujours dans le métro, quatre loubards s'en prennent à nouveau à lui. Sauf que cette fois, il a ce qu'il faut. Qu'ils aillent se faire foutre avec leur port d'arme. Goetz s'est procuré un .38. Et bam, il les canarde tous les quatre.

— C'est une affaire célèbre, monsieur LaFleur, a dit Kylie. Je connais les faits.

— Alors vous connaissez la fin de l'histoire. Une des petites frappes finit en chaise roulante. Les trois autres se remettent vite de leurs blessures, et retombent dans la délinquance : vol à main armée, viol, tout y passe. Mais Goetz, le pauvre bougre, est inculpé de port illégal d'arme à feu et écope d'une peine de prison ferme. Dans ces conditions, dites-moi une chose : qui est le vrai coupable ? Qui est la victime ?

Nous n'avions pas de réponse à formuler. D'ailleurs, sa question n'en appelait aucune.

— Bernie Goetz a été surnommé le « Justicier du métro », a repris LaFleur, et beaucoup l'ont critiqué. Ce n'a jamais été mon cas. Au contraire, pour moi c'est un héros. *Idem* s'agissant du gars qui a liquidé Sebastian Catt. Croyez-moi, si j'avais eu vingt ans de moins et que je n'étais pas obligé de trimballer ce truc pour respirer correctement, je m'en serais moi-même chargé.

Il a pris la photo des jeunes mariés et contemplé longuement celle qui avait été son épouse durant cinquante années moins neuf jours.

— Voilà tout ce que j'ai à vous dire, a-t-il dit en relevant brusquement la tête avant de nous inviter à sortir. Maintenant, je vous prie de partir.

Par habitude, je lui ai laissé ma carte, la déposant à l'endroit même où s'était trouvée la photo de mariage.

Elle finirait sûrement à la poubelle avant même que Kylie et moi ayons regagné la voiture.

33

— Il sait quelque chose, m'a dit Kylie dès que nous avons été hors de portée de voix.

— Une chose est sûre en tout cas, il sait comment s'y prendre pour te clouer le bec, mademoiselle.

— Si j'y suis allé mollo avec ce vieux schnock, c'est uniquement parce que c'est un vétéran et que sa femme a été assassinée. S'il avait eu quarante ans de moins, je n'aurais pas été aussi sympa.

— Sympa, sympa… Pas au point de pouvoir appeler LaFleur par son petit nom.

Elle a haussé les épaules.

— OK. Je l'ai peut-être un peu bousculé. Mais tu en conviendras : il sait quelque chose.

— C'est le moins qu'on puisse dire. Tu as vu son barda ? Toutes ces boîtes pleines à craquer de téléphones, fils, câbles et matériel d'installateur. Je veux bien qu'il garde tout ça par sentimentalisme, mais à mon avis, il n'y a pas que de la nostalgie dans ces boîtes.

— C'est-à-dire ?

— Quand j'ai fouillé dans l'une d'elles pour en sortir le téléphone « Princesse », j'ai repéré un truc qui ne pouvait pas provenir d'une des boîtes de télécoms où il avait bossé. C'était un appareil fabriqué par Shenzen Adika. Pas vraiment le genre de société à commercialiser des téléphones pour adolescentes. Basés en Chine, ils sont spécialisés dans le matériel audio high-tech et les systèmes de vidéosurveillance, le style de matos qu'on peut se procurer sur n'importe quel site web dédié au cyber-espionnage.

— L'enfoiré, s'est exclamée Kylie. Il aurait planqué des micros dans l'appartement de Catt ?

— Quand on y pense, ça se pourrait bien. Il est persuadé que Catt a tué sa femme. Pour un gars qui a passé sa vie à installer des lignes téléphoniques, rien de plus simple que de poser des mouchards. Il espérait peut-être apprendre de quoi relier Catt au meurtre de Hattie.

— Si tu dis vrai, alors on ferait bien de fouiller l'appart de Catt, a dit Kylie. Même pas besoin d'un mandat de perquisition. Vu qu'il est encore sous scellés, il fait toujours partie intégrante du terrain d'investigation en cours.

— On n'aurait pas de mal à entrer, certes. Mais on ne trouverait rien. Quoi qu'il ait installé, LaFleur a certainement tout débranché après la disparition de Catt. Et même si on retrouve un mouchard, impossible de prouver qu'il est dans le coup. Quant à le faire causer, ça paraît compromis.

— Tu crois qu'il connaît le ou les types qui ont buté Catt ?

— Non, mais il pourrait probablement nous aider à le savoir.

— Sauf qu'il ne le fera pas, dit Kylie. Pour lui, le Tyvek Killer est tout aussi héroïque que Bernie Goetz.

— Et il n'est pas le seul, ai-je remarqué. Une bonne partie de la ville soutient ce Tyvek – si tant est qu'il ne s'agisse que d'une seule personne. Tout ce que retiennent les gens, c'est qu'il zigouille des assassins ayant échappé à la justice. Tu imagines, des fans lui ont même dédié une page Facebook ! Ils l'adorent.

— Tandis que nous, ils vont nous détester, a reparti Kylie. Parce qu'on va le coincer.

Kylie est comme ça. Rien ne peut entamer son optimisme. Surtout pas un vieux schnock comme Horton LaFleur.

34

— Et maintenant, on va où ? ai-je demandé en m'installant au volant de l'Interceptor.

— Les deux possibilités se trouvent aux extrémités opposées de Manhattan, a répliqué Kylie. Pour la première victime, Alex Kang, ce serait Chinatown. Pour la troisième, Antoine Tinsdale, Harlem. Comme tu préfères.

— Où qu'on aille, ce sera bientôt l'heure du déjeuner. Et même si je pense le plus grand bien du Red Rooster à Harlem, je n'ai pas mangé un bon *dimsum* depuis des lustres.

— Vendu, a approuvé Kylie.

— Qui a dit que c'était compliqué de bosser dans la police ? ai-je dit en prenant la FDR Drive, la voie express sur les berges de l'East River.

— Chinatown est le terrain de chasse de Donovan et Boyle. Ils dépendent du 5e depuis des années. Si leurs rapports sont globalement bâclés, on aurait au moins pu penser qu'ils soigneraient le dossier Klang. Or, d'après leurs notes, ils n'ont interrogé qu'un seul type.

— J'ai vu ça. On peut supposer qu'ils en ont interrogé d'autres mais qu'ils n'en citent qu'un dans leur rapport. Pas trop portés sur la paperasse, les deux lascars.

— De vrais tire-au-flanc, oui ! a jugé Kylie. Tu as vu le nom du type qu'ils ont interrogé ? Le mec du gang ?

— Oui, ai-je répondu en rigolant.

— Ce n'est pas drôle, Zach. Manifestement, ils se contrefichaient de ce qu'ils faisaient, et n'imaginaient pas un instant que quelqu'un puisse reprendre l'affaire.

— Je vais continuer sur la voie express jusqu'au pont de Brooklyn, ai-je dit. Tu peux me donner l'adresse exacte à Chinatown ?

— Je peux juste te dire ce qu'ils ont noté dans leur rapport. En espérant que ces débilos ne se soient pas trompés. Ils se sont contentés de noter « QG gang CP Emperors – 58 Mulberry ».

— Et sinon, dis-je en passant du coq à l'âne. Tu peux me rappeler le nom du type qu'ils ont interrogé ?

Kylie a ouvert un des dossiers et fait mine de le parcourir.

— Attends voir, a-t-elle dit en prolongeant la blague. Ah oui, le voilà. D'après leurs prises de notes irréprochables, les inspecteurs Donovan et Boyle ont interrogé un certain John Doe[1].

---

1. Aux États-Unis, John Doe est le nom fictif utilisé pour désigner une personne non identifiée.

35

Le QG des CP Emperors se trouvait au rez-de-chaussée d'un immeuble ramassé en brique rouge situé au cœur de la communauté chinoise. Malgré son apparence faussement anodine, l'endroit était une véritable forteresse. Fenêtres barricadées, rideau métallique de sécurité et porte d'entrée blindée. Ne manquaient que les douves.

Kylie a tambouriné à la porte principale.

— NYPD, a-t-elle crié avant de se tourner vers moi. Il valait mieux qu'on s'identifie, s'est-elle justifiée. Histoire qu'ils ne s'étonnent pas trop de voir un couple de Blancs s'arrêter devant leur immeuble dans une bagnole de flics banalisée.

La porte s'est ouverte et un caïd chinois au teint cireux nous a barré le passage. Il était vêtu de noir, couleur habituellement amincissante mais qui dans son cas ne dissimulait rien de ses cent trente kilos. Sa masse remplissait toute l'embrasure de la porte.

— NYPD, ai-je répété. Qui est le chef ici ?

— Vous avez un mandat ?

— Pourquoi en aurait-on besoin ? On vient juste parler un peu.

— On n'a rien à dire. Foutez le camp.

C'est alors qu'a retenti derrière la porte un bruit clair et distinct, reconnaissable entre mille. Clic. Clac. Un flingue qu'on était en train de charger. Probablement un semi-automatique.

Kylie n'a pas hésité une seconde et a dégainé son Glock.

— Tout le monde à terre ! a-t-elle hurlé.

Sans attendre de réponse, elle a envoyé son pied droit entre les cuisses de Gras-du-bide. En plein dans le mille. Il s'est plié en deux et effondré lamentablement.

Je n'avais aucune idée du nombre de CP Emperors se trouvant à l'intérieur, et je ne tenais pas franchement à le découvrir. J'ai sorti mon flingue et crié à mon tour :

— Police ! Jetez vos armes – et que ça saute !

Je me préparais psychologiquement au premier coup de feu, priant pour que la porte soit suffisamment résistante.

— Mon cul, oui ! a braillé une voix derrière la porte. Vous n'avez pas le droit de vous pointer avec une arme ici.

— Ce n'est pas toi qui vas nous dire ce qu'on peut faire ou non, a hurlé Kylie en retour. Au moment où ce connard a chargé son flingue, un mandat devenait inutile. Circonstances exceptionnelles. Balancez vos armes, fissa.

— OK, OK. (Bruit d'un flingue qu'on faisait glisser sur le sol. Puis d'un deuxième.) Bouge ton gros cul, Rupert.

Les mains toujours plaquées sur son entrejambe, le molosse a libéré le passage, laissant un jeune

Asiatique ouvrir la porte en grand. Longiligne, les cheveux longs, moustache clairsemée, il avait dans les vingt-deux ans et la mine renfrognée.

— C'est toi le chef ? ai-je demandé.

— En temps normal, oui. Mais là j'ai comme l'impression que vous avez pris la main.

— Tu t'appelles comment ?

— John Doe, a-t-il répondu, toujours aussi renfrogné.

— Des John Doe, on en a déjà des tas à la morgue en attente d'identification. Quel est ton vrai nom ?

— John Dho, a-t-il répété. D-H-O. On est à Chinatown ici, mon pote.

En fin de compte, Donovan et Boyle savaient donc bien à qui ils avaient eu affaire. Ils s'étaient juste plantés sur l'orthographe.

— On est en deuil ici. Vous cherchez quoi ?

— Je comprends bien. Toutes nos condoléances. Mais il faut quand même qu'on parle. Tu préfères ici ou au commissariat ?

— Toi, tu peux entrer, a fait Dho. Mais la garce reste dehors.

— La garce, ou bien elle entre, a dit Kylie, ou bien elle te prend par le colback pour t'emmener faire une promenade de santé dans Mulberry Street en te gueulant dessus jusqu'à ce qu'on arrive à la bagnole. Et je te préviens, on est garés à deux blocs d'ici.

— Mon cul, oui. Vous êtes garés en face de l'immeuble.

— Alors tu devras te coltiner tout le chemin en sens inverse. Rien à battre que vous interdisiez l'accès de votre club aux nanas. Quand j'ai crié « police », quelqu'un a clairement chargé un semi-automatique – pour lequel vous disposez bien sûr d'un permis, n'est-ce pas ?

Il a fait un pas de côté pour nous laisser passer.

— Que venez-vous faire ici ?

— On recherche le meurtrier d'Alex Kang, ai-je répondu.

Dho fumait une cigarette roulée dont les effluves rappelaient l'intérieur d'une écurie. Il a soufflé une bouffée de fumée dans notre direction.

— Nous aussi, a-t-il décrété. Mais on se débrouillera sans vous.

— Causons un peu de tout ça, ai-je fait.

La pièce était mal éclairée et chichement meublée. Deux canapés défoncés, deux ou trois tables recouvertes de Formica et un assortiment disparate de chaises pliantes. Dans un des coins du fond se trouvait une cuisine de fortune.

— Sympa la piaule, a lancé Kylie. Tout à fait le standing d'un empereur.

— Dis-nous-en un peu plus sur la journée où Alex a disparu, ai-je repris.

— Il a traîné ici jusqu'à 11 heures du mat' environ. Après il est parti rendre visite à sa grand-mère – au Beekman Downtown Hospital. À 14 heures, ne le voyant pas revenir, on a commencé à l'appeler. Pas de réponse. On a foncé direct à l'hôpital. Sa mère était là mais elle nous a dit qu'il n'était jamais venu. On a vérifié à son appart et partout où il avait l'habitude de traîner. Que dalle. Six jours plus tard, il refaisait surface dans une combinaison de protection, sur un banc de la station de métro de Canal Street. On a déjà tout raconté aux deux guignols.

— De qui parlez-vous au juste ? ai-je demandé.

— Donovan et Boyle, les deux condés. Ils sont en permanence sur notre dos. Même quand c'est nous les victimes.

— Vous connaissiez donc Donovan et Boyle avant qu'Alex ne se fasse tuer.

— Ouais, tout le monde les connaît ici. C'est leur secteur. Ils sont de la « Brigade de protection de la jeunesse ».

— Alex avait-il eu une embrouille avec eux ? a insinué Kylie.

Dho l'a regardée d'un air consterné.

— Ils sont racistes et détestent les Emperors. Et Alex encore plus que les autres, vu que c'est le boss. Vous croyez vraiment qu'on peut compter sur ces deux flics pour retrouver celui qui a buté Alex ?

— Sur eux, je ne sais pas. Mais je peux vous assurer que les deux flics que vous avez devant vous sont bel et bien à la recherche du tueur. Étant donné qu'on est du même côté que vous, pourquoi ne pas me dire où en est votre enquête ?

— Aucun gang rival n'est dans le coup, a assuré Dho.

— En êtes-vous vraiment certain ? a demandé Kylie, posant la question qui l'avait mise dans le pétrin avec LaFleur.

Dho a joint les mains en faisant une courbette.

— Tout à fait certain, honorable inspecteur. Notre enquête très approfondie, répondit-il en omettant le verbe à dessein, le but étant de parodier Charlie

Chan, personnage cumulant les stéréotypes asiatiques dans le cinéma américain des années 1930 et 1940.

Puis il s'est redressé et a arrêté son manège.

— Vous vous foutez vraiment de notre gueule au NYPD, a-t-il lâché, la mine de nouveau renfrognée. Quand ce Tyvek Killer de mes deux bute Alex, vous nous envoyez Dupond et Dupont. Mais il suffit qu'il zigouille une bourgeoise de souche pour que vous rappliquiez tous comme un seul homme. Vous voulez savoir qui a tué mon meilleur ami, Alex Kang ? Cherchez pas. C'est ce taré qui se prend pour un putain de sauveur et qui est persuadé d'apporter sa contribution pour faire de New York une ville plus sûre. Tenez, c'est écrit noir sur blanc dans le journal d'aujourd'hui.

Il a ramassé le journal qui traînait sur la table et l'a jeté dans ma direction.

C'était un quotidien chinois. La seule chose que je pouvais comprendre était la photo d'Evelyn Parker-Steele qui s'étalait en première page.

36

— Il était légitime que je sorte mon arme, a dit Kylie quand nous sommes sortis de l'immeuble. Dès que j'ai entendu le bruit de ce semi…

— Hé, je ne te demande pas de te justifier. Moi aussi j'étais en première ligne. Je n'ai guère apprécié la façon dont tu as géré Damon Parker ce matin, mais on peut dire que tu m'as bluffé avec ton shoot dans les burnes du cerbère. Bien joué, partenaire.

Kylie a eu l'air surprise.

— Merci.

— Pas de doute, tu es bien une garce. Dans le bon sens du terme, bien sûr.

Nous nous sommes attardés quelques instants pour nous imprégner des couleurs, des sons et des odeurs qui rendaient Chinatown si unique à New York.

— Il y a un truc que je ne pige pas, a fait Kylie. Alex Kang sort d'ici à 11 heures du matin. Comment peut-il disparaître sans laisser de trace ? Regarde, il est actuellement 11 heures et des poussières. La rue est noire de monde, des voitures n'arrêtent pas d'entrer et sortir du garage d'à côté. Quelqu'un a forcément vu quelque chose.

Elle a regardé de gauche à droite, comme si elle faisait un lent panoramique de Mulberry Street.

— Te fatigue pas à repérer les caméras de vidéosurveillance, lui ai-je dit. Le territoire est contrôlé par les gangs. Il y a un moment qu'elles ont dû être vandalisées.

— Alors tentons notre chance du côté de la surveillance humaine, a dit Kylie en pointant du doigt le trottoir opposé.

Directement en face du QG du gang se trouvait Columbus Park, unique espace vert de Chinatown. Les autorités de la ville lui avaient pourtant donné le nom d'un explorateur italien. Quoi qu'il en soit, c'est de là que venait le « CP » de CP Emperors.

— Le parc est plein à craquer, a remarqué Kylie. Les mêmes personnes viennent probablement ici tous les jours pour lire le journal, promener leur chien ou faire du skate. Au risque de me répéter, quelqu'un a forcément vu quelque chose.

— Sûr et certain. Mais encore faut-il que ce quelqu'un accepte de parler.

Nous avons traversé la rue pour gagner l'entrée du parc. Une douzaine de Chinois de tous âges avaient formé un arc de cercle au-dessus duquel flottait un nuage de fumée de cigarette. Tous avaient les yeux rivés sur deux hommes penchés sur une table de fortune et concentrés sur leur partie de go, ce jeu de stratégie né en Chine il y a deux mille ans.

Je suis un joueur invétéré. Mon père m'a mis au backgammon quand j'avais six ans. Puis ce fut les échecs, et de fil en aiguille j'étais devenu accro au jeu de go. Les règles sont simples comme bonjour, et n'importe qui peut apprendre à jouer en dix minutes. Mais les stratégies possibles sont si complexes que très peu de joueurs parviennent à les maîtriser en l'espace d'une vie. Qui plus est, le jeu de go est totalement addictif. Même quand on est simple spectateur.

J'ai détaillé les deux joueurs. L'un avait la soixantaine, l'autre dix ou vingt ans de moins. Ces deux-là n'avaient visiblement pas les moyens de s'offrir le plateau de jeu traditionnel en bois de *kaya*. Ils se contentaient d'une planche de contreplaqué grossièrement taillée qu'ils avaient quadrillée à la main. Et contrairement aux « pierres » classiques en ardoise japonaise et coquillage parfaitement polis, leurs pions noirs et blancs en authentique plastique chinois ne valaient que quelques dollars.

Ce qui n'entamait ni la passion ni l'esprit de compétition des deux joueurs, très concentrés. Une chose rend le go encore plus fascinant pour le spectateur : les mises d'argent. Deux billets de dix dollars étaient posés sur la table. En me penchant sur le plateau, j'ai constaté que le plus âgé des deux joueurs avait clairement l'avantage. Cinq minutes lui ont suffi pour gagner la partie et rafler la mise.

— Vous êtes fort, ai-je dit à l'attention du vieil homme.

Il s'est incliné.

— Mais je suis encore plus fort que vous, ai-je ajouté.

La foule, qui jusqu'ici n'avait pas dit un mot en anglais, maîtrisait manifestement les rudiments de cette langue car tout le monde a ri aux éclats.

— Tu as de l'argent ? a demandé le vieil homme. Ou seulement grande bouche ?

Il a posé un billet de dix sur la table.

J'ai ouvert mon portefeuille et en ai sorti un billet de cent dollars que j'ai déposé à côté du sien. L'assistance a émis collectivement un son guttural – équivalent masculin chinois de notre « oooh ».

— Et toi, tu as de l'argent ? ai-je répliqué. Ou seulement grande bouche ?

Il a réfléchi quelques instants puis plongé la main dans sa poche de pantalon pour en extraire une liasse de billets de dix, cinq et de un. Pas suffisant. Il les a refourrés dans sa poche et a ouvert un portefeuille ancestral d'où il a tiré un billet de cent dollars non moins ancestral. Après l'avoir déplié, il l'a posé près du mien.

J'ai pris place.

Étant noir, j'ai commencé la partie. D'après un vieux proverbe go, « jeu rapide, perte rapide ». De ce point de vue, on peut dire que le vieux m'a traité d'emblée avec le plus grand respect. Il prenait le temps de la réflexion avant chaque coup, comme si j'étais un concurrent sérieux et non un Yankee fort en gueule prêt à lâcher cent dollars. Au bout de cinq minutes, il a compris à qui il avait affaire.

La partie a duré près d'une heure. Aucun de nous deux ne prenant l'avantage, le public hautement partial s'est fait de plus en plus silencieux à mesure que nous approchions de la fin.

C'est alors que j'ai joué un mauvais coup. Ou plus exactement, un coup absurde. Vraiment absurde. Je le savais, le vieux aussi, et il savait que je savais. Du bout des doigts il a tripoté sa barbichette grise, m'a dévisagé, d'abord surpris, puis il a compris.

Je sabordais la partie.

Il a fait claquer un pion blanc sur le plateau et son public a laissé éclater sa joie avec force rires et applaudissements.

Il avait gagné.

Je me suis levé et adressé à l'assemblée de fumeurs dont le nombre avait triplé depuis que j'avais placé mon premier pion.

— Je suis fort, leur ai-je dit. Mais il est plus fort que moi.

Ils ont applaudi en sifflant tandis que je m'inclinais devant le vainqueur.

— Cette partie m'a donné une faim de loup, ai-je dit. Où est-ce que je peux trouver le meilleur *dimsum* ?

Le vieux a souri.

— Meilleur *dimsum* ? Chez ma mère. Province de Guangdong. Mais moi pris tout ton argent pour voyage.

Et le groupe à nouveau de se gausser à mes dépens.

Le vieux jubilait.

— Mais si toi veux te rabattre sur *dimsum* pas trop mauvais, va au New Wonton Garden en face rue.

Je me suis incliné à nouveau puis ai fait un signe à Kylie. Nous nous sommes dirigés vers le restaurant.

Je l'ai dit, je suis joueur dans l'âme, et je venais de miser cent dollars et une heure du temps de Kylie dans ce jeu de stratégie avec un parfait inconnu.

Il ne me restait qu'à patienter au New Wonton Garden devant un thé et un *dimsum* « pas trop mauvais » pour savoir qui de nous deux avait vraiment gagné la partie.

37

Teresa Salvi enleva sa robe et se regarda dans le miroir.

— Soixante-trois ans et toujours une taille trente-six, dit-elle. Pas mal.

Son dressing était aussi vaste qu'une chambre à coucher, et elle en avait un deuxième identique. Celui-ci était dédié aux vêtements de jour. Après avoir passé en revue des portants entiers de robes, elle choisit une Dolce & Gabbana mi-longue gris anthracite. Cela faisait des années qu'elle avait arrêté de porter du noir mais comme elle allait voir le père Spinelli, ce gris sombre lui paraissait véhiculer le message opportun : toujours en deuil, mais déterminée à aller de l'avant.

Un sac et des chaussures Prada complétaient sa tenue. Une fois prête, elle se regarda encore une fois dans le miroir. Joe approuverait. Il aimait qu'elle s'habille avec classe – pas comme ces bimbos pleines aux as qui s'exhibaient dans des *reality shows* à la télé.

Elle prit soin de vérifier que son carnet de chèques était bien dans son sac à main. Le père Spinelli l'avait priée de venir prendre le thé au presbytère, et elle ne voyait qu'une raison à cela : l'église avait besoin d'argent.

— Dix mille maxi, lui dit Joe avant qu'elle ne sorte. On est en octobre, et tu peux être sûre qu'il viendra encore nous taxer à Noël.

Teresa ayant un chiffre bien plus élevé en tête, elle se contenta d'embrasser son mari avant d'ajouter :

— Ne t'inquiète pas. Quelle que soit la somme, ce sera pour la bonne cause.

Deux bonnes causes, en fait, songea-t-elle tandis qu'elle parcourait à bord de sa Buick Regal beige les trois kilomètres qui la séparaient de l'église Sainte-Agnès. Joe avait parfois un peu tendance à oublier le « facteur respectabilité ». La presse décrivait systématiquement son mari en des termes peu flatteurs, à la limite du monstre sanguinaire. Or, chaque fois qu'elle faisait un don à l'église, le père Spinelli ne manquait jamais de rappeler aux fidèles à quel point la famille Salvi savait se montrer généreuse. L'un dans l'autre, cela équilibrait un peu les choses.

Teresa se gara sur le parking visiteurs, coupa le moteur, puis sortit de son sac un chapelet noir.

Malgré son attachement à cette église, y retourner était parfois un vrai supplice. C'est là qu'Enzo avait été baptisé. Et dix-huit ans plus tard, c'est également là qu'elle avait posé les yeux pour la dernière fois sur son visage d'ange avant de devoir le rendre au Seigneur.

Après une courte prière pour Enzo et un coup d'œil dans le rétroviseur pour vérifier sa coiffure et son maquillage, elle verrouilla la voiture et se dirigea vers le presbytère.

Le sacristain l'escorta jusqu'au bureau du père Spinelli, qui s'empressa de se lever en la voyant entrer dans la pièce. Quand il avait repris la cure à l'âge de vingt-huit ans, son physique de gravure de mode avait fait jaser – notamment les dames de la paroisse, qui le trouvaient beaucoup trop séduisant pour rester célibataire. Mais aujourd'hui, la cinquantaine tout juste passée, il avait depuis longtemps conquis l'ensemble des fidèles de Sainte-Agnès, qui venaient chercher conseil auprès de lui et respectaient son jugement. Bref, il était très apprécié de tous – et de Teresa Salvi tout particulièrement.

— Teresa, dit le père Spinelli en lui donnant une accolade aussi chaleureuse que le lui permettait sa condition sacerdotale. J'espère que tout va bien pour vous et pour Joe.

La pièce avait des dimensions modestes, que les murs lambrissés, le mobilier massif et l'éclairage tamisé rétrécissaient encore davantage, rendant l'atmosphère intime. Teresa s'installa à sa place habituelle, dans un fauteuil au cuir élimé en face du bureau.

— Joe et moi allons bien. Et qu'en est-il de Sainte-Agnès ? s'informa Teresa, la main posée sur son sac à main, prête à dégainer son chéquier.

— Tout va pour le mieux, répondit le prêtre en lui servant une tasse de thé. Plomberie, chauffage, électricité : tout fonctionne, tout est aux normes. Il faut croire que les miracles existent bel et bien.

Elle reposa son sac à main par terre.

— Mais dans ce cas… pourquoi m'avoir demandé de passer ?

— Ai-je donc été à ce point maladroit, ne vous invitant à prendre le thé que lorsque la paroisse avait besoin d'un bienfaiteur ? Si c'est le cas, j'implore votre pardon.

— Mon père, je vous en prie, nul besoin de vous excuser de faire appel à ma famille quand il s'agit de soutenir la paroisse. En quoi puis-je vous aider ?

Il se servit une tasse de thé.

— Teresa, je ne vous ai pas fait venir pour vous solliciter à nouveau. En vérité, c'est à mon tour de vous porter secours.

— À quel propos ? murmura Teresa, visiblement décontenancée.

— Il y a quelque chose que je souhaite vous donner. Quelque chose de précieux, de personnel. (Il fit une pause, le temps de boire une gorgée de thé.) Je n'ignore pas que cela risque de rouvrir des plaies anciennes. Mais vous êtes forte, Teresa, je le sais. J'ai pu le constater à de nombreuses reprises, et je sais que votre foi vous aidera à traverser cette nouvelle épreuve.

— Quelle épreuve ?

Il ouvrit son tiroir et en tira une enveloppe kraft.

— Ceci appartenait à votre fils Enzo. Dieu ait son âme, dit le curé en faisant glisser l'enveloppe sur le bureau.

Les mains tremblantes et le cœur battant la chamade, Teresa s'en saisit.

— Allez-y, ouvrez-la, dit-il d'une voix douce.

Elle décacheta l'enveloppe et en sortit le contenu.

— L'agenda d'Enzo, dit Teresa, les larmes lui montant aux yeux.

Elle caressa tendrement le cuir rouge sombre filigrané d'or dont était relié le carnet.

— Je le lui avais offert pour ses treize ans. Il le gardait en permanence avec lui. Où vous l'êtes-vous procuré ?

— C'est une de nos paroissiennes qui me l'a apporté. En faisant le ménage, elle a retrouvé ce carnet dans les affaires de son fils. Même si j'imaginais bien la peine qui serait la vôtre en le récupérant, je me suis dit que c'était la volonté de Dieu qu'il réapparaisse après toutes ces années, et j'espère qu'il vous apportera quelque réconfort.

Quelle paroissienne ? Et où l'avait-elle trouvé ? Tant de questions se pressaient dans l'esprit de Teresa. Mais si le business familial lui avait bien appris une chose, c'était de se retenir de poser les questions qui fâchent.

Dans l'immédiat, elle devait rentrer chez elle. Parler à Joe. Lui saurait comment s'y prendre.

38

Même si le *dimsum* du New Wonton Garden n'était pas forcément le meilleur que j'aie mangé, l'avis du vieux Chinois m'a paru tout de même un peu sévère. Cela dit, n'ayant jamais mis les pieds dans la province de Guangdong, mes exigences en matière de cuisine chinoise étaient forcément plus basses que celles de mon nouveau pote de go.

— Il reste un ravioli, ai-je dit à Kylie, qui avait passé l'essentiel du repas à me regarder manger.

— Prends-le. Je suis repue.

— C'est vrai que trois *dimsum* suffisent pour rassasier une fille, ai-je fait avant d'avaler la dernière boulette de crevette.

— Je n'avais pas très faim, c'est tout, a-t-elle répondu en tapotant sur son iPhone.

— Tu veux l'appeler ?

— Qui ça ?

— Kylie, loin de moi l'intention de m'immiscer dans ta vie privée, mais hier Spence a fini aux urgences après s'être shooté aux médocs, et ce matin tu m'as dit être partie de chez toi sans le voir. Donc, forcément, je parlais de ton mari. Tu as l'air de beaucoup t'inquiéter pour lui en ce moment. Je te repose donc la question : est-ce que tu veux l'appeler ?

— Non. Je suis concentrée sur notre affaire.

Il me paraissait peu utile de prolonger cette conversation. Le hasard faisant bien les choses, la porte du restaurant s'est ouverte au même moment, laissant apparaître le vieux joueur de go.

Le visage de Kylie s'est fendu d'un large sourire.

— Tu avais raison. Regarde qui voilà.

Le Chinois s'est approché pour s'asseoir à notre table.

— Toi flic sournois, m'a-t-il lancé.

— Comment savez-vous que je suis flic ?

Le vieil homme a ri.

— Et toi, comment tu fais pour savoir moi Chinois ? Tu regardes mes yeux. Moi pareil. Je regarde dans tes yeux, et je vois tu es flic. Un flic sournois. Triché. Laissé gagner moi.

Sur quoi il a déposé sur la table mon billet de cent dollars, à côté duquel il s'est empressé de placer le sien.

— Je suis content, honneur sauvé. Mais pas pouvoir prendre l'argent. Pas mérité, a-t-il ajouté en faisant glisser les deux billets vers moi.

J'ai fixé les deux coupures un instant, puis les ai glissées en sens inverse.

— Alors peut-être qu'on peut s'arranger pour que vous méritiez cet argent, ai-je répliqué. Avez-vous vu Alex Kang le jour de sa disparition ?

Le Chinois n'a pas hésité une seconde. Il avait dûment pesé le pour et le contre avant de franchir la porte du restaurant, et savait pertinemment de quoi il retournait. Il était venu mettre un terme à la partie.

— Kang pas bien, a-t-il commencé. Quand lui sortir du club, deux hommes attendre dans une voiture. Un sortir pour parler à Kang. Kang entrer dans voiture. Dernière fois lui vu vivant à Chinatown.

On tenait notre témoin. J'ai coulé un regard en coin à Kylie. Le visage impassible, elle s'est bien gardée de prendre la parole. Le vieux aurait été mal à l'aise de parler à une femme.

— Pourriez-vous me décrire ces hommes ? ai-je demandé.

— Vu un seul. Blanc… grand comme toi. Trop loin pour voir tête.

— Et la voiture ?

— C'était voiture-camion.

— C'était une voiture ou une camionnette ? ai-je questionné calmement.

— Non, a répondu le vieux avant de se lever en me faisant signe de le suivre.

Kylie est restée assise tandis que nous regagnions l'entrée du restaurant.

— C'était voiture-camion. Comme ça, a dit le Chinois en désignant un 4×4 garé devant le restaurant. Celui-ci gris. Mais celui venu pour chercher Kang, noir.

Nous sommes revenus à notre table et j'ai repris ma place. Lui est resté debout.

— Merci. Vous l'avez bien mérité, ai-je dit en lui tendant les deux cents dollars.

Le vieux n'allait évidemment pas me contredire. Il a empoché l'argent et nous a salués tous les deux d'un petit signe de tête.

— Content tu en as pour ton argent. Merci. Je pars maintenant.

— Encore une chose, lui ai-je dit. Vous nous avez été d'une grande aide. Quel est votre nom ?

Il nous a gratifiés d'un large sourire.

— Ici Chinatown. Toi NYPD. C'est mieux tu m'appelles juste Vieux Chinois.

39

— Que suis-je censée écrire dans notre rapport? s'est interrogée Kylie. Que notre témoin s'appelle Vieux Chinois et qu'on a interrogé un caïd qui prétend se nommer John Doe? On fait presque aussi fort que Donovan et Boyle.

Le serveur a débarrassé notre table et nous a apporté l'addition accompagnée de thé vert et d'une assiette remplie de *fortune cookies*, ces biscuits chinois à l'intérieur desquels se cache une maxime.

— Visiblement, ici, les amis du vieux Chinois ont droit à bien plus d'un biscuit par personne, a noté Kylie.

Elle a pris un cookie et l'a coupé en deux pour en extraire le message écrit sur un minuscule papier.

— Hmm, tout à fait pertinent.

— Ça dit quoi? ai-je demandé.

— Coéquipier croit lui très bon flic, mais vous pas d'accord.

— Ne suis-je pas un enquêteur de génie?

— Tu as été génial sur ce coup-là, je te l'accorde. Le cookie te conseille juste de ne pas trop te monter le bourrichon.

— C'est pour moi, ai-je dit en prenant la note. J'ai quasiment tout mangé.

Kylie me l'a arrachée des mains.

— Tu viens de filer cent dollars au vieux. Je t'offre le resto.

Une fois sortis, nous nous sommes attardés quelques instants devant le restaurant, peu pressés de regagner la voiture.

— Je ne pige pas, a dit Kylie, les yeux rivés sur le parc. Alex Kang et Evelyn Parker-Steele : tout oppose ces deux victimes. Et pourtant, dans les deux cas, elles sont approchées par deux types à bord d'un SUV noir, dont un homme de race blanche qui les accoste avec un truc du genre « Montez dans la voiture ». Et la victime s'exécute. Même en l'absence de point commun entre Kang et Parker-Steele, ils connaissaient forcément tous les deux le type qui les a abordés. Sinon ils ne seraient pas montés dans la voiture sans broncher.

À ce moment précis, j'ai eu l'impression qu'un mur de briques me tombait sur la tête.

— Bordel de merde, me suis-je écrié. Je suis trop con.

— Ne fais pas le modeste. Il y a deux minutes tu te prenais pour un enquêteur de génie. Qu'est-ce qui t'arrive ?

— Je crois qu'on ne cherche pas le bon point commun entre nos quatre victimes. On a un gangster, une politicarde, un dealer et un délinquant sexuel. Jusqu'ici on s'est acharnés à chercher le lien entre eux, qui expliquerait pourquoi ils connaissaient tous les quatre les deux types du SUV. Et si leur point commun était au contraire qu'aucun d'entre eux ne connaissait les deux types ?

— Dans ce cas, aucun ne serait monté dans la bagnole.

— Tu vois le mec là-bas, avec le jean et le pull gris ? ai-je dit en pointant du doigt un jeune Chinois qui pianotait sur son téléphone, assis sur un des bancs du parc. Tu ne le connais pas, et il ne te connaît pas non plus. Alors, comment t'y prendrais-tu pour qu'il monte à bord de ta bagnole sans poser de question ?

Kylie a haussé les épaules.

— Vu qu'il a l'air hétéro, je sais pas… j'enlève mon haut ?

— Non, sérieusement. En temps normal, comment t'y prends-tu, toi, pour faire monter un parfait inconnu dans ta bagnole ?

— Mais enfin, Zach, je suis flic. Il me suffit de sortir ma carte…

Au tour de Kylie de se prendre un mur de briques sur la tête.

— Bon sang, ils se font passer pour des flics, dit-elle. Ces deux types dans le SUV n'ont qu'à brandir une carte de police bidon. Qui songerait à en vérifier l'authenticité ?

— Tu penses que j'ai raison ?

— Inspecteur Jordan, non seulement je pense que vous avez raison, mais je retourne de ce pas dans le restaurant pour vous chercher un cookie qui dirait : « Bordel de Dieu, mon coéquipier est un génie. »

DEUXIÈME PARTIE

La poire d'angoisse

40

— Fermez la porte, Calamity Jane, a ordonné Cates en nous fusillant du regard.

À l'évidence, notre chef n'avait guère apprécié le coup d'éclat de Kylie lors de son face-à-face avec Damon Parker.

Nous sommes entrés dans le bureau et Kylie a refermé la porte.

— Inspecteur MacDonald, ne pensez-vous pas qu'avec le tas d'emmerdes que j'ai déjà à gérer, vous auriez pu éviter d'en rajouter une louche ?

— Désolée, capitaine, mais Damon Parker est un tel connard que…

— Damon Parker est un connard professionnel, a tranché Cates. Vous vous êtes comportée en amateur. On le paie pour rameuter du monde devant sa caméra. Mais vous, on ne vous paie pas pour ridiculiser le NYPD à l'écran.

— Ça ne se reproduira pas, a promis Kylie.

— Bien sûr que si, a répliqué Cates. C'est inscrit dans vos gènes d'enfreindre les règles. En revanche, ne comptez plus sur moi pour faire le ménage derrière vous et vous tirer d'affaire. Si on n'avait pas un tueur en série dans la nature, croyez bien que je vous clouerais à votre bureau pendant un mois.

Après son laïus, elle s'est tournée vers moi.

— Jordan, au rapport. Commençons par Horton LaFleur. A-t-il craché le morceau ?

— Le pauvre bougre ayant un emphysème, Dieu sait s'il crache ses poumons. Mais à part ça, rien d'exploitable. Il est fan de la première heure de Bernie Goetz. Autant dire qu'il ne livrera aucune info à charge contre un justicier solitaire.

J'ai continué mon débrief par un compte rendu circonstancié de notre escapade à Chinatown. Cates n'a pu réprimer un froncement de sourcils quand j'ai relaté le passage où nous avions sorti nos flingues au QG du gang.

Kylie a alors cru bon d'intervenir.

— Capitaine, ils avaient dégainé en premier. C'était clairement un cas de légitime…

— Eux, c'est des gangsters, a fait Cates en balayant l'argument d'un revers de la main. Le principal est que vous n'ayez pas dégainé devant Parker. Le reste, je m'en fous.

Un truc dont elle ne se foutait pas du tout en revanche, c'était ma théorie selon laquelle les tueurs se faisaient peut-être passer pour des flics.

— J'ai déjà vu ça, a-t-elle dit. À l'époque, j'étais sur des affaires de cambriolage pour le 23e. Un type avec du bagout et une fausse plaque de police. Le temps qu'on le coince, il avait déjà réussi à entrer dans seize appartements en embobinant leurs occupants.

— C'est juste une supposition, ai-je précisé. Mais ça pourrait expliquer comment les ravisseurs ont réussi à embarquer Kang et Parker-Steele en bagnole sans qu'ils opposent la moindre résistance.

— Parlez-moi un peu de la troisième victime du Tyvek Killer. En fait, non, je n'ai pas encore lu son dossier. Faites-moi juste un résumé succinct.

— Antoine Tinsdale, ai-je commencé. Afro-américain, trente ans, surnom : Tin Man. Peut-être un jeu de mots sur son nom de famille, même si pour la plupart des gens ça évoquerait plutôt *Le Magicien d'Oz*. Dans le film, Tin Man est l'Homme de Fer, celui qui n'a pas de cœur. Tinsdale était le genre de dealer à prendre ses clients au berceau. Et le meilleur moyen de rendre accro un gosse de dix ans, c'est encore de prendre des gamins du même âge qu'eux pour jouer les rabatteurs.

Cates n'a rien dit mais la colère se lisait dans ses yeux : elle-même afro-américaine, elle avait grandi à Harlem.

— Il avait tout un réseau de mineurs bossant pour lui. Ses rivaux ont bien essayé de les faire dégager, mais les gosses n'étaient pas assez futés pour avoir peur. Et les dealers n'étant pas franchement réputés pour leurs talents de négociateurs, ils ont fini par buter quatre des bébés rabatteurs.

— Immédiatement remplacés par ceux qui attendaient au portillon, je suppose, a observé Cates.

— Exact. Et Tin Man ayant pris soin d'éviter tout contact avec ces gosses, impossible de prouver son implication dans leur mort. C'est d'ailleurs *grosso modo* ce qu'il dit dans sa vidéo-confession – je cite : « Si ces gamins sont morts à cause d'une guéguerre de territoires entre bandes rivales, ça n'a rien à voir avec moi. Un vrai jury ne me condamnerait jamais. »

— Ce qui est juste, a dit Cates. Un avocat un peu malin aurait assuré sa défense les doigts dans le nez.

— C'est sans doute ce que s'est dit le tueur. Ce qui explique pourquoi on a retrouvé Tinsdale emballé dans une combinaison en Tyvek sous une bretelle d'accès de la voie express Harlem River, à deux cents mètres d'un terrain de jeux pour enfants. Avec Kylie, on y est allés cet après-midi après l'école.

Cates a à nouveau froncé les sourcils.

— Laissez-moi deviner, a-t-elle dit. Les gamins vous en ont encore moins dit que le vieil emphysémateux. Personne ne sait quoi que ce soit. Rien vu. Rien entendu. C'est le code de conduite classique des dealers noirs prépubères. Dans ma jeunesse, j'en ai vu des monstres comme Tinsdale détruire des vies. Si je suis devenue flic, c'est pour débarrasser les quartiers d'ordures comme lui. Et maintenant, voilà que deux justiciers à la noix veulent s'en charger à ma place. Voilà ce qui me gonfle. C'est à moi de choper ces deux cinglés pour les empêcher de tuer d'autres ordures. Pourtant, il y a un truc sur lequel ils ont raison : en vérité, il n'y a pas de justice.

On a frappé à la porte.

— Entrez, a dit Cates.

C'était Cheryl, toujours aussi sublime.

— Vous faites un débrief sur le Tyvek Killer ? a-t-elle demandé. Si c'est le cas, je peux me joindre à vous ?

— Bien sûr, a répondu Cates. Jordan, racontez-lui votre hypothèse sur les deux types dans le SUV noir.

J'ai exposé mon scénario des deux tueurs se faisant passer pour des flics pour tromper la vigilance de leurs victimes.

— Qu'en pensez-vous, docteur Robinson? me suis-je enquis.

Elle m'a souri, et mon cerveau m'a transporté illico quelques heures plus tard : nous étions seuls au dîner, le vin nous avait réchauffés. Et là, la testostérone a pris le relais et mon cerveau m'a télétransporté directement à l'étape suivante : nous étions nus l'un contre l'autre; elle gémissait en susurrant mon nom, me disant…

— Ce que j'en pense, inspecteur Jordan?

Brusque retour à la réalité.

— Oui. Je me demandais ce que vous pensiez de mon idée selon laquelle les tueurs se feraient passer pour des flics.

— Je pense que c'est une idée passionnante, m'a-t-elle répliqué, tout sourires. Mais aussi que c'est faux.

41

C'est Gideon qui avait décidé qu'Alex Kang serait leur premier invité.

Un an plus tôt, Kang avait tenté de descendre Giap Phung, chef des NKB – les Natural Born Killers –, gang vietnamien rival des CPE. Kang pourchassa Phung jusqu'à la station de métro de Canal Street et vida son semi-automatique sur la foule. Phung réussit à s'échapper, mais quatre voyageurs furent touchés dans la fusillade. Parmi eux, Jenny Woo, étudiante au Hunter College, aussi ravissante que brillante, qui lutta courageusement contre la mort dix jours durant avant de rendre l'âme.

Tout le monde savait qui était l'auteur des tirs meurtriers. Les parents lancèrent des appels désespérés à témoins, priant pour que quelqu'un révèle l'identité de Kang. Mais balancer un gangster revenait peu ou prou à signer son propre arrêt de mort, et Kang s'en était tiré.

Gideon avait réussi à convaincre Dave. C'est eux qui devaient venger la mort de Jenny Woo.

— Cette fille était étudiante, avec toute la vie devant elle, avait dit Gideon. Comme ta sœur.

— On n'avait pas prévu de remettre ça, si ? demanda Dave.

— Toi, peut-être. Mais j'ai bien réfléchi. On avait seize ans quand on a tué Enzo, et on n'avait aucune idée de ce qu'on faisait. À l'époque on a eu de la chance que ce salaud ne nous plante pas direct.

Dave opina du chef. C'était sa faute si Enzo avait eu le temps de sortir un couteau. Si Gideon ne lui avait pas écrasé la bouteille de vodka sur le crâne…

— Alex Kang est encore plus dangereux qu'Enzo, déclara Gideon. Il est ce qu'Enzo serait devenu si on ne l'avait pas buté. Mais on n'est plus des bleus maintenant ; on ne refera pas les mêmes erreurs.

— Accouche, fit Dave.

Gideon exposa son plan.

— Ça me plaît bien, la vidéo-confession, dit Dave. On aurait dû y penser pour Enzo. Mais une enflure comme Kang, c'est pas le genre à se confesser en cinq minutes. On a besoin d'un endroit pour pouvoir le cuisiner. Mon cousin Todd a un chalet qu'il n'utilise qu'en été. Dans les monts Adirondacks.

Gideon fit non de la tête.

— Si on chope une ordure du calibre de Kang, hors de question de le trimbaler en bagnole pendant cinq heures pour aller à l'autre bout de l'État. Il aurait tout le temps pour cogiter un moyen de nous échapper. On doit le garder le plus près possible de chez nous. Je me demandais si on ne pourrait pas trouver quelque chose à Long Island City.

Ils consacrèrent donc la semaine à écumer cette ville en voiture, passant en revue tous les sites possibles : usines, entrepôts, hangars de stockage ;

occupés ou non. Puis ils trouvèrent ce qu'ils cherchaient, au 88 Crane Street : un ancien garage couvert de graffitis, au fond d'une impasse en bordure de la gare de triage du Long Island Rail Road.

L'endroit était aussi laid que bruyant, le vacarme continu des locomotives diesel couvrant le moindre son qui aurait pu s'échapper des murs épais du bâtiment.

— Pas franchement le genre de quartier à attirer du monde, nota Dave.

D'une superficie d'environ soixante mètres carrés, leur planque était un mélange de béton, de moisissure et de crottes de rats, le tout agrémenté d'un portail en tôle ondulée et de fenêtres obscurcies par des décennies de crasse.

Ce garage leur avait été bien utile pour accueillir Kang et leurs trois hôtes suivants. Et ils étaient désormais en route pour rejoindre Crane Street afin de préparer l'arrivée du cinquième.

— Au cas où tu n'aurais pas remarqué, notre clientèle se féminise, fit Dave tandis qu'ils traversaient le pont de Queensboro en direction du Queens. D'abord, il y a eu Evelyn. Et maintenant Rachael O'Keefe. Ça va finir par devenir une habitude. C'est le moment de refaire la déco.

Gideon sourit. Le meilleur moyen qu'avait trouvé Dave pour gérer ses moments de stress, c'était de tout tourner en dérision. Gideon lui emboîta le pas.

— Genre ?

— Je sais pas… Je pensais à des rideaux en dentelle. Ou alors peut-être un petit bonbon à la menthe sur son oreiller à l'heure du coucher. Ou bien, que dirais-tu d'un seau tout propre qui lui servirait de pot de chambre ? Les filles apprécient les petites attentions de ce genre.

Dave arrivait toujours à faire rire Gideon, et c'était également le cas aujourd'hui.

— Trêve de plaisanteries, dit Gideon. Soyons sérieux. Le cabinet du proc vient de faire fuiter l'info selon laquelle O'Keefe sera libérée demain à midi.

— Je croyais qu'ils devaient la relâcher ce soir.

— C'est le cas. Leur fuite, c'est du pipeau pour éviter d'avoir à se coltiner les médias et les manifestants. Sa sœur, Liz, vient la chercher à 2 heures du mat'.

— Est-ce que Meredith…

Dave savait que Gideon tenait ses informations de sa sœur. Même s'il détestait l'idée qu'elle puisse être mêlée à tout ça, il savait aussi qu'elle était leur unique lien avec O'Keefe. Et le seul moyen qu'il avait trouvé d'en prendre son parti, c'était de ne pas évoquer la question.

— Est-ce que tu sais où elles iront ? reprit-il.

— Jersey City. Elles ont une tante qui passe la moitié de l'année en Floride. Elle leur prête sa baraque.

— Donc on les suit, on inspecte le voisinage et on réfléchit au meilleur moment pour…

— Non, fit Gideon. On n'a pas le temps. Tu imagines si elle se tire pendant qu'on ratisse le voisinage et qu'elle atterrit dans un endroit gardé secret de chez secret, sans que Meredith puisse nous filer le moindre tuyau ? Le seul truc dont on soit vraiment sûrs, c'est du lieu où elle va ce soir. C'est donc ce soir qu'on doit la choper.

— Tu es sûr qu'elle n'aura pas d'escorte policière pour venir à Jersey ?

— Sûr et certain. Selon mes sources, elle ne sera escortée que jusqu'à la porte du centre de détention provisoire. Après quoi, elle se retrouvera seule. La Ville de New York ne veut plus dépenser un kopeck pour elle. Ils n'ont pas l'intention de jouer les gardes du corps. Pour eux, ce n'est qu'une salope ayant tué sa gamine en toute impunité.

— Pas pour longtemps, fit Dave, complètement converti à leur mission. Pas pour longtemps.

42

— Voulez-vous que je vous donne mon point de vue sur ce Tyvek Killer ? s'enquit Cheryl. Ou, comme le suggérait Zach, peut-être devrais-je dire « les » Tyvek Killers ?

— Cheryl, répondit Cates, je suis ravie d'apprendre que vous ayez ne serait-ce qu'un point de vue à nous donner. Allez-y.

— Donald Li, le profiler qu'avaient dégoté Donovan et Boyle, est flic, et non analyste. En partant du peu qu'il savait, il a établi le profil suivant pour notre tueur en série : blanc, de sexe masculin, éducation stricte, milieu religieux fondamentaliste. Il compte sur Dieu pour punir les malfaiteurs, mais si l'un d'entre eux parvient à passer entre les mailles du filet, alors notre tueur se fait lui-même justicier. Ça se tient, mais je trouve ce portrait un peu rudimentaire. Pas de quoi aller bien loin.

« J'ai le privilège de travailler avec deux inspecteurs fort intelligents, qui sont d'avis que nos victimes ne sont pas du genre à monter sans broncher dans une voiture ayant à son bord deux parfaits inconnus. Si elles l'ont fait, c'est qu'elles pensaient ne pas avoir le choix. Deux types se faisant passer pour des flics.

L'explication est plausible, mais je dirais qu'ils ne se contentent pas d'avoir l'air de flics.

— Comment ça ? demanda Cates.

— Ils pensent comme des flics, et savent exactement comment traquer et kidnapper leurs victimes. De plus, ils connaissent suffisamment les techniques de la police scientifique pour ne laisser aucune trace derrière eux. Ils imitent vraiment très bien nos méthodes. Trop bien, même. À mon avis, il y a de fortes chances pour que ce soit de vrais flics. Ou alors d'anciens flics.

— Il suffit de regarder quelques épisodes des *Experts* pour en connaître un rayon sur les techniques de la police scientifique, objecta Cates. Pour moi, ça ne prouve pas du tout qu'on ait affaire à des flics.

— Capitaine, je ne suis pas là pour prouver quoi que ce soit. Ça, c'est le travail de vos inspecteurs. En revanche, le mien consiste à étudier un mode opératoire pour construire un profil psychologique. Sur la base des méthodes utilisées pour ces crimes – kidnapping, torture, transport du corps des victimes –, je suis d'accord avec Zach et Kylie : il s'agit bien d'un travail d'équipe. Les vrais flics savent travailler en équipe.

Cates hocha la tête.

— Continuez.

— Je reçois de nombreux flics en consultation individuelle – surtout des inspecteurs. Ils se démènent souvent pendant des mois, voire des années, pour mettre sous les verrous des malfrats dont ils sont convaincus à cent pour cent qu'ils sont coupables.

Et pour une raison X ou Y, les salauds sont libérés. Inutile de vous dire à quel point c'est frustrant pour l'officier qui les a arrêtés. J'ai reçu des dizaines de flics qui m'expliquaient vouloir démissionner ou partir en retraite anticipée parce qu'ils n'en pouvaient plus de notre système judiciaire. Ils arrivaient souvent à la même conclusion : « Si je n'arrête pas ce boulot, je finirai un jour par buter moi-même un de ces fumiers. »

— La plupart des flics se font cette réflexion à un moment ou à un autre de leur carrière, observa Cates. Ce n'est pas pour autant qu'ils passent à l'acte. Un coupable parvient à s'en tirer ? Alors ils mettent leur mouchoir par-dessus, se remettent au boulot et en attrapent un autre.

— Nos deux tueurs ne voient pas les choses ainsi, dit Cheryl. Ils font preuve d'une assurance insolente en exposant les cadavres. C'est très risqué, mais ils veulent que tous les New-Yorkais soient au courant de ce qu'ils font. Et une fois qu'ils ont attiré notre attention, ils sortent la vidéo. À mon avis, c'est la clé pour comprendre leur motivation. Ces vidéos me laissent penser que leur but premier n'est pas de tuer.

— Et ça serait quoi alors ?

— Obtenir les confessions. Chaque vidéo rappelle au quidam que, même quand la police fait son boulot et arrête les assassins, notre justice manque à tous ses devoirs et finit par les relâcher dans la rue.

Cheryl marqua une pause et prit une grande respiration. En s'animant, elle parlait de plus en plus fort.

— Capitaine, ajouta-t-elle en baissant d'un cran pour tempérer son enthousiasme. J'espère vraiment pour le bien du NYPD que ces types ne sont que deux imposteurs avec de faux badges. Mais plus j'y réfléchis, plus je pense qu'il s'agit de vrais flics. Ils ne se contentent pas de tuer ; ils délivrent un message : « Toutes ces conneries de vices de procédure, ça empêche la police de punir les criminels. Nous, on s'en charge. »

43

Il était 20h30 quand Cheryl et moi avons quitté le commissariat. J'ai hélé un taxi et indiqué au chauffeur de nous conduire à l'angle de la 92e et de Madison.

— Où m'emmènes-tu dîner ? a demandé Cheryl.

— Au Paola's, un super resto italien.

Cette fois, je tournerai sept fois ma langue dans ma bouche avant de raconter des âneries. Pas comme ce matin au petit-déjeuner.

Le taxi s'est arrêté à un feu rouge sur la 72e. Cheryl a pris mon visage entre ses mains et m'a embrassé fougueusement.

— J'en ai eu envie toute la soirée, m'a-t-elle dit.

— Moi aussi, et de tout un tas d'autres choses, si tu veux savoir. Toute la soirée, et tout le week-end dernier. Alors, si tu veux, on peut zapper le rest…

— Désolée, mais je suis affamée, a-t-elle protesté en se blottissant contre moi. Pas toi ?

— J'ai déjeuné avec Kylie à Chinatown à 13 heures. Je suis donc affamé depuis 14 heures. Et toi, où as-tu déjeuné ?

— Tu veux dire : avec qui ?

— Bigre, ma question était donc si transparente que ça ?

— Zach, bon sang, je te rappelle que je suis psy. Alors tu penses bien que je te vois venir avec tes gros sabots.

— T'ai-je déjà dit à quel point c'est énervant de sortir avec une fille dont le métier est de lire dans les pensées des gens ?

— Non. Et moi, t'ai-je déjà dit à quel point c'est énervant de sortir avec un garçon dont le métier est d'interroger les gens ?

Paola Bottero n'est pas de ces chefs truculents qui participent à des émissions culinaires à la télé. Plutôt une reine des fourneaux discrète qui chouchoute les papilles exigeantes des New-Yorkais depuis trois décennies. Son fils Stefano nous a accueillis sur le pas de la porte.

— *Signor Jordan, buona sera*.

— Tu es déjà venu ici ? m'a demandé Cheryl tandis que Stefano nous conduisait à notre table.

— C'est là que je viens dîner quand j'ai joué au con au petit-déj.

— Ahh… donc tu es déjà venu plus d'une fois.

Le Paola's est doté d'une grande salle assez bruyante où, malgré l'éclairage tamisé, tout le monde se voit. Plusieurs têtes se sont retournées sur notre passage. Autant dire que ce n'était pas moi qu'on regardait.

Avec Cheryl on s'était mis d'accord. Pas de sujets lourds avant le dessert. Je lui ai donc raconté ma journée, et elle a choisi d'aborder le seul sujet dont elle ne pouvait pas parler dans le bureau de Cates.

Cates.

— C'est une véritable icône, a affirmé Cheryl. Une femme de couleur et de tempérament, qui a réussi à faire son trou dans un service de police dominé par des hommes blancs. En plus, pour une flic qui déteste la politique, elle mène plutôt bien sa barque dans le système. D'ailleurs, elle ferait un meilleur maire que l'actuel, ou que celle qui se présente contre lui.

J'ai commandé une bouteille de Brunello di Montalcino, dont j'ai bu la quasi-intégralité. Puis j'ai commandé un autre verre et, à la fin du dîner, encore un autre.

— Tu cherches à te détendre après ta rude journée ? a dit Cheryl, ou alors tu prends tes forces avant notre petite discussion ?

J'ai repris une gorgée de vin en essayant de ne pas l'avaler cul sec.

— Je n'ai jamais été très doué pour les discussions sur le couple.

— Moi, j'y excelle. Du moment que le couple en question n'est pas le mien. Si c'est le cas, je suis aussi nulle que n'importe qui. Donc si tu préfères éviter les sujets qui fâchent, pas de problème. Le déni est la pierre angulaire de la plupart des couples.

Le menton posé sur la main, elle planta ses yeux noirs hispaniques dans les miens et attendit. Mi-psy, mi-démon. J'étais hypnotisé. Bon Dieu, elle était forte à ce petit jeu. Elle commençait par me lâcher du lest avant d'agiter à nouveau l'hameçon sous mon nez.

Et bien sûr j'ai mordu aussi sec.

— Bon, je ne peux pas nier le fait que je me suis conduit comme un crétin ce matin. Excuse-moi.

— Tu es tout excusé. Mais si ce restaurant est le moyen que tu as trouvé pour te racheter une conduite, alors tu peux me retrouver demain matin au snack de Gerri et agir en crétin autant que tu le souhaites.

— Merci, docteur. Mais je ne peux pas me permettre une thérapie aussi onéreuse.

J'allais à nouveau porter mon verre à mes lèvres quand Cheryl me l'a pris délicatement des mains.

— Il te faut ingurgiter encore combien de litres d'alcool pour pouvoir me dire ce que tu as sur le cœur ?

Sors quelque chose, andouille. N'importe quoi. Si tu la boucles, tu foires ta soirée avant même d'arriver au moment le plus intéressant. Aucune idée de quelle partie de mon corps me dictait cette injonction. Mais une chose était sûre, ce n'était pas mon cerveau.

— Ce que j'ai sur le cœur ? ai-je répondu lentement. Eh bien je trouve que tu passes beaucoup de temps avec Matt Smith.

— Et tu ne t'es jamais dit que ça pouvait avoir un rapport avec le fait que Matt et moi travaillons ensemble ?

— J'ai l'impression qu'il y a davantage que le travail entre vous.

— C'est la même chose pour toi et Kylie. Vous êtes comme les deux doigts de la main quatorze heures par jour. Toujours collés l'un à l'autre, que ce soit en bagnole, pour vos repas du midi, ou encore quand vous partez en planque toute la nuit. Ça s'appelle travailler ensemble.

— Avec Kylie c'est différent. Elle est mariée. Matt est célibataire.

— Donc tu es chagriné parce que j'ai prêté un livre à un célibataire et qu'il m'a dégoté de super places de théâtre ?

— Et un latte soja, ai-je ajouté.

— Ce qui, bien entendu, est probablement considéré comme une parade nuptiale quelque part sur la planète. Il ne me reste plus qu'à demander à mon père qu'il fasse au sien présent de six chèvres et l'affaire est dans le sac.

— Le problème avec vous les psys, c'est que vous ne nous prenez jamais au sérieux, nous autres pauvres agités du ciboulot.

— Zach, comme j'ai divorcé il y a peu, toi et moi on a commencé tout doux. Mais tu crois vraiment que je suis du genre à rameuter un autre type pour vous mettre en compétition ?

— Non. Je vois en effet que tu n'as pas invité Matt à se joindre à nous ce soir. Du reste, c'est plutôt lui qui te tourne autour. Comme tu le disais, tu es divorcée depuis peu, ce qui fait de toi une femme sublime, vulnérable, et disponible. Une telle combinaison est un véritable aimant à testostérone.

— Sublime, vulnérable et disponible, a répété Cheryl. À en juger par ce que tu m'as dit des problèmes de drogue de Spence, c'est tout le portrait de Kylie MacDonald en ce moment. Juste pour être sûre : quel effet a son aimant sur ta testostérone ?

— Ce n'est pas juste, ai-je protesté. Tu sais très bien que Kylie et moi avons rompu il y a plus de dix ans.

— Plus précisément, c'est Kylie qui a rompu. Elle t'a largué pour se marier avec Spence. Ne serait-ce pas un juste retour des choses que dix ans plus tard elle le quitte pour toi ?

— Cheryl, je sais que tu es une psy chevronnée, mais admets que ce scénario est… ridicule. Totalement délirant, devrais-je même dire.

— Tu as raison. Un peu comme le scénario échafaudé par tes soins tout à l'heure, où tu me voyais convoler avec un collègue qui a eu le malheur de m'apporter un café.

J'ai eu beau ouvrir la bouche pour répondre. Rien n'est sorti.

Cheryl m'a rendu mon verre de vin.

— Tant pis si j'augmente ton traitement : bois ça.

J'ai obtempéré sans me faire prier et bu la fin de mon verre cul sec.

— Ouah, ai-je fait, tu es vraiment incroyable.

— C'est probablement l'alcool qui parle, mais merci quand même. Tu n'es pas mal non plus dans ton genre.

— Rassure-moi, même si je me suis comporté en crétin fini au petit-déj et au dîner, dis-moi que je n'ai pas foutu en l'air notre histoire dans les grandes largeurs.

— Zach, tu souffres de ce qu'on désigne dans ma profession sous le terme de « syndrome de l'homme-adulte-mais-couillon-à-souhait ». Cela dit, à ta façon un peu destroy, on peut dire que tu essayais de sauver notre histoire. Ce qui me réjouit.

— Je ne voudrais pas avoir l'air d'abuser, mais ça te réjouit à quel point ?

Elle s'est penchée vers moi et a posé doucement ses lèvres sur les miennes.

— Passionnément.

— Alors dépêchons-nous de sortir d'ici, avant qu'un connard se pointe avec un latte soja et foute tout en l'air.

44

Liz O'Keefe emprunta la rocade dans le prolongement du pont George Washington, baissa la vitre de sa Honda CR-V et prit une grande respiration.

— Tu sens ça, poulette ? dit-elle.

Sa sœur Rachael, enveloppée dans un survêtement surdimensionné, se recroquevilla sur le siège passager.

— Liz, c'est Jersey City, je connais cette odeur. Remonte ta vitre, s'il te plaît.

— Non, sœurette. Ce soir, Jersey a un parfum de liberté.

— Génial, marmonna Rachael. Passe un coup de fil à Springsteen, qu'il nous ponde une chanson là-dessus.

— Je me disais qu'après onze mois passés derrière les barreaux, tu te réjouirais un minimum d'être à l'air libre, dit Liz en s'engageant dans Main Street en direction de Leonia.

— De quoi devrais-je me réjouir ? De la mort de Kimi ? Du fait que je suis devenue la mère la plus haïe des États-Unis ? Qu'en dépit du verdict en ma faveur, je ne peux pas jouir de ma liberté sans risquer de me faire descendre par un militant de la NRA[1] ou de la Coalition chrétienne ?

— Eh quoi, tu veux retourner en taule ? Tu crois que tu y serais davantage en sécurité ?

Rachael se fendit d'un sourire.

— Purée, Lizzie, au moins la moitié des bonnes femmes voulaient me trucider là-bas. Elles me répétaient à longueur de journée que j'étais une salope, et que même si elles étaient putes ou junkies, elles feraient de meilleures mères que moi.

— Eh bien, tu sais quoi ? dit Liz. Elles sont toujours en taule. Pas toi. Plus que quarante-cinq jours et le juge rendra son jugement sur ta mise en examen pour mise en danger d'autrui. Et tu as entendu ce qu'a dit M. Sawcer : ta remise en liberté devrait être immédiate. Tu pourras alors reprendre le cours de ta vie.

— Tu veux dire ma vie sans Kimi ? Ou ma nouvelle vie où je deviens une cible mouvante dès que j'entre dans un supermarché ?

La Honda continua sur Fort Lee Road pendant une minute avant de tourner à gauche pour rejoindre Broad Avenue.

— Écoute, le juge a été clair. Que ça te plaise ou non, tu devras rester cloîtrée chez tante Pearl pendant quarante-cinq jours. Après quoi, il te déclarera probablement libre de tes mouvements et tu pourras aller où bon te semble. Mais si j'étais toi, je ne bougerais pas de là avant que Pearl ne revienne de Floride, en avril.

---

1. National Rifle Association : puissant lobby pro-armes.

— Tu rigoles ? Je vais péter un câble à tourner en rond sans rien avoir à faire dans cette foutue baraque.

Liz écrasa la pédale de frein et la CR-V pila.

Elle pivota sur son siège pour attraper sa sœur par les épaules.

— Je m'en tape que tu pètes un câble. À partir de maintenant tu es en planque. Bordel, je te rappelle que tu es devenue une célébrité, Rachael. Et pas dans le bon sens du terme comme pour Lady Gaga. Combien de menaces de mort as-tu reçues au cours des dernières vingt-quatre heures ? Et si tu crois que tu n'auras rien à faire, détrompe-toi. Ce n'est pas rien de rester vivante. Par ailleurs, M. Sawcer nous a dit qu'il avait déjà reçu des propositions de la part de plusieurs éditeurs. Crois-moi, tu auras du pain sur la planche avec l'écrivain qui viendra tous les jours pour que vous couchiez ton histoire sur le papier.

— À quoi bon ? Personne ne me croira. Tout le monde pense que j'ai tué Kimi.

Liz ne répondit rien. Pour la énième fois depuis qu'elle avait récupéré Rachael, elle jeta un coup d'œil dans le rétroviseur. Broad Avenue était déserte. Elle avait arrêté la voiture pile en face de BonBon Chicken.

— Tu connais le poulet à la coréenne qu'ils font ici ? demanda-t-elle à Rachael en désignant la devanture sombre.

— Non.

— Je vais en rapporter pour ce soir. Il est à tomber.

Rachael se recroquevilla à nouveau sur son siège.

— J'ai hâte de goûter, dit-elle.

Liz remit le contact et roula sur trois cents mètres avant de prendre à droite dans Harold Avenue. L'appellation d'avenue pour cette chaussée était des plus généreuses. L'impasse bordée d'arbres comptait en tout et pour tout seize maisons. Un petit quartier résidentiel tranquille du comté de Bergen, dans l'État du New Jersey, où l'infanticide présumée la plus célèbre d'Amérique pourrait retrouver l'anonymat.

La maison de tante Pearl était la dernière à gauche. Liz gara la voiture dans le garage, dont elle activa la fermeture électrique. Les deux sœurs empruntèrent ensuite le passage couvert qui menait à la cuisine.

— Rien n'a changé depuis mon enfance, dit Rachael.

— Tu rigoles, rien n'a changé depuis l'enfance de tante Pearl, oui ! répondit Liz en ouvrant la porte du frigo. Je t'ai apporté une petite surprise de bienvenue – un cheese-cake Mia Figlia Bella et une bouteille de chardonnay.

— Tu comptais organiser un goûter de Desperate Housewives, dis-moi ! Donne-moi une part de gâteau et fais péter le blanc.

Liz sourit. Elle retrouvait bien là sa petite sœur adorée. Elle prit un tire-bouchon, puis ouvrit un placard d'où elle sortit deux assiettes à dessert et deux verres à vin.

— Qu'ils aillent se faire foutre, dit Rachael.

— Qui ça, ma puce ? demanda Liz en ôtant la capsule de la bouteille.

— Tu n'as pas lu ça ? dit Rachael en lui tendant l'exemplaire du *New York Post* qui se trouvait sur la table de la cuisine.

Les deux mots de la une s'étalaient quasiment sur toute la première page.

NON COUPABLE???

Rachael ouvrit la page trois et lut tout haut :

— « Rebondissement choquant dans l'affaire du meurtre de la petite Kimi : contre toute attente, le jury a déclaré sa mère, Rachael O'Keefe, non coupable. C'est avec un enthousiasme plus que mitigé et une sincérité qui paraissait feinte que le juge Steven Levine a remercié les jurés à la fin du procès. Le président du tribunal, à l'image de l'immense majorité de la ville, semblait convaincu que le jury avait tout faux. » Eh bien, voilà un bel exemple de journalisme neutre et objectif.

— Ma chérie, beaucoup de monde pensait que tu étais coupable, dit Liz en enfonçant le tire-bouchon. À ton avis, pourquoi t'ont-ils exfiltrée de nuit ? Quel que soit le verdict, il y aura toujours quelqu'un pour le critiquer. Comme pour O. J. Simpson.

— Simpson était coupable, protesta Rachael. Pas moi.

Liz sortit le bouchon.

— Tu m'as entendue quand j'ai dit que j'étais innocente ? insista Rachael.

— Bien sûr. J'étais là le jour du verdict.

— Bon sang, Lizzie, ce n'est pas ce que je te demande. Je te dis que je suis innocente et tu bottes en touche. Dis-moi la vérité : crois-tu oui ou non que je suis innocente ?

— Rachael, je suis si heureuse que tu sois sortie de prison. Ça, c'est la vérité.

Rachael secoua la tête.

— Je n'en reviens pas, s'exclama-t-elle. Ma propre sœur pense que j'ai tué Kimi, c'est ça ?

— Écoute, la journée a été longue. Un petit verre de vin ne nous fera pas de mal, dit Liz en jetant le bouchon à la poubelle.

Inutile de le conserver. De toute leur vie, les deux sœurs n'avaient jamais rebouché une seule bouteille.

— Ce n'est pas un petit verre de vin qui me ramènera ma fille, répondit Rachael en envoyant valser le journal. Je t'ai posé une question. Tu me crois innocente, oui ou non ?

La porte séparant la cuisine et le passage couvert s'ouvrit alors brusquement, et deux hommes masqués entrèrent en trombe, armes à la main.

— Moi, non, dit l'un des deux. Mettez-vous à plat ventre. Toutes les deux.

45

Liz avait toujours le tire-bouchon à la main. Elle baissa le bras et le fit passer lentement derrière son dos.

— Lâche ça, salope ! hurla le type. Tu nous prends pour des amateurs ou quoi ?

Le tire-bouchon tomba sur le carrelage avec fracas.

— Débarrasse-toi du tire-bouchon. Avec le pied.

Liz scruta les deux hommes. Ils étaient habillés en noir de la tête aux pieds. Celui qui donnait les ordres mesurait dans les un mètre quatre-vingt-dix. Sa voix, certes déformée par le masque, laissait néanmoins deviner qu'il était jeune, blanc et on ne peut plus déterminé. Tout sauf un amateur.

« Cède, mais n'abandonne pas », pensa-t-elle en donnant un coup de pied dans le tire-bouchon qui partit valdinguer à l'autre bout de la cuisine.

— À plat ventre toutes les deux. Les mains derrière le dos. Et que ça saute.

Les deux femmes s'exécutèrent. Le meneur rangea son flingue et s'agenouilla à côté de Rachael pour lui lier les poignets avec des attaches autobloquantes, qu'il serra de toutes ses forces. Elle poussa un cri de douleur.

Le deuxième homme était toujours debout et se tenait au-dessus de Liz. Il rangea son arme à son tour et porta la main à sa poche pour prendre une attache. Liz profita de ce moment pour passer à l'action. En un mouvement leste et fluide, elle se retourna pour se mettre sur le dos et lui administra un puissant coup de genou dans les couilles.

Il se plia en deux de douleur tandis que Liz se redressait, elle l'agrippa et le mit à terre tout en cherchant à prendre possession de son arme. Son complice se précipita pour lui balancer un coup de pied dans la main, mais Liz l'évita et lui prit la jambe pour le faire tomber.

Elle se releva péniblement et roua le type de coups en visant tous les points qu'elle jugeait vulnérables, comme la tempe et la gorge.

Elle reçut alors un coup de botte à la nuque qui la fit chavirer en avant. Elle sentit les deux genoux de son assaillant lui labourer le dos. Puis il l'empoigna par les cheveux et lui tira violemment la tête en arrière avant de lui passer le bras sous le menton pour lui bloquer le cou.

— Pas un geste, ou je te pète les cervicales ! hurla-t-il.

Elle n'opposa plus la moindre résistance, mais le type maintenait la pression sur son cou, l'empêchant de respirer. Elle avait pleinement conscience qu'il avait désormais pouvoir de vie ou de mort sur elle.

— Arrête ! cria le deuxième. On n'est pas venus pour elle.

Son complice relâcha la pression, et Liz respira à pleins poumons.

L'un des deux l'attrapa par les bras, l'autre, par les chevilles, et ils l'emmenèrent dans la salle de bains. Celui qui avait failli l'étrangler lui mit la tête au-dessus de la cuvette des WC.

— Tu recommences tes conneries, et je te noie dans les chiottes. Mon pote te pissera dessus pendant que tu clamses.

Après l'avoir retournée à plat ventre sur le sol, ils la bâillonnèrent avec du scotch, placèrent ses jambes de chaque côté de la base des WC et lui ligotèrent les chevilles avec des attaches autobloquantes. Puis ils lui levèrent les bras derrière la tête pour attacher ses poignets à un tuyau sous le lavabo.

Un des deux types ouvrit le robinet pour remplir la baignoire. Cinq minutes plus tard, l'autre était de retour dans la pièce, rapportant avec lui tous les téléphones qu'il avait trouvés dans la maison, dont le portable de Liz, et il les jeta dans la baignoire.

— Tu aides une tueuse d'enfant. Rien que pour ça on devrait te trucider, déclara-t-il.

Ils éteignirent la lumière et fermèrent la porte de la salle de bains derrière eux.

Allongée à même le carrelage glacé, les bras et les jambes endoloris d'être à ce point écartelés, les attaches lui cisaillaient la peau. Liz écouta attentivement.

Elle les entendit faire sortir Rachael par la porte de derrière.

Une porte de voiture s'ouvrit et fut refermée au bout de quelques instants, suivie par deux autres ouvertures puis fermetures de portières.

Le moteur démarra et le véhicule s'éloigna.

Et puis ce fut le silence complet. Elle n'entendait plus un son, si ce n'est les sanglots déchirants que produisait son corps meurtri.

46

Bridget Sweeney, la gouvernante du curé de Sainte-Agnès, était une femme robuste à l'humour paillard et dotée d'un accent irlandais qui n'avait absolument rien perdu de sa truculence depuis sa prise de fonction quarante-deux ans plus tôt.

Trois tâches principales lui incombaient : préparer les repas des prêtres, superviser le personnel d'entretien et, avant tout, faire office d'yeux et d'oreilles pour le compte du père Spinelli.

Sweeney époussetait les persiennes du presbytère quand elle aperçut une Cadillac Escalade noire se garer devant l'église. Elle se précipita dans le couloir qui menait au bureau du père Spinelli, sans prendre la peine de frapper.

— Mon père…, commença-t-elle, le souffle court, vous avez de la visite.

Le prêtre jeta un coup d'œil à sa montre.

— J'ai la messe du matin dans dix minutes. Qui est-ce ?

— Une altesse italienne, dit Sweeney. Allez donc zieuter.

Et la gouvernante de conduire Spinelli à la fenêtre, d'où ils purent tous les deux voir le chauffeur ouvrir la porte arrière de la Cadillac.

En sortit Joe Salvi. Costume anthracite à la coupe parfaite, chemise blanche, cravate bleue et richelieus noirs.

— Non mais regardez-le, s'offusqua Sweeney. Tiré à quatre épingles comme John Gotti[1], à se balader dans son gros 4×4 noir comme Tony Soprano. Comme si on n'avait pas déjà compris qu'il était mafieux.

Le curé secoua la tête.

— Madame Sweeney, « Tu ne répandras point de calomnies parmi ton peuple », la sermonna-t-il. Livre du Lévitique, chapitre dix-neuf, verset seize.

La vieille femme joignit les mains contre sa joue en une parodie de pénitence.

— Le parrain Joe Salvi, mis en examen pour trafic de drogues. *Daily News*, page une, répliqua-t-elle.

Le prêtre rit. Sa gouvernante était décidément incorrigible. Mais sans elle, il était perdu.

— C'est ni Noël ni Pâques, continua-t-elle. Qu'est-ce qu'il fiche ici ?

— Ce n'est pas vos oignons. Les Salvi sont nos plus généreux donateurs, donc je vous prie de bien vouloir transporter votre vieux popotin d'Irlandaise à la cuisine et de nous rapporter du café. Oh, et pendant que vous y êtes, dites au père Daniel d'assurer la messe à ma place.

— Oui, mon père, répondit-elle en regardant encore une fois par la fenêtre. Mais avouez que c'est bizarre qu'il se pointe à c't'heure-là.

1. Mort en 2002, ce parrain new-yorkais se distinguait par une élégance vestimentaire particulièrement soignée.

— En effet.

— Pour sûr qu'il est pas venu là pour se confesser, conclut-elle en transportant son vieux popotin irlandais dans le couloir.

Spinelli se retint de rire. Pour sûr que c'est mieux ainsi, songea-t-il. Je n'aurais jamais eu le temps de tout écouter.

Trois minutes plus tard, Salvi arrivait dans le bureau de Spinelli.

— Bonjour, mon père, dit-il. J'espérais justement vous trouver avant la messe.

— C'est le père Daniel qui officiera ce matin. Mais si vous souhaitez assister à la messe, attendez un instant que j'enfile ma chasuble.

— Très honoré, mon père, mais Teresa prie suffisamment pour deux. Je suis venu faire un don à la paroisse. Dix mille dollars.

— Dieu soit loué, déclara Spinelli. Et puis-je vous demander la raison d'une telle libéralité ?

— L'agenda d'Enzo. Il nous est très précieux, dit Salvi sans une once d'émotion dans la voix. Je voulais vous remercier de l'avoir retrouvé et de nous avoir ainsi permis de retrouver un peu de notre fils.

— Joseph, nous vous serions infiniment reconnaissants de tant de générosité, dit le curé, mais je ne voudrais pas que votre don soit fondé sur des informations erronées. Comme je l'ai indiqué à Teresa, c'est une de nos paroissiennes qui a découvert le carnet. Elle me l'a remis avec pour consigne de vous le transmettre.

Salvi hocha la tête en feignant de découvrir cette information. Puis il sortit un chéquier de la poche intérieure de sa veste.

— Dans ce cas, arrondissons à vingt mille. Mais je souhaite que ce don soit en son honneur. Je vous saurais gré de m'indiquer son nom afin que Teresa et moi puissions lui envoyer un mot où nous lui exprimerons toute notre gratitude.

— Je suis certain qu'elle appréciera, répondit Spinelli. Il s'agit d'Emma Frye. Laissez-moi un instant pour consulter mes fiches, que je vous retrouve son adresse.

Sur ces entrefaites entra Mme Sweeney, portant un plateau d'argent.

— Bien le bonjour à vous, monsieur Salvi, dit-elle. Comment va votre dame ?

Salvi la gratifia de son plus beau sourire de bienfaiteur de la paroisse.

— Très bien, et vous-même ?

Il tendit le chèque au curé, qui en retour lui remit une petite fiche cartonnée que Salvi s'empressa de glisser dans la poche de sa veste.

— Je vais bien, merci, répondit Mme Sweeney. Je vous ai apporté du café bien chaud et des scones tout juste sortis du four.

— J'aurais adoré les déguster avec vous, fit Salvi. Mais je dois hélas déjà vous quitter. Que la paix soit avec vous, mon père.

— Et dans votre âme, répondit le curé.

Salvi salua Mme Sweeney de la tête en passant devant elle pour quitter la pièce.

Toi, tu as eu ce que tu voulais, pensa-t-elle. Et pardi, c'était point pour mes scones que t'étais venu ici.

47

Lors de notre rencontre, je m'étais dit que Cheryl n'était vraiment pas une fille pour moi. Elle avait un doctorat de l'université Fordham ; et moi un badge de l'École de police. Elle était plutôt salsa ; moi, mayonnaise. Et, naturellement, elle était mariée à Fred Robinson. Or j'avais pour principe inflexible de ne jamais m'attaquer aux femmes qui avaient pour prénom « Madame ».

Ce qui ne m'avait pas empêché de fantasmer. Et puis est venu le jour où son mariage s'était effondré. Pourtant, j'avais continué à ronger mon frein, me disant alors qu'elle aurait besoin d'un peu de temps pour se remettre. Mais en vérité, je m'en tenais encore à ma première impression : cette fille n'était pas pour moi.

Cheryl n'était manifestement pas de cet avis, car trois mois plus tard elle m'invitait à aller à l'opéra en sa compagnie. Une soirée magique. Avant même que la grosse dame sur scène ne commence à chanter, il était clair que la porte était grande ouverte entre nous pour une histoire sérieuse. Malgré ça, je ne me sentais pas prêt à m'engager. La même semaine, mon ex avait rejoint le Red pour devenir ma nouvelle coéquipière, et même si Kylie était très heureuse en ménage, j'étais toujours lamentablement attaché à elle.

Durant les trois mois qui ont suivi, Kylie, Cheryl et moi avons cohabité tant bien que mal. Nous partagions un espace commun exigu dans quelque zone obscure de mon cerveau torturé. Je les voulais toutes les deux, tout en étant persuadé que ni l'une ni l'autre ne voulait de moi.

Si j'avais eu le cran de me confier à Cheryl sur ce qui me passait par la tête, elle m'aurait probablement diagnostiqué comme authentiquement fou furieux. Mais je n'avais rien dévoilé de mes sentiments, ce qui n'avait rien d'étonnant vu mon éducation d'Anglo-Saxon blanc et protestant.

En revanche, à mon réveil le lendemain matin de notre dîner au Paola's, plus rien n'était pareil. Je me sentais différent. En mieux. Beaucoup mieux, même. Il ne s'agissait pas simplement de cette euphorie qui vous gagne au lendemain d'une soirée qui s'annonçait désastreuse et qui finalement se termine par une magistrale partie de jambes en l'air.

Non, c'était quelque chose que je n'avais pas ressenti depuis des mois. Une forme d'équilibre. Je savais enfin ce que je voulais, ou plutôt, celle que je voulais : la femme à la sexualité débridée qui se trouvait dans mon lit, et dont l'épaisse chevelure de jais retombait sur ses douces épaules au teint caramel.

Je suis allé me doucher. Au bout de deux minutes, j'ai été rejoint par Cheryl qui ne portait rien d'autre qu'un sourire malicieux. Une chose menant à une autre, j'ai profité du moment, me disant simplement que j'étais le plus heureux des hommes.

Deux heures plus tard, j'étais dans le bureau de Matt Smith en compagnie de Kylie.

— J'ai dressé la liste de toutes les personnes ayant appelé Parker-Steele sur son portable, sa ligne fixe, ainsi que sur son téléphone pro, nous a dit Smith. Puis j'ai vérifié si l'une d'entre elles possédait un SUV noir. La plupart de ses contacts vivent à Manhattan et n'ont même pas de bagnole. Dans les trente-sept qui en ont une, il y a quelqu'un qui roule en Jeep Patriot noir, vieux de dix ans. Son dentiste.

— Il s'appelle comment ?

— Elle s'appelle Jo Ann Kinane. Or on ne recherche pas une femme. Et vu la façon dont les dents des victimes sont mutilées, je doute fort qu'un dentiste…

Cates a ouvert la porte au même moment.

— Capitaine, a tenté Smith, on était en train de…

— Plus tard, l'a-t-elle interrompu. Je suppose que tout le monde ici a entendu parler de Rachael O'Keefe ? Accusée d'avoir tué sa fille, puis acquittée ?

Nul besoin d'attendre nos réponses. La moitié de la planète savait qui était Rachael O'Keefe.

— Elle a été kidnappée hier soir. Elle était à Jersey City avec sa sœur. Deux types armés ont fait irruption dans la baraque vers 3 heures du mat' et l'ont enlevée. Ils ont ligoté sa sœur, qui a mis plus de cinq heures pour réussir à se libérer. Heureusement, elle a eu la présence d'esprit de contacter directement le proc de Manhattan plutôt que la police du coin. Le proc a appelé le commissaire divisionnaire, qui a lui-même appelé le commissaire principal, qui m'a ensuite appelée. Il pourrait à nouveau s'agir du Tyvek Killer. Mais cette fois c'est un peu différent des quatre premiers enlèvements, car les autres victimes n'ont pas été kidnappées sous la contrainte. Cela dit, s'il y a quelqu'un à qui une vidéo-confession pendait au nez, c'est bien Rachael O'Keefe. Je veux que vous alliez à Jersey pour interroger la sœur.

— Ce n'est pas notre juridiction, a objecté Kylie. Ce n'est pas un peu tôt pour se taper l'incruste en squeezant à la fois les locaux et les fédéraux ?

— Tiens donc, a fait Cates. On veut soudainement se la jouer réglo ? Sincèrement, vous croyez que j'ai le temps de demander à un commissaire du fin fond du New Jersey l'autorisation de piétiner ses plates-bandes ? C'est mon boulot de gérer les emmerdes politiques. Le vôtre, c'est de foncer là-bas avant que les locaux ou les fédéraux ne s'en mêlent. Vous allez me dégoter tout ce qui peut être en lien avec le Tyvek Killer et déguerpir juste après.

— Qui était au courant de l'endroit où Rachael devait se rendre après sa libération ? a demandé Kylie.

— Très peu de monde. Le strict minimum. C'était censé être un secret bien gardé. Hélas, les secrets ont pour habitude d'être éventés.

— Peut-être que la sœur n'a pas tenu sa langue.

— Je ne pense pas qu'elle soit conne à ce point-là. Mais bon, si c'est le cas, trouvez-moi à qui elle en a parlé et mettez-lui la main dessus.

Kylie et moi nous apprêtions à sortir quand Cates nous a lancé :

— Et au cas où il vous faudrait une motivation supplémentaire au simple fait d'empêcher un meurtre de plus, je vous rappelle que les élections ont lieu dans six jours.

48

— Putain, a fait Kylie en montant dans la Ford. Je me foutrais des baffes.

— Pour avoir été lèche-cul avec la boss en faisant mine de te soucier du code de procédure ?

— Primo, je n'étais pas lèche-cul, et deuzio elle sait pertinemment que je ne suis pas du genre à obéir au doigt et à l'œil. Ceci posé, si c'est encore à cause de Damon Parker qu'elle me balançait un nouveau Scud, je tenais à ce qu'elle sache que j'avais conscience des règles qu'on s'apprête à enfreindre. Elle envoie deux flics de New York enquêter sur un enlèvement hypermédiatisé survenu en dehors des frontières de l'État. On va violer plus de juridictions en une seule matinée que n'importe quel flic dans toute sa carrière. Les locaux ne sont pas les seuls qu'on va niquer. Tout le monde va vouloir se mêler de cette histoire : le shérif du comté de Bergen, la police d'État, sans compter les fédéraux, ça va sans dire.

— Pourtant, tu aimes plutôt ça d'habitude, mettre le bordel. Pourquoi voudrais-tu te foutre des baffes ?

— Parce que je savais que ça arriverait. Je savais que Rachael O'Keefe se ferait enlever.

— Et depuis quand ? ai-je demandé alors que je m'engageais sur la FDR Drive au niveau de la 96e.

— Lundi soir, à l'annonce du verdict. La planète entière savait qu'O'Keefe était coupable. En apprenant que le jury l'avait laissée filer avec une simple réprimande, je me suis tout de suite dit que le Tyvek Killer s'en donnerait à cœur joie avec elle.

— Tu aurais dû en parler.

— À qui ? Et même si je l'avais fait, ça aurait changé quoi ?

— Exactement. Personne ne t'aurait écoutée. Et quand bien même on t'aurait écoutée, personne n'aurait rien fait. Donc, inutile de te foutre des baffes.

Le portable de Kylie a sonné.

— Et merde, a-t-elle maugréé en voyant le nom qui s'affichait à l'écran.

Elle a pris l'appel.

— Bonjour, Shelley. Que se passe-t-il ?

Pendant près d'une minute, elle s'est contentée d'écouter son interlocuteur. Si je n'avais aucune idée de ce qui se passait, je savais en revanche qui était Shelley. Shelley Trager, né à Kitchen's Hell, était devenu l'un des producteurs de télévision et de cinéma les plus riches et les plus appréciés de la profession. Depuis des années, la société de Shelley, Noo Yawk, fournissait du travail à des dizaines de milliers de New-Yorkais qui, sans elle, auraient crié famine ou, pis encore, été obligés de déménager à Los Angeles. Un de ses protégés les plus en vue n'était autre que Spence Harrington, le mari de Kylie.

— Quel hôpital ? a dit Kylie. Non, je viens dès que je peux. Merci d'avoir appelé.

Je me suis arrêté sur une étroite bande de gazon sur la gauche et j'ai coupé le moteur.

— Je me trompe ou il est arrivé quelque chose à Spence ? ai-je demandé.

— Oui. Une ambulance le transporte à l'hôpital Elmhurst. Ça s'est passé sur un plateau de tournage. Il a trébuché sur une perche d'éclairage et est tombé la tête la première en se coupant avec les bris de verre. Pourquoi s'arrête-t-on ?

— On est à un kilomètre du pont George Washington. Je n'ai pas le temps de t'emmener dans le Queens, mais je peux sortir au niveau de la 179e et te déposer à la gare routière. De là tu pourras prendre un taxi pour rejoindre l'hôpital.

— Je n'irai pas à l'hôpital, a répondu Kylie.

— Tu es sûre ? Spence m'a quand même l'air sérieusement amoché.

— Démarre.

— Écoute, je peux m'occuper de la sœur d'O'Keefe tout seul. Toi, tu vas voir Spence, et on se retrouvera après que…

— Zach, Spence n'a pas fait une simple chute. Il était tellement shooté aux antalgiques qu'il n'y voyait plus clair. Sauf que cette fois-ci, il a foutu en l'air du matériel coûtant des milliers de dollars, tout en mettant en danger sa propre vie, et celle des autres. Je vais te répéter ce que je t'ai déjà dit lundi. C'est le meilleur boulot que je puisse avoir au NYPD, et il est hors de question que je le perde à cause de mon camé de mari. Je vais donc te demander une faveur.

— Tout ce que tu veux.

— Ferme-la et roule.

J'ai obtempéré, regagné la chaussée et repris la rocade express qui menait au New Jersey.

49

Difficile, en parcourant l'avenue Harold à Leonia, dans le New Jersey, d'imaginer que ce petit coin anonyme de banlieue était en fait une vraie poudrière prête à exploser au prochain bulletin d'informations.

Un fourgon noir était garé dans l'allée de la dernière maison à gauche. Il était collé à la haie, si bien que les lettres d'or NYPD Police Scientifique peintes sur l'un de ses flancs étaient invisibles.

Ce bon John Dryden leva la tête à notre approche. Au lieu de se replonger illico dans son travail, il vint à notre rencontre pour nous saluer.

— Inspecteurs, nous a-t-il lancé avec un sourire inhabituel. Comme on se retrouve.

— Je suis surprise de vous voir ici, a fait Kylie. Il n'y a pourtant aucun cadavre à découper en morceaux.

— Ah, inspecteur MacDonald, a-t-il dit. Il semble que vous ne voyiez en moi qu'un spécialiste du corps. J'ai pourtant bien d'autres talents dont vous ignorez tout.

Kylie a ri comme si la remarque s'était voulue drôle. Il y avait plutôt de quoi avoir les jetons.

— On m'a demandé de faire le ménage et de débarrasser le plancher dans la foulée, a dit Dryden. Mon prérapport sera prêt dans cinq minutes. La sœur est encore à l'intérieur.

Elizabeth O'Keefe, visage familier depuis l'arrestation puis le procès de Rachael, nous attendait dans la cuisine. Assise sur la seule chaise à tenir encore debout.

— N'entrez pas, a-t-elle dit. Je voulais juste que vous vous rendiez compte des dégâts.

De l'embrasure de la porte, nous avons contemplé le massacre. La pièce empestait la vinasse et le sol recouvert de liquide gluant était jonché de bris de verre. Des portes de placard avaient volé en éclats, tandis que la partie basse du frigo donnait l'impression d'avoir été défoncée par un 4 × 4.

— Il reste un peu de cheese-cake là-bas, a-t-elle ajouté en désignant un petit monticule de crème jaune écrasé sur une des chaises renversées. Prenez-en une part pour le procureur et surtout dites-lui bien qu'il se l'enfonce dans le cul bien profond.

— Madame O'Keefe, a dit Kylie. Nous sommes ici pour vous aider à retrouver votre sœur.

— Désolée. Je suis juste très en colère. On avait fait une demande de protection policière pour Rachael auprès du procureur. Mais une dizaine de menaces de mort plus le fait que le jury l'a déclarée non coupable n'ont pas suffi à le convaincre.

— Et pourtant, quand votre sœur a été kidnappée, vous avez appelé le procureur et non les secours, a observé Kylie.

Elizabeth O'Keefe s'est levée. Son jean et son T-shirt, trempés, étaient maculés des mêmes saletés que le sol. Elle avait la partie gauche du visage toute contusionnée, le cou et le menton tailladés, et les poignets et chevilles couverts de sang séché.

— Madame O'Keefe, a dit Kylie, nous pouvons vous emmener à l'hôpital.

— Appelez-moi Liz. Non, ça va aller. Sortons de cette porcherie.

Elle a quitté la pièce sur la pointe des pieds en évitant de marcher sur les bris de verre, et nous l'avons suivie dans un petit salon dont la décoration chargée semblait figée dans les années 1960.

Kylie et moi avons pris place dans un canapé douillet, tandis que Liz, dont les vêtements sales auraient taché l'assise, s'est installée sur une chaise en bois.

— Je n'ai pas appelé le procureur en premier, a-t-elle dit. J'ai d'abord contacté Dennis Sawcer, l'avocat de Rachael. Juridiquement, il ne pouvait pas me dire de ne pas appeler les secours, mais il m'a dit que si je le faisais, mon appel serait transféré aux flics du coin. Lesquels ne bougeraient leurs fesses qu'après avoir géré une plainte pour tapage nocturne ou des ados fumant du shit dans un parc public. Sûrement des conneries, mais il m'a également dit que si l'info circulait sur la radio de la police, la presse serait vite au courant et s'empresserait de faire monter la mayonnaise médiatique.

— Comme quoi, il ne dit pas que des conneries, a remarqué Kylie.

— Sawcer a ajouté que le procureur n'ayant pas ordonné de protection policière, il se sentirait assez merdeux et enverrait l'unité d'élite du NYPD. Mais il faut croire qu'il vous a envoyés à la place.

— Au risque de vous décevoir, a fait Kylie, l'unité d'élite, c'est nous.

— Oh… Je m'attendais plutôt à des gars du genre SWAT[1].

— Dites-nous ce qui s'est passé, ai-je demandé.

— On était tranquillement en train de discuter dans la cuisine quand deux types masqués et armés ont déboulé du vestibule.

— Pensez-vous qu'ils aient pu vous suivre depuis New York ?

— Craignant d'être suivie, je n'ai pas arrêté de contrôler mon rétroviseur, mais je n'ai rien remarqué. Même au moment où j'ai tourné dans cette impasse.

— Que s'est-il passé après leur intrusion ?

— Ils nous ont fait nous asseoir par terre. L'un d'eux a ligoté Rachael. L'autre a rangé son flingue le temps de m'attacher, et j'en ai profité pour lui donner un coup de genou dans les couilles. Vous connaissez le Krav-maga ? C'est une technique d'autodéfense israélienne.

— Oui, on connaît, a dit Kylie.

— Je prends des cours depuis que je me suis fait agresser il y a cinq ans. Si le type avait été seul, j'aurais pu le maîtriser, mais à deux ils avaient forcément l'avantage.

— Et ensuite ?

— Ils m'ont emmenée à la salle de bains et ligotée. Puis ils ont mis tous les téléphones hors d'usage. Quelques minutes plus tard, je les ai entendus sortir Rachael et partir en voiture.

---

1. Special Weapons And Tactics, équivalent américain du GIGN.

— Si leur voiture était garée à proximité, pourquoi ne l'avez-vous pas vue en arrivant ?

— J'avais peur d'être suivie. Mais je n'ai pas du tout pensé à vérifier les véhicules garés près de la maison.

— Pourriez-vous nous décrire ces deux hommes ? ai-je demandé.

— Ils étaient entièrement vêtus de noir. L'un d'eux mesurait environ un mètre quatre-vingt-dix. L'autre était plus petit. Tous les deux étaient assez baraqués. D'après leurs voix, je dirais qu'ils étaient probablement blancs, et plutôt jeunes. En tout cas, ils savaient ce qu'ils faisaient, un peu comme des militaires.

— Qui était au courant de votre venue ici avec Rachael ?

— Moi et l'avocat de Rachael, M. Sawcer.

— En avez-vous parlé à quelqu'un d'autre ?

— Non. M. Sawcer a dû en parler au juge d'application des peines. Comme le juge Levine va inculper Rachael pour mise en danger d'autrui dans quarante-cinq jours, ils doivent savoir où la trouver.

— Inspecteurs… (C'était Dryden qui venait les chercher.) Vous voulez bien m'accompagner dehors ?

Ils l'ont suivi à l'arrière de la maison. La porte de derrière avait été forcée, et le chambranle fracturé. Les bris de verre d'une petite lucarne jonchaient le sol du passage couvert.

— Tu as des empreintes ? ai-je demandé.

— Ils portaient des gants. Ils ont bien laissé des empreintes de pied en allant et venant dans le capharnaüm de la cuisine, ce qui me permettra à la rigueur de déterminer la marque de leurs baskets, mais je doute que ça vous soit utile. J'aurais bien aimé faire mieux, mais ces gars sont des pros. Et moi, je dois débarrasser le plancher.

Il est parti, nous laissant en plan Kylie et moi. Sans le moindre indice à nous mettre sous la dent.

— Rends-moi un service s'il te plaît, m'a-t-elle dit. Retourne dans le passage, va dans la cuisine, et ferme la porte.

Je me suis exécuté. Cinq secondes plus tard, j'entendais un bruit de verre brisé. J'ai ouvert la porte du passage couvert et trouvé Kylie, son flingue à la main.

— J'ai cassé un autre carreau de la porte. Tu as entendu quelque chose ?

— Oui, bien sûr.

— Alors si Rachael et Liz se trouvaient dans la cuisine au moment où les deux types ont fait irruption, elles auraient dû entendre les bruits de verre brisé, a-t-elle dit.

— Selon Liz, personne ne savait où Rachael devait aller se cacher.

— Mais en fait ils étaient aussi au courant, a dit Kylie. Et ils se trouvaient déjà à l'intérieur de la maison. Ils les attendaient.

50

— Tel père, tel fils, fit Jojo en feuilletant le carnet de relève de son frère. Pour un petit lycéen, il avait déjà mis en place un joli business pour plumer ses camarades. Il utilisait même les codes de comptabilité de la famille.

Joe Salvi père sourit et se balança dans le fauteuil qu'il avait reçu de son père et qui se transmettait de génération en génération. Il caressa les clous qui fixaient le cuir vert aux accoudoirs en acajou sculpté.

— Il avait à peine douze ans quand je lui ai appris ce code.

— Il ne t'a jamais dit ? questionna Jojo.

— Dit quoi ?

— Concernant le code. C'est à moi que tu l'avais appris quand j'avais douze ans. Mais comme je n'y comprenais rien et que je n'osais pas te le dire, je l'ai montré à Enzo. Il a pigé le truc en deux minutes et m'a tout expliqué du haut de ses neuf ans. C'était un crack, notre Enzo.

— Oh, oui, il était futé, dit Joe en prenant le carnet des mains de son fils pour en caresser le cuir rouge.

Enzo, son benjamin, qui portait le prénom de son père vénéré. Celui à qui il avait toujours compté passer le flambeau. Car Enzo avait le business dans le sang. Rusé comme un renard. À côté, son frangin faisait figure de bœuf.

— Cette Mme Frye qui nous a rendu le carnet, elle est blanche ? demanda Jojo.

— Évidemment. C'est une paroissienne de Sainte-Agnès, dit Salvi.

— Papa, je me disais… J'avais toujours cru qu'Enzo avait été tué par des Noirs d'Ozone Park. Ils avaient la haine depuis qu'Enzo avait bastonné un de leurs gars.

Salvi secoua la tête.

— Cette femme aurait obtenu le carnet d'Enzo des mains d'un gamin d'Ozone Park ? Non. Elle l'a trouvé chez elle. Et je te parie que son fils l'avait caché le soir même de la mort d'Enzo.

— Mais alors, c'est le fils de cette dame qui aurait tué Enzo ?

— Lui, ou quelqu'un de sa connaissance.

— Alors je vais aller lui en toucher deux mots, fit Jojo.

— Pour ça, il faudrait déjà qu'on identifie le fils de Mme Frye, et qu'on sache où le trouver.

— C'est pas un problème. Avec Tommy Boy, on n'a qu'à rendre une petite visite à sa mère.

Salvi se frotta le menton en prenant une grande respiration.

— Jojo, tu crois vraiment que ça serait la solution d'envoyer deux Rambo foutre la trouille à la vieille ?

— J'sais pas, papa. Je n'avais pas vu les choses comme ça. J'essayais juste de me rendre utile.

— Ne t'inquiète pas, les occasions ne manqueront pas pour que Tommy Boy et toi puissiez vous rendre utiles, dit Salvi en accompagnant sa réponse d'une petite tape sur le genou de Jojo, exactement comme il aurait tapoté la tête d'un chien. Pour l'instant, ne réfléchis pas trop. Je m'en charge.

51

— À moi de conduire, a dit Kylie quand nous sommes retournés à la voiture.

— Puisque tu le demandes si gentiment, ai-je répondu en lui jetant les clés. Petit rappel : c'est une Ford, pas la Batmobile.

— C'est censé vouloir dire quoi ?

— Disons que je n'ai pas envie de me retaper une course-poursuite de la mort comme lundi sur Park Avenue.

— OK, je vais conduire comme une petite vieille. Comme toi, en somme.

Elle a fait demi-tour et repris Harold Avenue en sens inverse avant de prendre à gauche pour s'engager dans Broad Avenue.

— Je pense que tu as raison, ai-je dit. Les ravisseurs de Rachael l'attendaient dans la maison. C'est une petite ville pépère. À 3 heures du matin, Liz aurait forcément remarqué si quelqu'un l'avait suivie.

— Dans ce cas, comment ont-ils pu savoir où allait Rachael ?

— Rien de plus facile s'il s'agit de vrais flics.

— On est tous les deux flics. Et pourtant on ne savait rien.

— On aurait pu se renseigner facilement. Il suffisait d'un coup de fil au service d'application des peines, ou alors au cabinet du proc. C'est forcément de l'un ou de l'autre que l'info a fuité.

— À ton avis, les deux services confondus, combien de personnes pouvaient connaître l'adresse de la planque ?

— Beaucoup trop à mon goût, ai-je dit. Mais pour le moment, c'est la seule piste qu'on ait. Donc on n'a guère le choix.

Mon portable s'est mis à sonner.

— C'est Cates, ai-je dit avant de prendre l'appel.

— Où êtes-vous ?

Je lui ai expliqué.

— J'ai besoin de toi et de MacDonald sur-le-champ, a-t-elle dit.

— On peut être au poste dans…

— Je ne suis pas au poste, m'a-t-elle coupé avant de m'indiquer où la retrouver.

— Que se passe-t-il ?

— Rappliquez fissa, a-t-elle répondu avant de raccrocher.

— Il y a un souci ? s'est enquis Kylie. Tu ne l'as même pas briefée sur ce qu'on vient de trouver.

— Elle ne m'a rien demandé. Elle a apparemment quelque chose de plus urgent à régler.

— De quel ordre ?

— Elle ne m'a pas dit. Elle veut juste qu'on la rejoigne dans le Queens.

— Où ça dans le Queens ?

— Aux studios Silvercup.

— Tu me fais marcher, Zach ? Si c'est le cas, je peux te dire que c'est pas…

J'ai fait non de la tête.

— C'est texto ce qu'elle m'a dit : « Retrouvez-moi aux studios Silvercup. »

— C'est Spence ? Est-ce qu'il va bien ?

— Elle n'a rien dit sur Spence. Elle ne m'a rien dit du tout d'ailleurs.

— Merde, merde, merde, a fait Kylie en empoignant le volant. Évidemment que c'est Spence. Pourquoi aurait-elle besoin de nous là-bas sinon ?

Tous gyrophares dehors, elle a mis les pleins gaz et la Batmobile a bondi en avant.

J'ai bouclé ma ceinture et me suis accroché au siège. La petite vieille au volant venait de céder la place à une tête brûlée de l'asphalte.

52

Nous avons franchi le pont George Washington à pleins tubes pour regagner Manhattan et rejoindre la Harlem River Drive.

— Déjà que Cates est furax à cause de mon petit accrochage avec Damon Parker, a dit Kylie en poussant la Ford à cent dix à l'heure maintenant qu'ils étaient sur la FDR Drive.

— Tu as purement et simplement accusé le frère de la victime d'exploiter la mort de sa sœur à des fins personnelles, ai-je remarqué. Pas sûr que la hiérarchie considère ça comme un « petit accrochage ».

— Bref, vu comme elle m'a massacrée pour ça, je te raconte pas ce que je vais me prendre quand elle apprendra que mon mari se shoote aux médocs et qu'il a atterri deux fois aux urgences ces trois derniers jours.

— On ne sait rien de ce que sait Cates. Elle n'a absolument rien dit sur Spence.

— Pas besoin. Il lui suffisait de nous dire de tout laisser en plan pour la retrouver sur le lieu de travail de Spence.

Elle a quitté la FDR au niveau de la 53e Rue, pris à droite pour rejoindre la 1re Avenue avant de débouler à toute berzingue sur le pont qui aboutissait au Queens. On est arrivés sur le parking de Silvercup dans un crissement de pneus quarante minutes après le coup de fil de Cates.

Une voiturette de golf nous attendait devant l'entrée principale. Bob Reitzfeld était au volant. Un ancien du NYPD qui avait quitté la police après trente ans de service puis, refusant la « petite mort » qu'est la retraite, s'était fait engager comme gardien de nuit chez Silvercup. Deux ans plus tard, il était à la tête de toute l'équipe de sécurité.

— Comment va Spence ? s'est inquiétée Kylie tandis que nous montions dans le véhicule.

— À court terme, ça ira, a répondu Reitzfeld en s'engageant dans un passage étroit entre deux studios. Ils sont en train de le recoudre aux urgences. Mais à plus long terme, ton homme a un sérieux souci, et Shelley ne pourra pas continuer indéfiniment à le couvrir.

— Depuis quand Shelley est-il au courant ? a demandé Kylie.

— Un mois minimum. C'est à ce moment-là qu'il m'en a parlé pour la première fois. Tout le monde est au courant maintenant, distribution et staff inclus. S'il ne décroche pas très vite, sa carrière est foutue.

— Sa carrière ? Et la mienne alors ? s'est insurgée Kylie. Au moment où je te parle, je suis chargée d'enquêter sur une affaire criminelle de premier plan. Demain matin, Cates pourrait très bien me renvoyer à la circulation.

Reitzfeld a stoppé la voiturette, s'est retourné et a regardé Kylie droit dans les yeux.

— Que les choses soient claires : tu crois vraiment que Cates est venue ici parce que Spence est arrivé défoncé et qu'il a renversé une ou deux lampes ?

— Et pour quel autre motif ma chef choisirait-elle de venir aux studios une heure à peine après que mon mari est parti en vrille ?

— Kylie, je sais que j'ai surtout l'air du type en blazer bleu qui conduit la voiturette de golf, mais figure-toi que j'ai moi-même été commissaire adjoint dans une vie antérieure. Je peux donc te certifier que le capitaine Cates n'a pas fait le déplacement au fin fond du Queens pour te faire payer les errements de Spence. Si ç'avait été le cas, elle n'aurait pas emmené le maire avec elle.

L'info nous a pris tous les deux de court.

— Le maire est ici ? a fait Kylie.

— Oui, escorté d'Irwin Diamond et de Shelley. Tout le monde vous attend sur le plateau numéro cinq. Et si je puis me permettre, en ce moment ils n'ont vraiment pas envie que leurs flics aient l'air à côté de leurs pompes. Donc je te conseille fortement de recouvrer tes esprits avant d'entrer dans le studio.

Il a repris le volant, et nous avons fait le reste du chemin en silence.

— Merci, lieutenant, a dit Kylie à Reitzfeld tandis qu'il nous déposait devant le studio. Ça va aller.

— Ce n'est pas à moi qu'il faut le dire. Mais au gars qui va vous accompagner sur le plateau.

Il a redémarré et nous a laissés en plan.

— Allez, regarde-moi dans les yeux et dis-moi que ça va, lui ai-je dit. Et essaie de prendre un air convaincu.

— Bien sûr que ça ne va pas, a-t-elle répondu. Dès que tu m'as dit qu'on venait ici pour retrouver Cates, j'ai été obnubilée par l'idée que Spence pouvait foutre ma carrière en l'air.

— À cette heure-ci, il n'y a qu'une seule personne qui puisse foutre ta carrière en l'air, et crois-moi, ce n'est pas Spence. Dis-moi s'il y a quoi que ce soit que je puisse faire pour t'empêcher de déconner.

— Oui, a-t-elle dit en extirpant la clé de voiture de sa poche pour me la donner. Pour commencer, ne me laisse plus jamais prendre le volant quand je suis au bord du pétage de plomb.

— Bien joué, ai-je dit en attrapant les clés. Quoi d'autre ?

— Eh bien… Disons que je n'ai pas franchement été une coéquipière modèle depuis mon arrivée au Red. Sois gentil, fais comme si ces deux semaines n'avaient pas existé, qu'on reparte sur de bonnes bases.

— Ça marche.

J'ai omis cependant de lui dire qu'en plus des deux dernières semaines, j'étais carrément prêt à effacer les onze années qui avaient précédé.

53

Le plateau numéro cinq est l'un des plus petits studios de Silvercup, mais il mesure tout de même au bas mot quinze mètres sur douze. Cates, le maire, le conseiller de ce dernier, Irwin Diamond, ainsi que le patron de Spence, Shelley Trager, nous attendaient à l'intérieur. Ils se tenaient debout à l'extrémité du local, dans l'espace salon d'un show télévisé que je ne reconnaissais pas. Cates a traversé le studio pour venir à notre rencontre.

— Spellman est hystérique de chez hystérique, nous a-t-elle affirmé.

— On dirait un slogan de Muriel Sykes, ai-je dit.

En période de stress, l'humour a toujours aidé les flics à se serrer les coudes. Et donc, malgré la gravité de la situation et la différence de grade entre nous, Cates a éclaté de rire. Elle a cependant porté immédiatement la main à sa bouche pour faire mine de tousser.

— Que se passe-t-il ? lui ai-je demandé.

— Muriel Sykes va donner une conférence de presse, a répondu Cates. Irwin a traîné le maire ici pour qu'ils la regardent en direct. Ils enregistreront une réponse à ses attaques et la diffuseront dans la foulée avant que sa campagne ne parte totalement en sucette.

— Ce qui explique pourquoi eux sont ici, dis-je. Mais nous ? Pourquoi nous avoir fait venir aussi ?

— Vous êtes là en tant qu'inspecteurs principaux sur l'affaire du tueur en série. Affaire que Sykes tente d'utiliser contre Spellman. Il compte sur vous pour lui donner quelque chose à dire.

— Vous nous demandez, à nous, ce qu'il est censé annoncer ? Voilà ma suggestion : « Je renonce à me présenter et je souhaite bonne chance à Muriel Sykes pour diriger cette ville un peu mieux que je n'ai réussi à le faire moi-même. »

Cette fois, Cates n'a pas ri du tout.

— Capitaine, ai-je dit, vous avez entendu aussi bien que moi ce qu'Irwin nous a dit lundi. Le maire s'est lui-même fourré dans ce pétrin. Le NYPD voulait enquêter sur Evelyn Parker-Steele à propos de la mort de Cynthia Pritchard. Mais Leonard Parker a fait pression sur la mairie et le maire a cédé. Evelyn s'en est alors sortie blanche comme neige, et notre tueur en série justicier en a fait sa quatrième victime.

— Inspecteurs ! (Irwin Diamond venait de nous rejoindre.) Je suis heureux que vous soyez là. Le capitaine Cates me dit que vous arrivez du New Jersey où vous avez parlé avec la sœur de Rachael O'Keefe ?

Le maire, à ses côtés, s'est jeté sur l'info.

— Y a-t-il un lien ? Est-ce que son enlèvement a quelque chose à voir avec le Tyvek Killer ?

— Monsieur, nous n'avons aucune preuve que l'enlèvement de Rachael ait un lien avec les autres affaires, ai-je dit. En revanche, tout porte à croire qu'elle pourrait devenir la cinquième victime.

— Et pourquoi serait-elle notre cinquième victime et pas la première du New Jersey ?

— Certes, elle s'est fait kidnapper dans le New Jersey, mais il semble que les fuites concernant sa planque proviennent de New York.

— Non seulement de la ville, a ajouté Kylie, mais peut-être même d'un agent municipal en lien avec l'affaire. Avec l'inspecteur Jordan, nous étions en route pour Manhattan où nous comptions interroger le juge d'application des peines et les gens du parquet. Nous souhaitons établir une liste de tous ceux qui étaient au courant de l'endroit où Rachael devait se cacher. Le plus tôt sera le mieux.

Aux yeux du maire, Kylie passait probablement pour une flic consciencieuse ayant pour seul souci de retourner à Manhattan mettre la main sur l'indic. Moi, je voyais surtout une Mme Spence Harrington prête à tout pour foutre le camp de Silvercup au plus vite. Dans les deux cas, elle avait bien raison.

— L'enlèvement d'O'Keefe a-t-il déjà été rendu public ? a demandé Diamond.

Cates a levé la main pour nous signifier qu'elle répondrait personnellement à cette question.

— Irwin, nous avons allègrement dépassé le cadre de notre juridiction dans cette histoire, a-t-elle dit. Si on se l'est permis, c'est parce que cet enlèvement semble porter la signature du Tyvek Killer. Notre équipe s'est rendue sur place en douce mais les flics de Jersey et les fédéraux ne vont pas tarder à être sur le coup. Et si vous trouvez que Rachael O'Keefe a été surmédiatisée pendant son procès, attendez de voir ce que ça va être quand la presse apprendra son kidnapping. Les chaînes d'info seront en boucle sur elle vingt-quatre heures sur vingt-quatre.

— Pigé, a fait Diamond. Mais pour l'instant, c'est toujours off ?

— Pour l'instant, oui.

— Bien. Muriel Sykes donne une conférence de presse dans deux minutes, et c'est déjà ça de moins qu'elle nous balancera dans la gueule.

54

— Ça commence ! a crié Shelley Trager.

Il s'était détaché du groupe et se tenait devant un grand écran qu'on avait apporté sur un chariot à roulettes. L'assemblée s'est placée autour en arc de cercle.

L'image a passé des deux journalistes de NY1 en fondu enchaîné sur Muriel Sykes, debout devant un pupitre monté sur un podium. Son logo de campagne apparaissait derrière elle, ainsi que deux drapeaux qui avaient été positionnés sur sa gauche : pour l'un, la bannière étoilée ; l'autre, orange, blanc et bleu : les couleurs de la ville de New York.

Tenue élégante, le menton haut, elle respirait la confiance en soi. Manifestement très à l'aise malgré les difficultés à venir, comme si un directeur de casting lui avait imposé pour consigne d'incarner une femme forte, la future maire de New York.

J'ai jeté un regard à la dérobée en direction de Spellman. Les épaules rentrées, l'air las – le directeur de casting risquait fort de l'envoyer jouer un chauffeur de bus en fin de journée.

— Bonjour, a commencé Sykes en fixant la caméra. Ces neuf derniers mois, vous m'avez vue mener activement campagne pour la mairie de New York. Mais je ne vous parlerai pas de politique aujourd'hui. Je veux vous parler d'un grand malheur survenu récemment, et je souhaite passer dès maintenant la parole à mon cher ami Damon Parker. Il n'est pas ici en sa qualité d'éminent journaliste international, mais en tant que frère de feu ma directrice de campagne, Evelyn Parker-Steele qui fut victime d'actes de torture barbares avant d'être sauvagement assassinée.

— Foutaises, a protesté Diamond tandis que Muriel laissait la place à Parker qui l'avait rejointe sur le podium. Evelyn détestait ce trou du cul prétentieux.

— Le meurtre de ma sœur, Evelyn, a anéanti notre famille, a dit Parker d'une voix sombre.

Comme ils étaient loin, les tambours et trompettes des « Gens veulent savoir ». En accord avec le ton de son préambule, Parker arborait la mine de l'éminent journaliste international.

— Mais le coup de grâce a été pour nous cette confession vidéo, dont il est évident qu'elle a été obtenue sous la contrainte, a-t-il continué. Ce n'est rien d'autre qu'un tissu de mensonges ignobles conçus pour salir notre famille et nuire à la campagne municipale audacieuse de la procureure fédérale Muriel Sykes. Cet affront à la fois personnel et politique meurtrit en moi le frère autant que le citoyen attaché aux valeurs de la plus belle ville du monde.

— Heureusement que Muriel avait précisé que ce discours serait tout sauf politique, a dit Irwin.

— La mort tragique de Cynthia Pritchard, a poursuivi Parker, était pour ma sœur une source quotidienne d'affliction. Et qu'un tortionnaire sadique…

Il a marqué une pause, étranglé par une émotion qui a paru presque sincère.

— Et qu'un tortionnaire sadique ait pu forcer ma sœur à débiter ces mensonges éhontés écrits à l'avance m'est absolument insupportable. Notre famille a reçu des milliers de courriels, lettres et appels téléphoniques condamnant cette pseudo-confession. Et parmi ces innombrables marques de soutien, aucune n'a eu autant de sincérité et de chaleur que les mots prononcés par la femme à qui ma sœur a consacré sa dernière énergie avec dévotion. Je veux bien sûr parler de Muriel Sykes.

Il a porté la main à son cœur et s'est tourné vers Sykes avec révérence. Ils ont échangé une brève accolade, puis elle a pris sa place au pupitre.

— Pour reprendre ses termes, comme mensonges écrits à l'avance, ça se pose là ! a dit Irwin.

Sykes a fixé la caméra, les yeux empreints de compassion.

— Permettez-moi tout d'abord d'exprimer ici mes plus sincères condoléances aux familles Parker et Steele, a-t-elle dit. Le meurtre atroce d'Evelyn Parker-Steele n'aurait jamais dû avoir lieu. Elle est la quatrième victime d'un tueur en série sanguinaire – un meurtrier qui aurait dû être traduit en justice depuis des mois. En tant que procureure fédérale, je n'aurais jamais toléré que ces actes de vengeance arbitraires deviennent la signature de l'ignoble individu qui terrorise notre ville.

Irwin, carnet et stylo en main, prenait des notes, à moins qu'il n'ait été en train de rédiger une contre-attaque. Voire le discours de renoncement du maire.

— Il n'est pas question de politiser la mort d'Evelyn, a dit Sykes.

— Pour un peu on y croirait presque, a commenté Irwin tout haut en écrivant.

— En revanche, ce qui est du ressort de la politique, c'est le besoin urgent d'un leader incontesté qui donne à notre police – ainsi qu'à l'ensemble des forces de l'ordre de notre communauté – les moyens et le soutien nécessaires pour assurer la protection de notre ville et de ses citoyens contre ceux qui cherchent à leur nuire, a conclu Sykes. Merci de votre attention. Avez-vous des questions ?

Les journalistes se sont tous mis à crier en même temps, et Irwin a éteint le téléviseur.

— Hors de question de se coltiner un jeu de questions-réponses truqué, a-t-il dit, où tout aura été prémâché pour la presse par Damon Parker. Ce type est un vrai rouleau compresseur, et il vient d'annoncer publiquement son soutien à notre adversaire. Ça ne va pas arranger nos affaires. Je viens de rédiger les grandes lignes d'un communiqué que le maire pourrait enregistrer sans tarder. Mais c'est tout au plus une bouteille lancée à la mer. Dès que le public sera au courant de l'enlèvement de Rachael O'Keefe, tout le monde oubliera qu'elle a tué sa fille. Parker s'empressera alors d'en faire une martyre d'abord injustement emprisonnée, puis innocentée, qui aura vainement imploré la protection du NYPD pour finalement se retrouver jetée aux lions par un maire insensible à son sort. Désolé, Stan, je ne fais qu'anticiper la manière dont ils vont te crucifier.

— Bien sûr, Irwin, a fait Spellman. Je n'en doute pas. Je m'apprête d'ailleurs à voter pour Muriel.

Diamond a affiché un demi-sourire à son vieil ami.

— On n'est pas encore complètement morts, Stan.

Le maire n'a pas eu franchement l'air convaincu.

— Que suggères-tu ?

— Je suggère qu'on retrouve Rachael O'Keefe tant qu'elle est encore vivante, et qu'on mette la main sur ce ou ces fichus tueurs en série.

Il avait dit « on » tout en nous regardant avec insistance, Kylie et moi.

— Vous pouvez le faire, inspecteurs, n'est-ce pas ? s'est enquis Diamond avec la décontraction du type qui demande à ses potes de lui filer un coup de main pour repeindre la cuisine.

— Monsieur, ai-je répondu, le NYPD fera tout son possible pour…

— Je me contrefous de savoir si vous pouvez le faire ! a braillé le maire. Ce que je veux, c'est que vous vous en occupiez pendant que je suis encore en fonction. Il est impératif que je figure sur la photo de la victoire. Vous avez intérêt à ce que ça se fasse avant les élections. Après, j'en ai plus rien à battre !

Sur quoi il est sorti en trombe du studio, suivi de près par Irwin Diamond.

Cates s'est tourné vers nous en haussant les épaules.

— Je vous l'avais dit. Hystérique de chez hystérique. Bon, tenez-moi au jus, a-t-elle dit avant de quitter le plateau à son tour.

Shelley Trager, qui ne nous avait pas adressé la parole depuis notre arrivée, s'est approché de Kylie et lui a posé la main sur l'épaule.

— Je retourne à mon bureau, lui a-t-il dit à voix basse. Rejoins-moi dans cinq minutes. Il faut que je te parle.

Il est sorti, nous laissant seuls, Kylie et moi.

— Je t'attends dans la voiture, ai-je dit. Va voir Shelley.

— Non, a-t-elle répondu du tac au tac, affichant un air abasourdi que je ne lui avais jamais vu. Viens avec moi s'il te plaît.

55

— Au moins, la botte de foin diminue, a dit Kylie tandis que nous nous acheminions vers le bureau de Shelley.

— Je ne suis pas très au point en argot de flic. Qu'est-ce que tu veux dire par là ?

— Jusque-là, on cherchait une aiguille dans une botte de foin. Lundi, on avait à peu près huit millions de suspects. Mais notre nouvelle piste ramène ce nombre à une poignée d'individus susceptibles d'avoir su où Rachael comptait se retirer. Ça nous fait quand même une botte de foin beaucoup plus réduite.

— En plus, on cherche deux aiguilles, ai-je ajouté.

Nous sommes entrés dans le studio numéro un et avons pris l'ascenseur, direction les bureaux de la production, au quatrième étage. Kylie ouvrant la marche, nous avons parcouru le couloir qui menait au vaste bureau de Shelley Trager. La porte était ouverte.

— Nous sommes là, a dit Kylie.

Shelley a levé les yeux de son bureau.

— Nous ? Oh… Zach.

— Ça te dérange ? a demandé Kylie. Tu peux me dire ce que tu as à dire devant Zach. Il est au courant de tout.

— Je ne pense pas. Entrez, a dit Shelley.

La pièce était grande et lumineuse, éclairée par huit fenêtres panoramiques dont cinq donnaient sur la 21e Rue et trois sur Queens Plaza. Juste en face se dressait le pont de Queensboro. Ce magnifique pont cantilever, centenaire, emblématique de New York, franchit l'East River puis enjambe la Roosevelt Island avant de disparaître dans les gratte-ciel de Manhattan.

— Je comptais t'appeler, a dit Shelley. Mais quand j'ai su que tu venais, je me suis dit que ce serait plus facile de te parler en personne. Asseyez-vous, je vous en prie.

— Comment va Spence ? a demandé Kylie tandis que nous prenions place dans des fauteuils en cuir noir face au bureau de Shelley.

— Ça va. Mais il est en plein déni. Malgré toute l'affection que je lui porte, il faut comprendre que je dirige une entreprise. Je ne peux pas le reprendre tant qu'il n'aura pas réglé son problème. Il est devenu ingérable. Et sur un plan plus personnel, je déteste le voir se foutre en l'air. Je préfère m'éviter ce triste spectacle.

— Je comprends, a approuvé Kylie. J'aimerais également pouvoir me l'éviter.

— Tu peux l'éviter, a répliqué Shelley. On a un petit appart sympa sur l'East End Avenue. Tu pourrais t'y installer quelque temps.

— « Un petit appart sympa » ? s'est exclamée Kylie en se tournant vers moi. Zach, il faudrait que tu voies ça. Dixième étage, vue sur l'East River, trois chambres.

— Deux chambres et une salle de conférences, a précisé Shelley comme si le fait d'appeler une chambre à coucher par un autre nom pouvait en diminuer la taille. L'appartement appartient à la boîte. On l'utilise chaque fois que des stars sont en ville pour un tournage. C'est bien plus sympa que l'hôtel.

— Zach, j'y suis déjà allée, a dit Kylie. Crois-moi, c'est bien plus sympa que la plupart des appartements new-yorkais.

Shelley a haussé les épaules.

— OK, l'appart est sympa. Et il est grand. Si j'avais quelque chose de plus petit et de moins sympa, je serais ravi de te le proposer. Mais c'est tout ce que j'ai.

Pure amabilité new-yorkaise vieille école. Kylie n'a pu s'empêcher de sourire.

— Je ne sais pas, Shelley.

— Écoute, a-t-il dit. On est entre deux arrivages de célébrités. L'appartement est donc vide. Il nous coûte un bras, vide ou non. Donc tu me ferais plaisir si tu acceptais d'y rester quelques semaines. Qu'en penses-tu ?

Elle n'a pas moufté.

Shelley a levé les bras et s'est tourné vers moi.

— Zach, venez à ma rescousse. Merci d'expliquer à votre tête de mule de coéquipière que ça leur ferait le plus grand bien à elle et à son mari de prendre un peu le large. Allez-y, je vous en prie.

Je me suis tourné vers ma tête de mule de coéquipière.

— Kylie, ai-je dit. Merci d'expliquer à ton ami particulièrement généreux que je ne suis ici que pour te soutenir moralement, et que tu apprécierais qu'il ne me transforme pas en conseiller conjugal.

— Shelley, Zach a raison. C'est une décision que je dois prendre avec Spence.

— Ma chérie, à l'heure actuelle, Spence est incapable de prendre la moindre décision, a rétorqué Shelley. Et si tu ne t'octroies pas quelques nuits de sommeil correct, tu n'en seras pas davantage capable toi-même. Ça sera bien plus facile pour toi comme pour lui de régler vos histoires si vous prenez un peu de temps pour décompresser chacun de votre côté. Fais-moi plaisir. Prends l'appartement au moins quelques jours.

Kylie m'a interrogé du regard, mais j'ai secoué la tête.

— Désolé, ai-je fait. C'est à toi de décider.

Elle a soupiré.

— OK. Qui ne tente rien n'a rien. Juste une nuit. On verra bien comment ça se passe.

Shelley a fait le tour de son bureau pour la prendre dans ses bras.

— J'ai déjà indiqué ton nom au concierge. Il te donnera les clés et je demanderai à la femme de ménage de remplir le frigo.

— Merci. Je ne sais vraiment pas comment je pourrai te remercier. Je te le revaudrai.

— Tu veux savoir comment me remercier? Eh bien commence par mettre la main sur ce cinglé de Tyvek Killer. Et là, je peux te dire que toute la ville te revaudra ça. Pas seulement moi.

56

— *Tieni i tuoi amici vicino, ma i tuoi nemici più vicino*, rappela Joe à Teresa avant de l'envoyer remercier Emma Frye pour sa délicate attention.

Sois proche de tes amis, mais sois-le davantage encore de tes ennemis. Teresa s'accommodait volontiers de cet adage. Mais la remercier, elle ? Elle aurait préféré sauter à la gorge de cette Frye et hurler : « Comment as-tu mis la main sur le carnet de mon fils mort ? »

Joe lui avait donné quelques indications pour se préparer à leur rencontre.

— Sois gentille avec elle, lui avait-il dit. N'oublie pas qu'on n'attire pas les mouches avec du vinaigre mais avec du miel.

Elle avait beau aimer son mari, chaque fois qu'il lui sortait cette expression, elle avait envie de lui répondre : « Et toi, Joe, tu achètes les gens avec du miel, peut-être ? »

Teresa se présenta chez Mme Frye à l'improviste. La femme faillit faire une syncope en ouvrant la porte.

— Madame Salvi, dit Frye alors même qu'elles ne s'étaient jamais parlé.

Évidemment qu'elle me connaît, songea Teresa. Les Salvi sont la famille royale de Howard Beach.

— Je suis venue vous remercier. De maman à maman, ajouta-t-elle avec des trémolos dans la voix.

Emma Frye, comme de bien entendu, l'invita à prendre un café tout en s'excusant pour le désordre qui régnait dans la maison. Teresa s'excusa à son tour de s'être présentée sans prévenir. Comme deux sœurs qui se retrouveraient après une longue séparation.

Dix minutes s'écoulèrent avant que Teresa n'en arrive à l'objet de sa visite.

— Et donc, comment avez-vous retrouvé le carnet de mon Enzo ? demanda-t-elle l'air de rien.

— Il était dans la chambre de mon fils. Mon mari et moi faisons des travaux de rénovation, et j'ai retrouvé le carnet en faisant le tri dans les affaires de Gideon.

— Gideon, releva Teresa. Je me souviens bien d'un garçon prénommé Gideon, mais il ne portait pas le nom de Frye.

— Oh, le père de Gideon, mon premier mari, est décédé il y a deux ans. Nous possédions la boutique de fleurs sur Cross Bay Boulevard.

— Cross Bay Flowers ? Je passe souvent commande chez vous.

Le visage d'Emma afficha un sourire radieux.

— Je sais, c'est moi qui prends vos commandes au téléphone.

— Le monde est vraiment petit, dit Teresa. Maintenant je remets votre fils. C'est le nom Frye qui m'avait induite en erreur.

— Je me suis remariée.

— C'est formidable que vous ayez pu retrouver le bonheur si vite après la perte de votre mari, jugea Teresa. Je ne savais pas que nos fils étaient amis au lycée, enchaîna-t-elle.

— Moi non plus. Vous savez, les ados… Ils ne se confient guère à leurs mères.

Les ados irlandais, peut-être. À moi, Enzo se confiait énormément. Nos fils n'ont jamais été amis. C'est une certitude.

Teresa but son café.

— Ce qui explique pourquoi le carnet d'Enzo s'est retrouvé dans la chambre de votre fils. Nos deux garçons devaient traîner ensemble.

Emma haussa les épaules.

— Je suppose.

— Et que devient votre fils ?

— Ça va…, répondit Emma avec quelque hésitation.

— Au ton de votre voix, j'ai l'impression que quelque chose vous chagrine, dit Teresa.

— Non, non. Je me disais seulement que j'aimerais le voir davantage. Mais comment pourrais-je me plaindre auprès d'une mère qui ne pourra plus jamais voir son propre fils. Je suis vraiment désolée, madame Salvi.

— Ne vous excusez pas. Et je vous en prie, appelez-moi Teresa, comme toutes mes amies. Mais dites-moi, pourquoi ne parvenez-vous pas à voir votre fils autant que vous le souhaitez ? A-t-il déménagé ?

— Oh non, Gideon vit à Manhattan. Mais il est si occupé à sauver des vies qu'il n'a jamais le temps de prendre les appels de sa maman.

— Il est médecin ? demanda Teresa.

— Si seulement. Je me ferais beaucoup moins de souci. Gideon est officier de police au NYPD. C'est très dangereux, mais que voulez-vous, il adore son travail.

La main de Teresa fut prise de tremblement et elle reposa sa tasse de crainte qu'elle ne lui échappe.

— Cela fait toujours plaisir de voir un garçon s'épanouir dans ce qu'il fait, dit-elle avec un sourire forcé. J'aurais tant aimé pouvoir dire la même chose de mon fils. Quoi qu'il en soit, merci infiniment de nous avoir rapporté cet objet si cher à notre cœur. C'est un petit peu de notre fils qui nous revient.

Teresa se leva, le même sourire figé sur le visage. Elle remercia à nouveau Emma et se dépêcha de rentrer chez elle.

Elle avait hâte d'apprendre à Joe que l'enfant de salaud d'Irlandais qui avait gardé le carnet d'Enzo toutes ces années – et qui, soit dit en passant, l'avait probablement tué – était un enfoiré de flic.

57

Maman arrive, Kimi. Je suis si désolée de ce qui s'est passé. Maman arrive, elle va tout réparer. Maman t'aime à la folie.

Rachael O'Keefe savait qu'elle allait mourir. Et ce dès qu'ils l'avaient déshabillée pour lui faire passer une combinaison blanche.

Puis ils l'avaient bâillonnée, attachée à un tuyau, et laissée sans nourriture ni eau, ni espoir.

Parler à Kimi rendait les choses un peu plus supportables. Ces deux mots – *Maman arrive* – devinrent son mantra. Elle se les répétait en boucle en son for intérieur, les psalmodiait en silence dans l'espoir qu'ils l'aident à enfin s'endormir. Mais la lumière crue, le froid et l'humidité, ainsi que l'odeur de moisi, rendaient le sommeil illusoire.

Sans compter la peur, qui l'interdisait tout bonnement.

Maman est dans un cachot, Kimi. Mais ne pleure pas. Maman sera très vite…

Subitement, les lampes s'éteignirent avec un bruit sourd qui résonna derrière la porte en tôle ondulée. Rachael respira profondément. Étaient-ils revenus ?

Les lumières étaient-elles sur minuterie ? Qu'allait-il arriver maintenant ?

Un ronronnement. Le bruit d'un moteur. Puis elle sentit quelque chose. De l'air chaud venant d'au-dessus d'elle.

Merci, Kimi, se répétait-elle, merci. Sa tête retomba et elle se laissa entièrement envelopper par cette divine chaleur.

Elle allait tout juste passer le cap de l'endormissement quand retentirent des aboiements. Elle se réveilla en sursaut. Un deuxième chien venait de rejoindre le premier avec un grognement caverneux menaçant qui la fit hurler de terreur. Sauf que le seul son qui traversait le bâillon fut un gémissement étouffé.

Comme les aboiements se faisaient de plus en plus forts et ne cessaient de se rapprocher, Rachael tenta de se libérer de ses entraves. Les chaînes qui la serraient aux poignets, aux chevilles et au cou s'enfonçaient dans sa chair. La pièce fut bientôt envahie par les rugissements féroces d'une meute enragée. Ses hurlements intérieurs étaient désormais continus. Elle ne put contrôler sa vessie, comme ça lui était déjà arrivé quand elle s'était fait attaquer par le pitbull des voisins à l'âge de neuf ans.

Maman arrive, Kimi. Maman arrive, Kimi. Maman arrive, Kimi. Maman arrive, Kimi.

Une voix se fit entendre.

— Es-tu prête maintenant à nous dire la vérité ?

Les lumières s'allumèrent d'un coup, et les aboiements cessèrent brusquement. Rachael embrassa la pièce du regard. Il n'y avait aucun chien. Seulement les deux hommes en noir.

Le plus grand des deux, le chef, arracha le scotch qu'elle avait sur les lèvres et lui enleva le bâillon-boule enfoncé dans sa bouche.

— Es-tu prête maintenant à nous dire la vérité? répéta-t-il.

Les poignets et les chevilles de Rachael étaient ensanglantés, et les chaînes lui avaient écorché le cou.

— Mais je vous ai déjà dit la vérité, gémit-elle.

— Non, tu mens, dit-il en ouvrant une bouteille d'eau minérale.

Il la porta à ses lèvres et en but goulûment la moitié.

Rachael ne quittait pas la bouteille des yeux.

— Tu as l'air d'avoir soif, lui dit-il. Le reste est à toi. Pour ça, tu n'as qu'à me dire qui a tué Kimi.

— Je vous jure que je n'ai pas tué Kimi. Je l'aimais trop. Je n'aurais jamais tué ma fille unique.

— Oh que si. Tu as été élue Mère de l'année, railla-t-il. Et voici ton prix.

Il tendit la bouteille à bout de bras et la retourna.

Rachael sanglota en voyant l'eau se déverser sur le sol en ciment.

— Le jury m'a crue. Pourquoi pas vous?

— Les jurés sont débiles, répondit-il. Et toujours pressés de rentrer chez eux. Nous, on n'est ni l'un ni l'autre.

Le plus petit des deux – le gentil – pointa du doigt une caméra juchée sur un trépied.

— Regarde la caméra et parle. Tu nous dis ce qui s'est réellement passé et on te donnera un repas chaud, de l'eau fraîche à volonté, et ensuite on te laissera dormir.

— Vous voulez dire qu'ensuite vous me tuerez, dit Rachael.

— C'est vrai, dit le chef. Ta mort est inévitable. En revanche, la souffrance est en option. Regarde, je vais te faire une petite démonstration.

Il tenait à la main une boîte en bois qui rappela à Rachael la boîte à musique que possédait sa mère quand elle était enfant.

Il l'ouvrit et elle s'attendit presque à ce que la boîte joue « Dodo l'enfant do ». Mais aucune musique ne se fit entendre. Au lieu de quoi elle découvrit un étrange appareil métallique qui ne ressemblait à rien de ce qu'elle connaissait. Mais une chose était sûre : son aspect était de sinistre augure.

— Cela s'appelle une poire d'angoisse, lui expliqua-t-il. Ce modèle date du XVIe siècle. Je l'ai acheté sur eBay pour mille deux cents balles.

Rachael serra les paupières.

— Ouvre les yeux, dit-il calmement, ou bien je te les ouvre moi-même.

Elle obtempéra. La boîte était posée sur le sol, et il tenait désormais l'objet en forme de poire dans ses mains.

— Ouvre la bouche maintenant.

Elle secoua la tête.

Il fit un signe à son complice.

Le gentil lui pinça les lèvres pour la forcer à ouvrir la bouche, et l'autre lui enfonça la poire métallique entre les mâchoires.

— Et ce qu'il y a d'extra avec cette petite poire, dit-il, c'est que sa queue fonctionne comme un tire-bouchon. Si je fais pivoter la tige du milieu en forme d'hélice…

Il donna à la vis deux tours rapides, et Rachael se mit à hurler tout en suffoquant.

— Détends-toi, c'est juste une démo. Ça ne va pas te faire mal. En tout cas pas pour l'instant.

Il tourna l'hélice dans l'autre sens et retira la poire de la bouche de Rachael, qui haleta.

Le type sourit.

— Je n'ai tourné l'hélice que deux fois, dit-il. Comme ça.

Il donna deux tours de vis et Rachael vit la base de la poire s'ouvrir et quatre branches en forme de petites cuillères se déployer.

— À présent, regarde ce qui se passe si je fais un tour de plus. Puis un autre. Et encore un autre.

Les pales d'acier s'écartèrent encore davantage, ne laissant pas le moindre doute sur les dégâts que pouvait infliger l'appareil.

— J'en suis à combien là ? Cinq tours ? Tu devrais voir ce que ça donne à dix. Voire quinze. C'est diabolique. Mais tu sais comment étaient ces tarés de bourreaux médiévaux : ils ne perdaient pas une occasion de faire joujou avec leurs petites inventions.

— Je n'ai pas tué ma fille, dit Rachael. Je vous le jure.

— Attends un peu. Je n'ai pas fini.

Il approcha la poire de son visage.

— Ce qu'il y a de génial avec cette petite merveille, c'est que ça marche avec tous les orifices. On l'enfonçait dans la bouche des hérétiques blasphémateurs. Pour les homosexuels, elle était utilisée de manière anale. Et pour les femmes soupçonnées d'avoir forniqué avec Satan… eh bien, comme je le disais, ça marche avec tous les orifices.

La sonnerie d'un téléphone portable retentit, et l'homme porta la main à sa poche.

— Ça devrait te faire réfléchir un peu le temps que je prenne cet appel.

58

— Attends, dit Gideon au téléphone en se déplaçant derrière la cloison qu'ils avaient montée pour dissimuler leur matériel audio.

Ses recherches avaient porté leurs fruits. Il savait que Rachael serait terrorisée rien qu'en entendant des aboiements, et un extrait de bruitage qu'il avait trouvé dans une banque de sons en ligne avait suffi à la rendre hystérique.

Gideon sortit par la porte de derrière et porta le téléphone à son oreille.

— Maman, qu'est-ce qu'il y a ? Je suis un peu occupé là.

— Je croyais que tu avais fini ton service. C'est pour ça que je t'appelle à cette heure-ci.

— J'ai fini mon service, en effet. Mais j'ai d'autres trucs à gérer, dit-il en regardant la poire d'angoisse qu'il tenait dans l'autre main.

— D'accord, je vais donc faire vite. Tu ne devineras jamais qui est passée à la maison aujourd'hui.

— M'man, ça ne peut vraiment pas attendre ? Je suis super à la bourre.

— Teresa Salvi.

— Génial, m'man. Écoute, il faut que… Quoi ? Qui ça ?

— Mme Salvi. Elle m'a dit que je pouvais l'appeler par son prénom.

— Bordel, qu'est-ce qu'elle foutait chez vous ?

— Gideon, surveille ton langage s'il te plaît.

— Désolé, m'man. Je me suis laissé emporter. Redis-moi ça. Teresa Salvi est venue chez vous ? La femme de Joe Salvi ?

— Ça y est, tu m'écoutes maintenant. Oui, elle a fait le déplacement spécialement pour me remercier de lui avoir permis de retrouver le carnet de son fils.

Gideon s'assit sur une cagette en plastique qui traînait derrière le garage.

— Quel carnet ? demanda-t-il, tout en connaissant à l'avance la réponse à sa question.

— Le journal de son fils Enzo. Je l'ai trouvé coincé derrière un tiroir de bureau en rangeant ta chambre.

— C'est… c'est impossible.

— Il y a un souci ? J'ai fait quelque chose que je n'aurais pas dû ?

Il réfléchit à toute allure. Sa mère ne pouvait pas avoir le carnet pour la simple raison que c'est lui qui l'avait. Il en aurait mis sa main au feu.

Ce soir pluvieux de 2001, il l'avait lu de la première à la dernière page. Il se souvenait de s'être dit : « Si jamais les gens dont le nom se trouve dans ce carnet apprennent que je suis celui qui a mis Enzo Salvi hors circuit, ils m'organiseront une sacrée fête. »

Mais il ne pouvait en parler à personne. Il n'avait pourtant pu se résoudre à brûler le journal. Pour un gamin de seize ans, l'agenda en cuir rouge doré d'Enzo Salvi faisait figure de trophée. Pendant toutes ces années, il avait souvent songé à le détruire, sans jamais pouvoir franchir le pas. Il était le symbole de ce qu'il avait réussi à accomplir quand il n'était encore qu'un ado. Un avant-goût de la toute-puissance qu'il comptait atteindre.

Bien sûr, il prenait un risque en le gardant, mais Gideon était du genre à aimer frayer avec le danger. Il n'avait jamais dit à Dave qu'il ne l'avait pas jeté. Dave en aurait chié une pendule. Finalement, il ne regrettait pas son choix. S'il était un jour pris de remords d'avoir dérouillé Enzo, les éléments contenus dans ce carnet se chargeraient de lui rappeler la longue liste des forfaits de cet enfoiré.

Quelques années plus tôt, au moment où il était parti de chez sa mère, il avait rassemblé tout ce qu'il souhaitait conserver et était persuadé d'avoir pris le carnet. Certes, il avait un peu bu ce soir-là, mais il se souvenait parfaitement de l'avoir mis au fond d'un des cartons entreposés dans le débarras de son nouvel appartement. Il était forcément là.

— Gideon, tu m'écoutes ? dit sa mère. Je t'ai posé une question.

— Hein, quoi ? Je ne t'ai pas entendue, m'man.

— Je disais : j'espère que je n'ai pas fait quelque chose que je n'aurais pas dû. Comme il y avait le nom d'Enzo sur le carnet, je l'ai donné au père Spinelli pour qu'il le transmette à Mme Salvi. Le fils de cette pauvre femme n'avait que dix-huit ans quand il s'est fait tuer.

— Non, m'man, tu n'as rien fait de mal.

— Je sais que les Salvi sont mêlés à des trucs pas très nets. Mais pas la mère. Elle va toujours à la messe, et elle organise de belles fêtes de charité pour la communauté. Je me suis dit que c'était la moindre des choses de lui redonner ce souvenir de son fils disparu. Dieu sait comment ce journal a atterri dans tes affaires.

— Tu as bien fait, m'man, dit Gideon. Merci de me l'avoir dit. Il faut que j'y aille maintenant.

— Je sais, je sais, tu es très occupé. Mais peut-être qu'un soir tu pourrais trouver le temps de venir dîner à la maison.

— Je te promets, dit Gideon. Je t'aime, m'man.

Il remit le téléphone dans sa poche et enfouit sa tête dans ses mains.

Inutile de vérifier le contenu des cartons. D'une manière ou d'une autre, il avait merdé. Il avait laissé le carnet d'Enzo chez sa mère, et elle l'avait remis aux Salvi.

Il se leva, conscient que les Salvi feraient tout pour les retrouver, Dave et lui.

La porte de derrière s'ouvrit, et Dave apparut.

— Hé, Gid, qu'est-ce que tu fous ?

— Rien. C'était encore ma mère et ses questions à la con. « C'est qui ta petite copine ? Tu es sûr que tu ne travailles pas trop ? » Et cetera. Rien de plus.

— Tu as carrément assuré avec la poire tout à l'heure. Et le coup des chiens, top. Elle est sur le point de craquer.

— C'est clair, dit Gideon. Elle sera bientôt mûre.

— On va la laisser encore vingt-quatre heures là-dedans, et on reviendra demain. Elle devrait alors être prête à cracher le morceau.

— Ça marche.

Pas la peine de parler des Salvi à Dave ce soir. Il péterait un câble. D'abord on règle son compte à Rachael, et après je gère la mafia.

59

Malgré toute la technologie dernier cri dont nous disposions au Red pour mener nos enquêtes, Kylie et moi n'avons eu d'autre choix que de passer le reste de la journée à explorer les méandres bureaucratiques mis en place par le bureau du procureur de New York et celui du juge d'application des peines.

À 17 heures, nous pouvions enfin présenter notre rapport à Cates.

— Quatre personnes du bureau du JAP savaient où devait aller Rachael O'Keefe à sa sortie de détention, ai-je dit. Et au moins huit au cabinet du procureur.

— Au moins huit ? s'est étonnée Cates. Vous ne pouvez pas être plus précis ?

— Ce n'est pas faute d'avoir essayé, a dit Kylie. Mais il ne faut pas oublier qu'on est sur le terrain de l'entrave à l'action de la justice. Sujet sensible.

— On a pu mettre hors de cause tous ceux qu'on a interrogés au bureau du JAP et réussi à localiser six des fuiteurs potentiels au sein du cabinet du procureur, ai-je développé.

— Donc il vous en reste deux.

— Pas tout à fait. Le soir de la libération de Rachael, les substituts sont sortis faire la bringue après le boulot, et trois d'entre eux ont admis « avoir dit quelque chose à quelqu'un en qui ils pouvaient avoir confiance ». Ce qui ramène à cinq le nombre de personnes que nous devons vérifier.

— Pourquoi serait-ce donc si compliqué de les localiser ? a demandé Cates.

— Les localiser n'est pas très compliqué. On leur a envoyé e-mails et textos, laissé des messages. Ils savent très bien ce qu'on cherche. En revanche, c'est plus compliqué de leur poser des questions en tête à tête. Eux se contenteraient d'un entretien téléphonique. Vu leur boulot, ce sont de vrais menteurs professionnels, et on s'est dit qu'il était préférable de les voir en chair et en os.

« Deux vont venir ici ce soir. Une autre a dû se faire opérer de l'appendicite en urgence ; on ne pourra la voir que demain matin. Les deux derniers à être dans notre collimateur sont Mick Wilson et un de ses larbins. Et vous connaissez Mick et sa fâcheuse tendance à ne pas répondre aux messages. Il est du genre à se foutre de tout.

— Mettez-lui un peu la pression. Il y a maintenant quinze heures qu'O'Keefe a été enlevée. Le Tyvek Killer ne va pas la laisser vivante encore longtemps. Appelez-moi quand…

— Capitaine.

C'était Katina Hronas, une civile affectée à notre unité. Katina traitait chaque jour des centaines d'appels téléphoniques, de courriels et de fax pour le compte de Cates. Elle était donc parfaitement au courant de ce qui était prioritaire pour sa chef, sur le plan tant professionnel que personnel, et ne l'interrompait qu'en cas d'urgence. Cates se préparait dont à l'inévitable.

— On vient de recevoir ça de la part du commissaire principal, a annoncé Katina en tendant à Cates un papier.

— Merde, a dit celle-ci en découvrant les quelques mots imprimés dessus. C'est sorti.

Kylie et moi avons échangé un regard. Nous savions d'avance de quoi il retournait.

— On a réussi à étouffer l'affaire pendant neuf heures, a dit Cates, mais le *Times* vient d'envoyer l'alerte mail suivante : « Rachael O'Keefe kidnappée quelques heures à peine après sa sortie de prison. »

— Le *Times* n'a pas pour habitude de publier des rumeurs, a observé Kylie. Qui a corroboré l'info ?

— L'enlèvement d'O'Keefe leur a été confirmé par son avocat, Dennis Sawcer, a lu Cates. Bien entendu, ils ne disent pas qui est à l'origine de la fuite, mais je mettrais ma main à couper que c'est le Tyvek Killer lui-même qui s'en est chargé. Il adore faire couler de l'encre, et les médias ne vont pas se priver.

— Ce qui veut dire que notre ligne directe va bientôt être submergée de signalements bidon, a commenté Kylie.

— Vous n'aurez pas à vous en occuper, a dit Cates. Le divisionnaire Harries me donnera tous les effectifs requis pour gérer les appels de tordus. Vous, vous retrouvez Rachael O'Keefe, vous coincez le Tyvek Killer, et vous faites de Spellman un héros national avant les élections. Au boulot.

— Tu parles d'un discours de motivation, a maugréé Kylie tandis que nous quittions le bureau de Cates. Tout à fait ce qu'il nous fallait pour avoir envie de nous bouger les fesses sur cette affaire.

À 21 heures, deux des substituts fêtards se sont pointés et ont juré leurs grands dieux qu'ils n'avaient rien dit à personne au sujet de la cachette de Rachael. Ils ont répondu tous deux à nos questions du tac au tac, sans tergiverser ni barguigner. Ils ne mentaient pas.

— Plus que trois, a dit Kylie. Je suggère à notre vénérable assemblée de suspendre nos travaux pour la nuit et de remettre la séance à demain matin. Y a-t-il des objections dans la salle ?

J'allais lui donner mon blanc-seing quand l'ascenseur s'est arrêté à notre étage. Le Red occupant l'intégralité du troisième étage du 19e, nous n'avions guère de visites – surtout à cette heure-ci.

Les portes se sont ouvertes pour laisser passer les deux personnes dont nous attendions le moins la visite à nos bureaux. Ceux que John Dho avait renommés Dupond et Dupont, à savoir Donovan et Boyle.

Ils se sont dirigés vers nos postes de travail, fidèles à eux-mêmes : mine renfrognée et balai dans le cul.

— On se doutait qu'on vous trouverait ici, a fait Donovan.

— C'est le problème avec ces affaires de tueur en série, a dit Kylie. On débauche rarement tôt. Qu'est-ce qui nous vaut l'honneur de votre visite ?

— À votre avis ? On veut que vous nous mettiez au parfum.

— À quel sujet ?

Il a ri.

— À quel sujet ? Au sujet de l'enquête, pardi. Écoutez, vous avez peut-être pris la main, mais on était quand même les premiers sur le coup, et on va pas se laisser…

Boyle a levé la main.

— Calme-toi, a-t-il dit à son coéquipier avant de se tourner vers Kylie. Bon, ça ne vous aura pas échappé, on est toujours un peu sur les dents. Mais on sait que vous n'y êtes pour rien. Tout ça c'est à cause de la pression des politicards. Alors on remet les compteurs à zéro et on repart sur de bonnes bases. OK ?

— Soit, a répondu Kylie. De toute façon, on peut difficilement faire pire que jusqu'à présent.

— Écoutez, a fait Boyle, on s'est fait court-circuiter lundi. Le Tyvek Killer était notre affaire. On a fait ce qu'on a pu mais il faut remettre les choses en perspective : les trois premières victimes étant toutes de vraies enflures, personne ne s'est ému qu'on n'attrape pas leur assassin. Ensuite, Parker-Steele se fait buter, et l'affaire fait la une des journaux. Et voilà qu'avec le kidnapping de Rachael O'Keefe, l'affaire fait carrément un buzz mondial.

— On n'a aucune preuve qu'O'Keefe soit liée au Tyvek Killer, a noté Kylie.

— Le *Post* non plus, a dit Boyle. Mais ça ne les empêche pas de faire comme si. C'est d'ailleurs en une de leur édition en ligne. Bref, l'affaire Tyvek Killer devient un truc énorme, et on ne voudrait pas passer pour les deux nullos qui n'ont rien pigé.

Lundi, vous nous avez affectés à cette soi-disant unité spéciale placée sous vos ordres. Donc si on en est toujours, mettez-nous au parfum.

— C'est de bonne guerre, a dit Kylie. On a trouvé un témoin qui affirme avoir vu Parker-Steele monter dans une bagnole.

— On a identifié le véhicule ? Ou le conducteur ? a demandé Donovan.

— Il y a deux suspects, a expliqué Kylie. Parker-Steele est montée à l'arrière avec un type, mais le témoin n'a pas vu le visage de celui qui était volant.

— Deux suspects ? s'est étonné Boyle.

— Vous en êtes certains ? a insisté Donovan. On ne traquait qu'un seul individu.

— Et on a un deuxième témoin qui a vu Alex Kang monter dans un véhicule avec deux types, ai-je dit.

Dupond et Dupont ont eu l'air déconcertés par cette info.

— Merde alors, a fait Donovan. Vous avez eu un sacré bol. On n'avait pas réussi à trouver un seul témoin à Chinatown. C'est quoi comme bagnole ?

— Un SUV noir. On n'a ni la marque ni le modèle, ai-je dit.

— Et les deux types ? s'est enquis Donovan. On a un signalement ?

— Quasiment rien : on sait juste que ce sont deux Blancs.

— Et sur O'Keefe ? Qu'est-ce qu'on a ?

— Deux individus l'ont enlevée. Il se pourrait donc que le *Post* ait raison et que ça soit un coup du duo Tyvek Killer.

— Vous allez bientôt pouvoir les coincer ?

— Pas encore, mais ça se précise, ai-je dit. On vient d'obtenir de nouveaux indices.

— C'est-à-dire ? a demandé Donovan.

— Les ravisseurs d'O'Keefe ont laissé des traces. On est dessus, mais on ne peut pas vous en dire davantage à ce stade.

Boyle a opiné du chef.

— Bon, je sais que les choses ont plutôt mal commencé entre nous, mais si vous êtes en train de resserrer les mailles du filet autour de ces deux types, il va vous falloir du renfort, non ?

— Probablement, a dit Kylie.

Boyle a haussé les épaules. Il savait qu'il n'obtiendrait pas de promesse plus ferme que ce « probablement ».

— OK, vous avez nos numéros de portable, hein ? a-t-il dit. Vous nous appelez quand vous voulez.

60

Donovan et Boyle ont pris l'ascenseur, et avec Kylie nous avons patiemment attendu qu'ils redescendent au rez-de-chaussée.

— Je ne faisais déjà pas confiance à ces deux oiseaux quand ils essayaient de nous savonner le plancher, a dit Kylie en entendant les portes de la cabine s'ouvrir avec un bruit sourd qui a résonné dans la cage de l'ascenseur. Mais c'est encore pire maintenant qu'ils prétendent vouloir nous aider.

— En fait, je crois que Boyle est le seul à vouloir nous aider, ai-je dit. Donovan préférerait sans doute nous retrouver emballés dans des combinaisons en Tyvek. Je n'en reviens pas qu'ils soient venus nous débiter leur couplet sur les bons et les mauvais flics.

— Perso, j'en suis toujours à me demander s'ils sont complètement crétins ou non, a dit Kylie.

— Pour ma part, il n'y a pas photo.

— On a quand même trouvé davantage de pistes en trois jours que ces guignols en quatre mois, a-t-elle remarqué. Du coup, même si ce n'est pas vrai, ils passent vraiment pour des incapables.

— Que sous-entends-tu ? Qu'il ne faut pas forcément se fier aux apparences ?

— Admettons que Cheryl ait raison, et que nous soyons vraiment sur les traces de vrais flics. Si Donovan et Boyle sont nos hommes, alors ils se sont arrangés pour récupérer l'enquête en commettant leur premier meurtre dans leur juridiction. Assez génial.

— Dans ce cas, comment expliquer leur venue ce soir pour nous soutirer des infos ? Ils doivent bien se douter que c'est le meilleur moyen de passer en tête de liste des suspects ? Ça me paraît plus crétin que génial.

— Ça ne l'est que s'ils savent qu'on cherche des flics ripoux. Pour le moment, il n'y a que quatre personnes à savoir qu'on soupçonne les tueurs d'appartenir au NYPD. Toi, moi, Cheryl et Cates. Ces deux idiots sont peut-être beaucoup plus intelligents qu'ils n'en ont l'air. À mon avis, ils ont fait semblant de péter un fusible quand on leur a piqué l'enquête, histoire de ne pas avoir à nous filer le moindre coup de main. Jusqu'à ce qu'ils comprennent qu'en nous boycottant ils se tiraient une balle dans le pied. Alors ils se sont dit que nous proposer leur aide était encore le meilleur moyen de rester dans le circuit et de garder un œil sur l'enquête.

— Je me fous qu'ils soient débiles ou géniaux, ai-je dit. S'ils nous ont à l'œil, autant faire la même chose avec eux.

Le visage de Kylie s'est illuminé.

— Zachary Jordan, serais-tu en train de suggérer qu'on filoche Dupond et Dupont ?

— Ouaip.

— Et penses-tu que notre capitaine-à-cheval-sur-les-principes approuvera qu'on mette une équipe sur eux ?

— Peut-être bien que oui, peut-être bien que non.

— Probablement que non.

— Peu importe. De toute façon, je me passerai de son autorisation. À ce stade, je me fous de ce qu'elle dira.

— Écoutez notre flic modèle, a dit Kylie en affichant un grand sourire. Et moi qui croyais être la seule tête brûlée ici.

Elle n'avait pas attendu d'intégrer le Red pour avoir la réputation de transgresser les règles chaque fois qu'elle jugeait que celles-ci étaient une entrave à son action. Et malgré toute l'aversion qu'ont les huiles pour les éléments ingérables, comme elle arrivait toujours à ses fins, ses supérieurs fermaient les yeux. Donovan et Boyle sentaient vraiment mauvais, et j'étais déterminé à les démasquer coûte que coûte. La hiérarchie pouvait aller se faire voir.

— Tu as entendu ce que nous a dit le maire cet après-midi, fis-je. On a « intérêt à se bouger les fesses avant les élections ». Franchement, tu as l'impression que c'était juste une remarque en passant ?

— Il est clair que non. Ça m'avait tout l'air d'un ordre en provenance directe du sommet de la chaîne de commandement. J'adore quand tu raisonnes comme ça, a-t-elle dit. Allez, c'est parti mon kiki.

Elle a saisi le combiné de son téléphone de bureau et a composé un numéro.

— Salut, c'est Kylie. Ouf, je suis contente que tu sois encore là. Est-ce que je peux passer ?

La réponse, quelle qu'elle ait été, l'a fait rire.

— Super, j'arrive dans une minute.

Elle a foncé vers la porte.

— Tu veux bien m'expliquer où tu vas ? lui ai-je dit.

— Au bureau de Matt Smith. Je reviens dans cinq minutes.

Le temps de le dire et elle était déjà partie. Elle me laissait en plan, furax, un peu comme le type qui amène une fille en boîte et la voit repartir au bras d'un autre.

Matt Smith ? C'est parti mon kiki ?

61

Joe Salvi fixait des yeux le pot de sauce spaghetti qui avait été reposé sur la plaque de cuisson. Sa mère l'aurait jetée à la poubelle avant même d'avoir l'idée de la servir à son père. Son regard se détourna ensuite vers son épouse qui, sans la moindre hésitation, venait pourtant de verser la préparation dans son assiette de pâtes.

Teresa, debout devant le comptoir de la cuisine, s'apprêtait à ouvrir une nouvelle bouteille de vin quand elle se ravisa, préférant d'abord se débarrasser de ses talons de douze centimètres de haut.

Bonne idée, Teresa, songea-t-il. Quand on est une dame comme il faut, on évite de s'étaler en s'envoyant une deuxième bouteille de Bruno Giacosa Barolo à deux cents boules l'unité.

Quarante et un ans plus tôt, Teresa avait été l'épouse parfaite, répondant à chacun des trois seuls critères que sa mère jugeait importants. Bonne cuisinière, excellente au lit, et catholique.

Aujourd'hui, Mama n'était plus là. Et dans un certain sens, Teresa non plus. Même s'ils partageaient toujours la même chambre à coucher, au lit cela n'avait plus rien d'exceptionnel. Sans être nuls, leurs ébats n'avaient plus la même saveur. Comme la sauce spaghetti.

Elle s'était petit à petit éloignée de lui, lui reprochant d'être totalement accaparé par son travail.

Mais qu'est-ce qu'elle croyait? D'où venait le fric qui payait la maison, les voitures, les fringues, les bijoux? Qui finançait les œuvres de charité de madame? Tous ceux qui profitaient de ses largesses, et ils étaient nombreux, la mettaient sur un piédestal. Soit, si c'est ce dont elle avait besoin. Mais d'où venait le fric, à son avis, si ce n'est de son travail à lui?

— Je t'ai dit qu'elle s'était remariée? demanda Teresa.

Elle était en boucle depuis un petit moment déjà, mais il faisait la sourde oreille.

— Oui, tu me l'as dit. Deux fois.

— Elle nage dans le bonheur. Elle s'est remariée avec un prof du lycée, et ils s'occupent ensemble de leur petite boutique de fleurs, dit Teresa. Son mari meurt, et deux ans plus tard un autre homme couche dans son lit. Quelle traînée.

Elle prit la nouvelle bouteille et se resservit un verre en le regardant droit dans les yeux, pour le mettre au défi de lui dire quoi que ce soit sur la quantité d'alcool qu'elle avalait.

— Et si tu voyais comme elle est fière de son petit morveux, le flicaillon qui va sauver la planète, continua-t-elle. Tant mieux, remarque. Car quand j'aurai réglé son compte à cet enfant de salaud, ça sera encore plus douloureux.

Joe Salvi rit.

— Quand tu lui auras réglé son compte ? Toi ?

— Douze ans que j'attends de pouvoir venger la mort de mon fils. Mon heure est enfin arrivée.

— Donc tu comptes t'attaquer au NYPD, c'est ça ? Tu veux buter un flic ?

— Deux, en fait, affirma Teresa. Il y a l'autre, celui dont le nom figurait aussi dans le carnet d'Enzo. Son copain Dave. Tu m'avais toujours dit qu'il fallait être deux pour tuer Enzo. Tu croyais que c'était les Blacks d'Ozone Park, mais en fait c'était ces salopards d'Irlandais.

Elle but la moitié de son verre en une seule gorgée.

— Ces gens étaient nos voisins. On a organisé des fêtes pour eux, on les a nourris. Et c'est comme ça qu'ils nous remercient ? On les a accueillis à bras ouverts, et ils se sont retournés contre nous pour nous poignarder en plein cœur. Judas était assis à notre table, Joe. Judas, je te dis.

Salvi leva la main. Il ne l'avait pas vue dans cet état depuis l'enterrement d'Enzo.

— C'est bon, Teresa, ça suffit. Je m'en occuperai.

— Quand ?

Il se leva.

— Maintenant. Je connais un inspecteur qui m'est redevable. Il se débrouillera pour trouver où bossent ces deux flics.

— Et après ?

— Qu'est-ce que j'en sais ? On doit déjà mettre la main sur eux. Laisse-moi un peu de temps pour y réfléchir.

— Arrête de réfléchir et agis. Si tu ne le fais pas pour moi, fais-le pour ta propre mère. Rappelle-toi ce qu'elle avait promis à Enzo en se jetant sur son cercueil. *La famiglia fornirà giustizia*. Œil pour œil, dent pour dent.

Elle prit la bouteille sur le comptoir et quitta la pièce en titubant.

Salvi attrapa son portable et appela Bernice.

— Je viens, dit-il.

Il n'avait pas besoin d'en dire davantage. Il raccrocha et prit un manteau dans la penderie.

Bernice travaillait pour son comptable. Quarante ans ; jamais mariée ; pas spécialement jolie. Une petite Juive toute simple qui s'était révélée une vraie tigresse au pieu. Ils se voyaient depuis sept ans, et elle ne réclamait jamais rien. Il lui faisait des cadeaux de temps en temps, et elle lui disait :

— Merci, Joe. Mais vraiment, tu n'aurais pas dû.

Elle n'exigeait rien de lui. Le sexe était vraiment génial avec elle. Et en plus, elle était excellente cuisinière.

Mama l'aurait détestée.

Elle n'était pas catholique.

62

Kylie avait toujours eu le chic pour me mettre en rogne. Et ce soir ne dérogeait pas à la règle. Vingt minutes s'étaient écoulées depuis qu'elle m'avait lancé son « Je reviens dans cinq minutes ! » en se précipitant pour rejoindre Matt Smith. Je n'avais eu droit à aucune explication ni invitation à l'accompagner. Typiquement sa façon de me faire comprendre qu'elle gérait et que je n'avais qu'à attendre ses instructions ultérieures.

J'étais en train de ruminer quand mon portable s'est mis à sonner. C'était Cheryl. Mon agacement s'est mué instantanément en élan d'enthousiasme, et j'ai décroché.

— Eh ! me suis-je exclamé. Tu es non seulement sublime et intelligente, mais aussi extralucide. Comment as-tu deviné que j'avais désespérément besoin d'une psy ?

— Et comment as-tu deviné que moi j'avais désespérément besoin de m'entendre dire que j'étais sublime et intelligente ? En vrai, je suis affalée en survêt sur mon canapé, un verre de vin à la main et je boulotte du pop-corn. Je m'apprêtais à soumettre à mon intelligence supérieure un film que j'ai déjà vu sept fois.

— *Pretty Woman*?

— Je vois que tu me connais bien, Zachary. Alors, dis-moi, pourquoi as-tu besoin d'une psy?

— Parce que je suis là à me tourner les pouces pendant que Wonder Woman s'évertue à vouloir résoudre en solo la plus grosse enquête de ma carrière.

— C'est une période compliquée pour Kylie, a expliqué Cheryl. D'après ce que tu m'as dit, sa vie personnelle est un champ de ruines en ce moment. Son boulot est donc la seule chose sur laquelle elle ait le moindre contrôle.

— Génial. Sauf que son boulot, c'est aussi le mien. On est coéquipiers.

— Alors lâche-lui un peu de lest.

— C'est ça, ton avis de professionnelle? Tu veux que ce soit moi qui lâche du lest? Je pensais quand même que tu prendrais mon parti.

— Les vrais professionnels ne prennent pas parti. Allez, Zach, toi aussi tu en as traversé des mauvaises passes, et Kylie a toujours été là pour toi. Ne le prends pas personnellement, elle n'essaie pas de te mettre sur la touche. En se jetant à corps perdu dans le travail, elle tente simplement d'oublier ses soucis avec Spence. Ils finiront par les surmonter, et vous deux vous retrouverez votre équilibre.

— Et que suis-je censé faire en attendant?

— Pour reprendre les termes de mon illustre confrère, «encaisse, mon pote».

— Et qui a dit ça? Le bon docteur Freud?

— Non, le docteur Phil.

— OK, je crois que tu as parfaitement réussi à rétablir ma santé mentale, lui ai-je dit. Je te laisse savourer ton vin, ton pop-corn et ton film de fifille. J'ai comme l'impression que tu t'es concocté une soirée de rêve.

— Il me manque quand même encore quelque chose, a-t-elle dit sur un ton séducteur.

L'effet a été immédiat : je me sentais désormais entièrement rétabli.

— Tu veux dire, moi ?

— Pour être honnête, j'espérais plutôt que Richard Gere m'emmène faire un tour sur Rodeo Drive, mais sois rassuré : tu feras l'affaire. Tu es libre ce soir ?

— Pas dans l'immédiat, mais je ne saurais décemment refuser une tournée gratuite de vin et de pop-corn.

— Dans deux heures le film sera fini.

— En tant que professionnelle, je suis sûr que tu trouveras le moyen de me réconforter.

Au même moment, Kylie a franchi la porte.

— Faut que je file, ai-je lancé. L'inspecteur MacDonald vient de rentrer de mission.

— Garde tes sarcasmes et sois gentil avec elle, a répliqué Cheryl.

— Je n'y manquerai pas, promis. À tout à l'heure. Bise.

— Bise aussi, a dit Cheryl avant de raccrocher.

Nous n'avions toujours pas trouvé de formule idéale pour conclure nos conversations téléphoniques. « Je t'aime » nous semblait encore prématuré à l'un comme à l'autre même si, après trois mois de relation, nous n'étions plus vraiment dupes.

Kylie était aussi rayonnante qu'un chercheur d'or tombé sur une énorme pépite.

— D'où vient ce sourire triomphal ? lui ai-je demandé. Tu as trouvé quelque chose ?

— Tu avais vu en plein dans le mille en disant qu'il fallait s'intéresser de plus près à Donovan et Boyle. Matt a consulté le fichier national des immatriculations pour vérifier ce qu'ils ont comme véhicule personnel.

— Et je suppose que tu ne serais pas aussi excitée si aucun des deux n'avait un SUV noir.

— L'inspecteur David Donovan possède un Toyota Highlander 2011, a-t-elle déclaré. Et il est aussi noir que les collines du Dakota du Nord.

— C'est encourageant en effet, mais je suppose qu'il n'est pas le seul flic dont le véhicule corresponde au signalement.

— Je sais. Matt m'a mise en garde avec son bla-bla habituel : il ne faut pas en tirer des conclusions hâtives, car sur les deux millions de bagnoles inscrites au registre pour New York, quinze mille huit cent onze sont des SUV noirs. Cela dit, si on veut garder un œil sur eux, ça va nous aider que Donovan possède une voiture semblable à celle utilisée pour les kidnappings.

— Et on en fait quoi ?

— Je suis d'accord avec toi sur le fait qu'on peut difficilement demander à Cates de filocher deux inspecteurs sur la base de vagues soupçons. À supposer qu'elle accepte, ça laissera des traces et si on s'est plantés, elle aura l'air d'une conne. Et nous avec.

— Tu suggères donc qu'on les surveille en douce ? ai-je dit.

— Pas nous. On a déjà assez de boulot sur la planche. Il faudrait qu'on recrute quelqu'un.

— Et tu penses à qui ?

— J'ai une ou deux personnes en tête, a répondu Kylie. Et toi ?

Ayant eu vingt bonnes minutes pour y réfléchir avant l'appel de Cheryl, j'avais en effet une petite idée sur la question. Je lui en ai fait part sur-le-champ.

— Parfait, a-t-elle dit.

— Vraiment ? Tu n'as pas de contre-proposition ?

— Je sais que tu as du mal à accepter qu'on te dise oui, mais je suis furieusement d'accord avec toi. Appelons leur boss dès maintenant pour voir s'ils sont dispo.

— On n'a pas prévenu notre propre boss. Tu crois vraiment qu'on va appeler le leur ? Franchement, pourquoi commencerait-on à se la jouer réglo maintenant ? On va les appeler directement. Ça fera moins de paperasse.

— Une filature non autorisée ? a fait Kylie. Je suis fière de toi, cow-boy. Tu vas enfin apprendre à contourner les règles.

— Ouais. Travailler avec toi, c'est un peu avoir droit à une *master class* tous les jours.

63

Quand j'avais quinze ans, ma mère a décroché un boulot de maquilleuse sur *Haine et Passion*, le mythique *soap opera*. Tous les jours, je passais aux studios après l'école pour me goinfrer grâce au buffet maintenu en permanence à la disposition de l'équipe de tournage.

Pourtant, j'ai rapidement compris que si je me précipitais quotidiennement sur le plateau, ce n'était pas tant pour les cochonneries dont je m'empiffrais que pour les personnages de la série, aux aventures tirées par les cheveux.

Et me voilà donc devenu accro à un *soap opera*. Pas si simple à accepter pour un ado. J'étais d'ailleurs persuadé de ne pas être tout à fait normal.

Maman m'avait cependant assuré qu'il n'y avait rien de plus normal.

— Tout le monde adore se passionner pour les problèmes des autres, m'a-t-elle expliqué. C'est la nature humaine qui est ainsi.

Sans vouloir m'avancer jusqu'à dire que cela vaut pour l'humanité tout entière, cette passion est bel et bien ancrée dans ma nature et explique la suite des événements ce soir-là. Dès que Kylie m'a souhaité bonne nuit avant de prendre un taxi pour se rendre à l'appartement de Shelley, je me suis empressé de faire de même pour aller dans le sens inverse, direction son propre appartement.

Spence était sorti de l'hôpital le soir même, et j'avais estimé que c'était le moment choisi pour avoir une petite discussion à cœur ouvert avec lui. Cela dit, je m'étais bien gardé d'en parler à Cheryl, car elle avait lourdement insisté sur le sujet la veille.

— Reste en dehors de ça, m'avait-elle dit. Ce type est drogué, et à moins que tu ne saches exactement comment t'y prendre, ne t'en mêle surtout pas. Cela reviendrait peu ou prou à envoyer un agent de la circulation mener des négociations avec un preneur d'otages.

Si notre conversation s'était déroulée au bureau, j'aurais probablement protesté. Mais vu qu'elle avait eu lieu au lit, j'étais encore engourdi par une douce torpeur postcoïtale. Pas franchement le moment idéal pour engager une discussion avec ma copine psy sur le bien-fondé, ou non, de mon immixtion dans les problèmes de couple de mon ex. Sans parler de la question de savoir pourquoi une telle idée m'effleurait l'esprit, à laquelle je n'avais guère de réponse. Aussi me suis-je contenté de murmurer :

— Tu as raison.

Sauf qu'au fond de moi j'étais persuadé que Cheryl avait tort. J'étais tout sauf un agent de la circulation.

Kylie et Spence vivaient dans le sud de Manhattan dans une ancienne usine de huit étages qui avait été convertie en huit lofts exceptionnels dotés d'une vue spectaculaire sur l'Hudson River. En l'absence de concierge, la sécurité était assurée par des portes d'accès en verre blindé et un visiophone. Je sonnai.

— Zach ? s'est étonné Spence dont la voix grésillait dans l'interphone. Kylie n'est pas là.

— Je sais. C'est à toi que je voudrais parler. Ça te dérange si je monte cinq minutes ?

— Il est tard. De quoi veux-tu me parler ?

Des méfaits de la toxicomanie, par exemple ? Mais je me disais qu'avant d'aborder le sujet on pourrait peut-être commencer par prendre une bière et causer entre mecs.

Comme il n'avait manifestement pas l'air décidé à m'ouvrir, j'ai dû lui sortir mon laïus depuis le hall d'entrée.

J'ai respiré un grand coup.

— Écoute, Spence, ai-je commencé. Kylie m'a tout raconté. Je sais que tu as pris l'habitude d'abuser des antalgiques…

— Putain, a-t-il maugréé. Si je comprends bien, ma femme t'a demandé de faire une pause dans ta chasse aux tueurs en série pour entamer une carrière chez les stups ?

— Kylie ne sait même pas que je suis là. Je suis venu en ami.

— En ami ? Tu es ami avec Kylie. Pas avec moi.

— Tu as raison, je ne suis pas ton ami, Spence. Je suis une simple connaissance qui a risqué sa vie pour sauver la tienne.

J'ai lancé à la caméra un regard plein de défiance, et au bout de cinq longues secondes la sonnette de l'interphone a fini par retentir. Je me suis dépêché d'entrer avant qu'il ne change d'avis.

J'ai pris l'ascenseur jusqu'au septième étage et Spence m'a ouvert la porte. Je m'attendais à ce qu'il ait mauvaise mine, et je n'ai pas été déçu.

Avant ses déboires avec le Caméléon, Spence Harrington s'entraînait deux heures chaque jour dans sa salle de gym personnelle. Le Spence qui se tenait devant moi dans l'embrasure de la porte d'entrée avait le regard vide et le visage bouffi. J'en savais assez sur sa consommation de médocs pour me douter que ce n'était pas le simple fait d'un manque d'exercice.

— Allons bon, m'a-t-il lancé. Les Narcotiques anonymes débarquent chez moi. Je te préviens, si tu es venu me faire un sermon à la Nancy Reagan[1], ne perds pas ton temps avec moi. J'entends cette rengaine depuis que j'ai commencé à fumer des joints au lycée.

— Hé, je ne suis pas venu te sermonner. Je veux juste qu'on parle.

— J'en ai ma dose de parler, mon pote. Alors je vais te la faire courte. Ces antidouleurs que je prends n'ont rien à voir avec de la coke ou autre. Je n'en fais pas un usage festif. Ils me sont prescrits sur ordonnance.

— D'après ce que me dit Kylie, tu en prends beaucoup plus que ce que te prescrit ton médecin.

---

1. Dans les années 1980, l'épouse du président Ronald Reagan fut à l'origine d'un important programme de lutte contre la toxicomanie, nommé « Just Say No ».

Remarque aussitôt dite, aussitôt regrettée. Spence m'avait amené sur un terrain que j'aurais à tout prix dû éviter, et là je ressemblais au flic donneur de leçons évoqué par Kylie. Il avait le regard brûlant de mépris.

J'ai baissé les yeux sur ses pieds nus, qui affichaient toute une palette de rouges et de violets.

— Je te dois des excuses, Spence, ai-je dit en tentant un rétropédalage. Si avec Kylie on avait réussi à coincer à temps le salaud qui t'a fait ça…

— Écoute, Nancy, je suis sûr que tu es plein de bonnes intentions, railla-t-il en continuant de me barrer le passage. Mais rentre chez toi maintenant. J'ai déjà un groupe de parole. Les programmes d'aide, les bienfaiteurs de tout poil, les slogans à la con, j'en ai plein le cul. Pour le moment, Kylie et moi on a juste besoin de prendre un peu de recul, le temps que la douleur s'estompe.

Il s'apprêtait à fermer la porte mais je me suis avancé pour la bloquer.

— Quelle douleur, Spence ? Tu parles de ton pied ? Tu sais comme moi qu'elle a disparu depuis longtemps. Aujourd'hui, ta seule souffrance c'est de te savoir toxico, et tu crois pouvoir la faire disparaître en te gavant de cachetons. Mais si ça ne suffit pas, tu fonceras à 3 heures du mat' à Harlem pour te trouver un dealer de coke.

— Va te faire foutre, Zach, a-t-il dit en poussant la porte de toutes ses forces.

— Emporte un maximum de blé, Spence, ai-je répliqué en poussant à mon tour. Car tu auras besoin d'un max de coke quand elle t'aura largué. Et crois-moi, ça te pend au nez. Tu pensais en avoir bavé la première fois qu'elle t'a largué ? Cette fois ce sera bien pire.

Il a relâché légèrement la pression et glissé la tête dans l'entrebâillement.

— Pire pour qui, Zach ? La dernière fois, j'ai fait une cure de désintox et après Kylie et moi on s'est mariés. Si je me souviens bien, c'est toi qui es resté sur le carreau.

Mon intervention pourtant pleine de bonnes intentions venait d'exploser en plein vol. J'ai donné un violent coup d'épaule dans la porte qui lui a fait perdre l'équilibre. Il s'est écroulé par terre et je l'ai dominé de toute ma hauteur.

— C'était une gamine de vingt-deux ans qui rêvait de devenir flic ! ai-je hurlé. Elle n'avait vraiment pas besoin de se maquer avec un type qui passe ses journées à sniffer de la poudre. Certes, à l'époque elle a bien voulu te reprendre, mais ne compte pas sur elle pour refaire la même erreur. Son boulot est encore plus important pour elle aujourd'hui. Alors elle ne va sûrement pas risquer de tout foutre en l'air pour un mari accro à la coke et aux cachetons.

Spence a relevé la tête, l'air abasourdi. Il a ouvert la bouche mais aucun son n'en est sorti. J'ai continué sur ma lancée :

— Je ne suis pas venu te faire des sermons à la Nancy Reagan, Spence. Mais si tu réfléchis bien, qu'est-ce qui te fait le plus de bien : le Percocet ou ta femme ? Une chose est sûre, bordel : tu ne peux pas avoir les deux en même temps.

Je me suis écarté de la porte et Spence s'est empressé de se hisser sur les genoux pour la claquer.

Je suis resté un instant sur le palier, les bras ballants, bouillant de rage. J'en avais après lui autant qu'après moi, qui avais eu la prétention stupide de pouvoir faire décrocher Spence tout en sauvant son mariage.

À l'évidence, les *soap operas* dont j'avais abusé enfant m'empêchaient d'y voir clair aujourd'hui.

64

Il était 23 h 30 quand je suis enfin arrivé chez Cheryl.

— Toi, tu as la tête de quelqu'un qui a besoin d'un verre et d'un câlin, a-t-elle dit. Dans l'ordre de ton choix.

Elle m'a passé le bras autour des épaules et a pressé ses lèvres contre les miennes.

Je l'ai prise dans mes bras et serrée très fort contre moi. Instantanément, mon corps a été saisi d'une explosion sensorielle. J'avais les cinq sens en éveil. J'ai fermé les yeux et mis mon ouïe en stand-by afin que le toucher, l'odorat et le goût puissent s'en donner à cœur joie.

Sa bouche avait la saveur du vin, ses cheveux le parfum du jasmin, et le contact de son corps tout contre le mien m'aidait à évacuer les premières vingt-trois heures trente d'une journée particulièrement merdique.

Nous sommes restés ainsi sans bouger ni parler pendant une bonne minute, puis elle m'a susurré à l'oreille :

— Tu as loupé un film génial.

— Il était aussi bon la huitième fois que les sept premières ?

— Zach, j'ai beau être scientifique et adulte en apparence, à l'intérieur je suis toujours une petite fille qui croit aux contes de fées. Ce film sera toujours aussi merveilleux chaque fois que je le regarde. Tu es un homme. Tu ne peux pas comprendre.

Elle a fait un pas en arrière. J'ai alors vu qu'elle portait un pantalon de yoga moulant et un T-shirt rose qui mettait ses formes en valeur.

— Tu m'avais dit que tu étais en survêt, ai-je noté.

— Oui, mais voir Julia Roberts jouer une prostituée qui se transforme en femme du monde m'a inspirée.

— Toutes les deux vous vous en tirez super bien.

Elle a guidé mes pas jusqu'au canapé et m'a servi un verre de vin.

— Alors, ta journée ? m'a-t-elle demandé.

— Pas géniale. Elle a commencé par un enlèvement avec violence et s'est terminée avec bibi envoyant au tapis le mari toxico de sa coéquipière. Et la tienne ?

Elle a ouvert la bouche, d'abord par surprise, puis j'ai vu ses lèvres esquisser une espèce de sourire perplexe. Qui aurait tout aussi bien pu passer pour une moue réprobatrice. Quoi qu'il en soit, je ne lui avais jamais vu cet air-là.

— Tu peux développer le passage concernant le mari toxico s'il te plaît ? m'a-t-elle dit.

Dès le départ, j'avais décidé que, quelle que soit l'issue de ma confrontation avec Spence, je n'en cacherais rien à Cheryl.

— Contre l'avis de ma psy préférée, je suis allé voir Spence ce soir, ai-je répondu. Je pense que tu appellerais ça une intervention.

— Non. Je dirais que le terme approprié serait plutôt : « mauvaise décision résultant d'une erreur de jugement et guidée par son propre intérêt ». Mais je m'abstiendrai de tout jugement définitif avant de connaître les détails.

— Bien sûr, docteur, ai-je fait en prenant une grande gorgée de vin. Veux-tu que je m'allonge sur le divan pendant que tu vas chercher un bloc-notes et un stylo ?

Ma blague est tombée à plat. À ce stade, plus d'hésitation : j'avais bien eu droit à une moue réprobatrice.

— Contente-toi de m'expliquer ce qui s'est passé, a-t-elle dit.

J'ai donc entamé mon récit. J'ai commencé par lui raconter mes bonnes intentions, lui ai ensuite décrit les réticences initiales de Spence, et ai poursuivi avec l'évocation circonstanciée de son déni complet. Elle n'a pas pipé mot avant que j'en arrive à mon ultimatum théâtral.

— « Ton Percocet ou ta femme » ? a-t-elle dit avant d'émettre un sifflement moqueur. Quelle maestria, docteur Jordan. Où as-tu pêché ton diplôme ? À la Faculté Bonux d'addictologie ?

— Bon, tu veux entendre le reste de l'histoire ou tu préfères enchaîner directement par une descente en règle de ma méthodologie.

— Il t'a claqué la porte au nez, a-t-elle repris. Je croyais que ça se finissait comme ça. Pourquoi, il y a une suite ?

— Ouais. Je suis resté comme un con un petit moment, me répétant que j'aurais mieux fait de t'écouter. Affaire classée. Je suis retourné à l'ascenseur, et là, avant même que j'aie le temps d'appuyer sur le bouton d'appel, je l'entends qui rouvre la porte et me dit de venir, ce que j'ai fait.

Son expression s'est radoucie.

— Et alors, que s'est-il passé ?

— Rien. Il s'est contenté de me fixer dans les yeux. Je me suis demandé s'il allait me foutre son poing dans la gueule ou bien appeler Kylie pour lui dire tout le mal qu'il pensait de moi. Puis il a fait volte-face et s'est dirigé vers sa chambre. À mi-chemin, il a marqué une pause pour me faire signe de le suivre. Je me suis exécuté.

— Tu l'as suivi dans sa chambre ?

— On a traversé sa chambre pour rejoindre la salle de bains. Il s'est approché de l'armoire à pharmacie et, d'une main, a saisi un flacon rempli de pilules qu'il a ouvert puis agité pour en faire tomber une dans l'autre main. Puis une deuxième. Puis encore une autre. Avant de les scruter quelques instants sans bouger. Pendant une fraction de seconde, j'ai bien cru qu'il allait toutes les gober d'un coup. Mais non. Il a tendu le bras au-dessus des WC et commencé à jeter les pilules dans la cuvette. Lentement. Une par une. Puis il a retourné le flacon et balancé tout le reste dans les chiottes.

— Oh, Zach, a dit Cheryl en effleurant son menton d'une main. C'est incroyable. Et ensuite.

— On est restés comme ça quelques instants. Muets l'un comme l'autre. Je ne sais pas combien de temps exactement, mais ça a duré un bon moment. Comme je n'osais pas le regarder, je me contentais de fixer toutes ces pilules dans la cuvette. J'ai quand même fini par lever les yeux vers lui pour lui demander : « Tu vas tirer la chasse ? » Il m'a alors regardé d'un air triste et m'a répondu : « Putain, accorde-moi une minute, OK ? C'est pas si facile que tu crois. » Il m'a alors donné une bonne grosse accolade virile, s'est écarté de moi pour tirer la chasse, puis il est allé dans sa chambre pour appeler un centre de désintox. J'en reviens pas. Ma première intervention, et en plein dans le mille. Je me dis qu'après ma carrière de flic, je devrais peut-être ouvrir une consultation.

— Qu'est-ce que tu inscriras sur ta plaque : « Pire thérapeute du monde » ?

— Moque-toi tant que tu veux, docteur Robinson. N'empêche, le résultat est là.

— C'est vrai. Alors peut-être que tu devrais mettre « Thérapeute le plus chanceux du monde ».

— Je n'ai sans doute pas le pedigree le plus académique qui soit, concédai-je. Mais tu admettras que j'ai quelques qualités qui compensent largement.

— J'en ai un vague souvenir, il est vrai, a-t-elle dit en me prenant par la main pour que je me lève du canapé. Mais il va falloir que tu me rafraîchisses la mémoire.

— En fait, je crois que tu as raison, ai-je approuvé alors qu'elle m'emmenait dans sa chambre. Ce soir, je suis sans conteste le thérapeute le plus chanceux au monde.

65

J'étais au commissariat à 7 heures. Kylie a déboulé dix minutes plus tard, aussi fraîche qu'un zombie sous Stilnox.

— Tu as la tête de quelqu'un qui a dormi dans un refuge pour SDF, lui ai-je lancé.

— Si seulement. J'ai passé la nuit dans un appart à huit mille dollars par mois – et je n'ai pas fermé l'œil. J'étais trop flippée pour Spence.

J'allais lui dire que j'avais pas mal flippé pour lui aussi, mais je me suis ravisé. Ce n'est jamais une idée géniale de dire à quelqu'un qui veut toujours tout contrôler que vous avez essayé de prendre sa vie en main.

— J'ai fini par m'endormir à 2 heures, a-t-elle continué, mais je me suis réveillée à 4 heures et je n'ai jamais réussi à me rendormir. Je n'avais qu'une chose en tête : partir filocher Donovan et Boyle.

— Pas franchement une excellente idée dans ton état, ai-je dit. Déjà qu'hier dans le Queens tu as failli nous tuer au volant de la Batmobile. Et encore, c'était après une bonne nuit de sommeil.

Il nous restait trois personnes à interroger sur la liste de celles qui savaient que Rachael se cacherait dans le New Jersey. La fille qui se remettait d'une appendicectomie se trouvait à quelques rues de là, à l'hôpital Lenox Hill. En moins d'une demi-heure, nous lui avions rendu visite et l'avions mise hors de cause.

Plus que deux : Mick Wilson, premier substitut et crétin fini, ainsi que la jeune juriste qui lui servait d'assistante. D'après ce qu'on nous avait dit au cabinet de Wilson, ils étaient en route pour le centre pénitentiaire Great Meadow de Comstock où ils devaient interroger un mouchard. Il se situait dans le comté de Washington, à quatre heures de voiture de Manhattan.

Je connaissais bien Mick. Un ténor du parquet qui briguait le poste de procureur général, dont l'actuel titulaire devait bientôt partir en retraite.

Comme il ne répondait pas à mes messages, j'ai décidé de lui expliquer par texto qu'il me fallait impérativement lui parler ainsi qu'à son assistante.

Il m'a répondu sans tarder, également par texto :

> Je n'étais pas censé rendre publique la planque d'O'Keefe ? Mince, je n'aurais pas dû poster l'info sur Facebook. Suis en déplacement toute la journée. Serai de retour tard ce soir. Je suppose que tu peux me placer en détention.

— Sympathique, a dit Kylie.

— C'est sa façon à lui de me dire que je peux aller me faire foutre et que je n'aurais même pas dû avoir l'idée de l'interroger.

— Et son assistante ? Elle est la dernière sur notre liste.

— On aurait dû pouvoir compter sur lui pour la cuisiner pour notre compte, mais je suis sûr qu'il considère que quiconque a été choisi par ses soins pour travailler avec lui est tout aussi irréprochable que lui. On peut tenter de la contacter ce soir mais j'ai bien peur qu'on se casse les dents.

— Dans ce cas, Matt avait raison. Hier soir, il m'a dit que les ravisseurs de Rachael n'étaient pas nécessairement en lien avec le parquet. Selon lui, un pro pourrait aisément pirater le système informatique du JAP.

— Et pourquoi ne m'en as-tu rien dit hier soir ?

— Je ne sais pas. Tu étais tellement remonté contre Matt que j'ai préféré ne…

— Jordan ! MacDonald !

C'était Cates, usant de son moyen de communication favori au commissariat : le hurlement dans le couloir.

Nous l'avons retrouvée dans son bureau sans plus tarder, et elle nous a accueillis en agitant les mains pour nous inviter à fermer la porte et à nous asseoir.

— On a peut-être une chance, nous a-t-elle annoncé. Mais c'est une situation délicate. Ça concerne une amie d'enfance, Alma Hooks. Enceinte à quinze ans, elle a voulu garder l'enfant. Elle en a vraiment bavé pour joindre les deux bouts. Elle a quand même réussi à passer un master au Pratt Institute, et bosse maintenant comme assistante bibliothécaire à l'antenne de la 125e Rue de la New York Library. Mère célibataire, Alma a aujourd'hui vingt-neuf ans. Son fils, Shawn, en a treize, et elle vient de m'appeler pour me dire qu'il a été témoin de l'enlèvement de Tinsdale.

— C'était il y a plus d'un mois, et il se décide enfin à parler ? me suis-je étonné.

— En fait, il a déjà de la chance de pouvoir encore parler. Il s'est pris trois balles avant-hier soir. D'où la situation délicate, nous expliqua Cates. Alma a réussi à le convaincre de nous dire ce qu'il sait sur le kidnapping. Mais à une condition : on ne pose aucune question sur la fusillade, ni sur les liens éventuels que Shawn a pu avoir avec Tinsdale.

— On sait pertinemment que Tin Man recrutait des gamins pour jouer les rabatteurs, a dit Kylie. Tu penses que Shawn était l'un d'eux ?

Cates a fait courir deux doigts sur ses lèvres pour les sceller.

— Motus et bouche cousue, a-t-elle répondu. J'ai promis à Alma que la seule chose qui nous intéressait, c'était de savoir ce qui est arrivé à Tinsdale. Point barre. C'est compris ?

— Reçu cinq sur cinq, a dit Kylie.

— Bien, a fait Cates. D'abord critique, l'état de Shawn est désormais jugé stable. Il est au Harlem Hospital. Foncez-y avant qu'il ne change d'avis.

66

Assis à la table de la cuisine, Joe Salvi lisait le *Daily News* en buvant sa deuxième tasse de café du matin. Trois téléphones portables étaient posés devant lui.

— Qu'est-ce qui te fait sourire ? lui demanda Teresa en entrant dans la pièce.

Joe ne s'était même pas rendu compte qu'il souriait. C'était pourtant toujours ainsi quand il passait un peu de temps avec sa *goomah*[1]. Bernice le mettait chaque fois d'excellente humeur, et ç'avait encore été le cas la veille. Mama avait bien raison. Un fruit défendu est toujours plus savoureux.

La veille, donc, ils venaient de faire l'amour quand Bernice s'était lovée contre lui pour lui susurrer à l'oreille :

— Joe, c'était vraiment…, commença-t-elle avant de laisser la phrase en suspens.

Il attendit la suite, qui ne vint pas. Pure tactique d'accroche.

Évidemment, il avait mordu à l'hameçon.

— Oui, tu disais ? s'enquit-il.

---

1. Terme utilisé par les mafieux italo-américains pour désigner leur maîtresse.

Elle lui mordilla l'oreille.

— Vu ton âge, c'était vraiment fantastique.

Il rit si fort que les larmes lui montèrent aux yeux. Bernice était bien la seule à pouvoir lui sortir un truc pareil.

Il était en train de se remémorer cette scène quand Teresa avait surpris son sourire.

Au même moment, un des téléphones se mit à vibrer, coupant court à la curiosité de sa femme.

— Décroche, dit-elle en s'imaginant peut-être qu'il attendait ses ordres pour le faire.

Il prit l'appel.

— Bonjour.

La personne à l'autre bout du fil ne prononça qu'un mot. Ou plutôt : un nombre.

Salvi le répéta.

— Tu es sûr, déclara-t-il distinctement.

Son interlocuteur savait qu'il s'agissait d'une question. Après un bref temps d'arrêt, Salvi conclut :

— *Grazie. Ciao.*

Puis il lança le portable à son fils, qui se tenait devant l'évier. Jojo passa le téléphone sous l'eau avant de le jeter dans le broyeur à ordures qui se trouvait sous le comptoir.

— Tu l'as retrouvé ? interrogea Teresa.

— Tous les deux, dit Salvi. Ils travaillent ensemble, dans le même commissariat.

— Donc tu veux que Tommy Boy et moi on s'occupe d'eux ? demanda Jojo.

En entendant son nom, Tommy Boy redressa les épaules et tira sur les manches de sa veste en cuir Forzieri. Vu que son nom de baptême était Tommaso

Benito Montanari, comme son père, on l'avait appelé Tommy Boy dès sa naissance. Et vingt-six ans plus tard, malgré ses deux mètres et ses cent vingt kilos, il était resté Tommy Boy. Là, il avait les yeux rivés sur papa Joe et attendait que ce dernier réponde à Jojo.

— Non, répliqua Salvi. On n'est pas prêts à s'occuper de quoi que ce soit. Pour le moment, vous vous contentez de les suivre, pour pouvoir me dire ce qu'ils font, et où ils vont.

— Et si jamais ils se séparent ? objecta Jojo. On ferait pas mieux de prendre deux voitures, au cas où ?

— Deux voitures ? s'exclama Joe. Et tu ne veux pas qu'on prenne des chevaux, une fanfare et des ballons gonflés à l'hélium, pendant que tu y es ? Réfléchis deux minutes. Je te parlais d'une filature, pas d'une parade. S'ils se séparent, vous restez sur celui qui s'appelle Gideon. Vous les surveillez de près, et vous me racontez tout. Mais surtout ne faites rien.

— Et si l'occasion se présente ? Je pourrais…

— Je t'ai parlé d'occasions qui se présentent ? Non. Je te le répète : vous ne faites rien. *Non fare niente.* Est-ce que c'est bien clair ?

Jojo se tourna vers Teresa en haussant les épaules. Salvi surprit leurs regards.

— Et je me fous de savoir ce que ta mère t'a demandé, dit-il. Sa tête sur un plateau d'argent, ses couilles dans un bocal, ou une autre connerie dans le genre. Je les veux tous les deux vivants, lui et son copain, et ensuite je déciderai ce qu'on doit faire. Est-ce que c'est bien clair ?

— Ouais, papa, c'est clair.

Joe se tourna vers Tommy Boy.

— Les gars que vous allez suivre sont flics. Ils ont des yeux derrière la tête. Alors il faudra conduire intelligemment.

— Peut-être que je devrais prendre la voiture de Mme Salvi, dit Tommy Boy, la Buick. Comme elle est beige, elle passera plus inaperçue que l'Escalade.

Joe se tapota la tempe.

— Ça y est, tu commences à réfléchir un peu. Allez, foncez.

Les deux hommes allèrent au garage et Tommy Boy s'installa au volant de la Buick après avoir reculé le siège conducteur au maximum pour avoir une chance de rentrer.

Jojo prit place côté passager.

— Peut-être que je devrais prendre la voiture de Mme Salvi, dit-il en singeant la voix de Tommy Boy.

— J'ai dit un truc que j'aurais pas dû ?

— Je me fais rembarrer par mon père dès que j'ouvre la bouche et toi tu en profites pour jouer au *consigliere* ? Tu es juste un soldat, Tommy Boy. Rien de plus.

— Arrête ton char, mec, fit Tommy Boy en tournant à gauche dans Cross Bay Boulevard. Je vais bientôt avoir trente ans. Et je fais partie de la famille. Je suis trop futé pour rester soldat toute ma vie.

Jojo pivota sur son siège.

— Écoute-moi bien connard. *Primo*, tu as vingt-six ans, donc avant d'arriver à trente, il y a une sacrée marge. *Deuzio*, tu es marié à la fille du cousin de ma mère, autant te dire que tu ne fais pas partie de la famille de sang. *Tertio*, si tu étais si futé que ça, tu n'essaierais pas de jouer au plus malin avec moi devant mon vieux.

Tommy Boy s'esclaffa.

— Qu'y a-t-il de si drôle ?

— Toi. C'est toujours la même chose avec toi, Jojo. Ton vieux te traite comme de la merde, et tu t'en prends à moi. Ça veut dire que tu fais un transfert.

— Et ça, tu sais ce que ça veut dire ? dit Jojo en lui pointant son majeur sous le nez. Ça veut dire, ta gueule et emmène-nous à ce putain de commissariat.

— Mais bien sûr, Jojo. Et une fois là-bas, peut-être que je pourrai en profiter pour faire une demande de permis de parade.

67

Si vous vous faites tirer dessus à New York, autant le faire à proximité du Harlem Hospital. Doté d'un service de traumatologie de tout premier plan, il est commodément situé à six rues seulement de l'endroit où Shawn Hooks s'était pris trois balles.

Sur le plan architectural, c'est aussi l'un des bâtiments récents les plus intéressants de la ville. Son immense façade de verre – six étages sur toute la longueur d'un pâté de maisons – est entièrement recouverte de reproductions de peintures murales aux couleurs vives. Lesquelles étaient à l'origine une commande de l'État fédéral à des artistes noirs américains pendant la Grande Dépression. Symbole de la fierté afro-américaine à l'extérieur, je savais qu'à l'intérieur nous attendait la réalité ô combien plus cruelle de la violence urbaine.

Alma Hooks était petite. Un mètre cinquante maximum. Si elle avait l'air en bonne forme physique, on voyait en revanche à ses traits tirés, ses yeux rouges et ses poings serrés qu'elle était émotionnellement à vif.

Elle s'est levée dès qu'elle nous a vus entrer dans la chambre.

— Merci d'être venus. Delia vous a-t-elle expliqué ?

— Oui. C'est nous qui vous remercions ne nous avoir appelés, ai-je répondu. Comment va votre fils ?

— Il souffre encore, mais l'infirmière lui a fait une injection de Toradol il y a une heure environ. C'est un costaud. Les médecins disent que ça prendra du temps, mais qu'il se remettra.

— Et vous, comment allez-vous ? s'est inquiétée Kylie.

— Moi ? Je suis encore sous le choc. Je n'ai pas dormi depuis qu'ils m'ont appelée mardi soir. Mais j'ai de la chance qu'il soit encore vivant.

— Et donc vous avez appelé Delia parce que vous pensez que Shawn a pu être témoin d'un meurtre ? ai-je dit.

— Oui, celui de Tin Man. Antoine Tinsdale. C'était un dealer qui a détourné du droit chemin de nombreux gamins du quartier. Vous leur inculquez des valeurs, leur apprenez à ne pas faire de bêtises, et lui se pointe habillé en rock star dans sa Mercedes pour leur promettre la lune. Alors évidemment, ils plongent. Ce ne sont que des gamins.

Sans préciser si Shawn faisait partie des gamins que Tinsdale avait détournés du droit chemin, elle ne faisait que souligner ce que nous savions déjà : ces dealers en culottes courtes étaient davantage des victimes que des délinquants. Je me réjouissais que Cates ait conclu un accord avec elle, car j'aurais détesté être le flic qui, chargé de fouiller dans le passé de son fils, risquait de compromettre durablement son avenir.

— Je ne vais pas me plaindre que Tinsdale ait définitivement débarrassé le plancher, a dit Alma en s'adressant davantage à son fils qu'à nous-mêmes. Mais l'enlever et le tuer ainsi, c'est se faire une très mauvaise idée de la justice. Et surtout pas le bon message à délivrer aux enfants.

— Pourrions-nous poser quelques questions à votre fils ? ai-je demandé.

À vue de nez, Shawn devait mesurer un mètre quatre-vingts pour quatre-vingt-dix kilos. Pourtant, malgré sa petite taille, sa mère était visiblement aux commandes désormais.

— Je vous en prie, a-t-elle répondu sans quitter Shawn des yeux. Il a accepté de vous aider dans votre enquête.

— Shawn, je suis l'inspecteur Jordan, et voici ma coéquipière, l'inspecteur MacDonald. Tout ce que tu diras restera entre nous. On va faire en sorte d'être brefs. Quand as-tu vu Antoine Tinsdale pour la dernière fois ?

Shawn s'est figé. Dans le milieu, se confier à sa mère passait encore. Mais tout déballer aux flics était impensable.

Alma s'est assise sur le lit et a passé la main sur le front de son fils.

— Vas-y, mon chéri. Ils sont sympas. Ce sont des amis de Delia. Dis-leur quand tu as vu Tinsdale pour la dernière fois.

— Le soir où ils l'ont enlevé.

— Merci, a-t-elle dit en nous passant le relais avec un petit hochement de la tête.

— Qui l'a enlevé ? ai-je demandé.

— Deux flics. Ils l'ont pris au croisement d'Amsterdam Avenue et de la 136e.

— Comment sais-tu qu'ils étaient flics ?

— Ils lui ont passé les menottes. Au début, le premier type est juste sorti de la voiture pour lui parler, mais alors Tin Man a dit : « Hé ! Attendez, là ! », genre il ne voulait pas du tout monter. À ce moment-là, celui qui conduisait est arrivé par l'autre côté pour le menotter, et ils l'ont forcé à s'installer sur le siège arrière.

— C'était une voiture de patrouille ?

— Banalisée. Un SUV noir.

— Marque et modèle ?

— Je ne sais pas. Il faisait sombre. J'ai reconnu la forme d'un SUV mais c'est tout.

— Est-ce que tu as vu à quoi ressemblaient ces deux hommes ?

— Ils étaient blancs.

— Tu peux nous les décrire ?

— Deux types blancs normaux, en uniforme. Ils étaient grands, mais rien d'exceptionnel, pas comme des basketteurs. Je ne peux rien vous dire de plus. J'étais trop loin pour voir autre chose.

— Et si on te montrait un trombinoscope, tu crois que tu te souviendrais d'autre chose ? lui ai-je suggéré.

— Non, je ne me souviens de rien d'autre. Je vous ai dit, je n'ai pas pu voir leurs têtes.

— Y avait-il quelqu'un avec toi qui aurait pu en voir davantage ? a insisté Kylie.

Le gamin en avait assez. Il a regardé sa mère, qui semblait elle aussi avoir usé toutes ses réserves de civisme.

— Inspecteurs, a dit Alma, mon fils a répondu à vos questions sans détour. Il vous a dit que le soir de la disparition de Tinsdale il a vu deux policiers l'arrêter et l'emmener. Comme il n'avait aucune raison de voir quoi que ce soit de criminel là-dedans, Shawn n'a pas signalé l'incident à la police sur le moment. Il ne sait rien de plus. Si quelqu'un d'autre a vu quelque chose, alors cette personne pourra se faire connaître, comme nous. Avez-vous d'autres questions ?

— Non, madame Hooks, ai-je répondu. Vous nous avez tous deux été d'une grande aide. Si jamais vous pensez à autre chose, merci de me passer un coup de fil.

J'ai porté la main à ma poche de veste intérieure pour prendre une de mes cartes. Ce faisant, j'ai senti sous mes doigts une enveloppe. Juste avant de quitter le commissariat, j'avais décidé d'emporter quelques photos d'identité judiciaire. Sur quatre d'entre elles figuraient des criminels blancs d'une cinquantaine d'années que j'avais sortis de mes archives. Les deux autres, j'espérais que Shawn les désignerait. J'ai sorti une carte de visite et l'ai tendue à Mme Hooks.

— Ce ne sera pas nécessaire, a-t-elle dit en me la redonnant. Si je pense à quelque chose, j'appellerai votre chef.

Ma chef ? Je devais admettre que cette Alma Hooks était plus habile encore qu'il n'y paraissait. Protégeant jalousement son fils, une fois que ce dernier nous avait donné ce qu'il voulait bien nous donner, elle nous congédiait en nous rappelant au passage que nous étions placés sous les ordres de sa copine Delia.

J'ai replacé la carte dans ma poche de veste, juste à côté de la photo de mes deux meilleurs suspects : Donovan et Boyle.

68

— Bordel, mais comment font les gens pour se garer à Manhattan ? maugréa Jojo alors que Tommy Boy passait pour la troisième fois devant le commissariat. Il n'y a aucune place dans cette putain de rue.

— L'astuce, c'est d'abord de faire des repérages à pied, dit Tommy Boy. Ensuite, dès que tu trouves une place, tu dis à quelqu'un de s'allonger dessus et tu cours t'acheter une bagnole.

La blague ne fit pas du tout rire Jojo.

— Tu te crois drôle, TB ?

— Pas spécialement. Bon, Jojo, tu peux me dire à quoi rime cette filature ? Je ne sais même pas pourquoi on est censés suivre deux flics. Tu peux me rancarder ? C'est des ripoux ?

— Pire que ça. Ils ont tué mon frère.

— Bordel de merde. Enzo a été tué par des flics ?

— Ils n'étaient pas flics à l'époque. Ils étaient encore au lycée.

— Donc, maintenant qu'on les a retrouvés, on les suit, et après ?

— Rien. Tu as entendu mon daron. On se contente de les surveiller et il décidera après de la suite à donner.

— Et à ton avis, il va décider quoi ? Il va les liquider, c'est tout. La seule question, c'est de savoir qui s'en chargera.

— Tu es volontaire ?

— Peut-être, dit Tommy Boy en faisant un créneau sur une place libre devant une bouche d'incendie. Pacino, après avoir buté Sollozzo et le flic chelou dans le restaurant, il part se mettre au vert en Sicile pendant quelques années. Dans ces conditions, je suis volontaire.

— Rêve pas, Pacino, fit Jojo qui sortit son iPhone et glissa les écouteurs dans ses oreilles. Maintenant, ouvre les yeux et ferme-la. Il me faut un peu de Springsteen.

Au bout de trois chansons, Jojo enleva brusquement ses écouteurs.

— Celui de devant, c'est Gideon, s'exclama-t-il en désignant les deux types qui sortaient du commissariat en se dirigeant vers un groupe de voitures de flics.

Ils montèrent à bord d'un SUV noir et démarrèrent.

— Attends un peu, fit Jojo. Les flics savent repérer une filature. Laisse un peu de place entre eux et nous.

Tommy Boy laissa passer deux voitures avant de se fondre dans la circulation.

— OK, maintenant il n'y a plus qu'à espérer qu'ils n'allument pas illico gyrophares et sirène pour nous montrer qu'on est grillés. On serait super dans la merde.

Mais il n'y eut ni gyrophares, ni sirènes. Pas d'embrouille.

Le SUV fila vers le pont de Queensboro et traversa l'East River avant de prendre à droite dans Vernon Boulevard. Il finit par s'arrêter devant la petite pizzeria San Remo à l'angle de la 49e Rue. Gideon entra dans l'établissement.

Il en ressortit quelques minutes plus tard en tenant à la main une boîte à pizza.

— Tu as déjà entendu parler de cet endroit, toi ? demanda Tommy Boy. Faut vraiment que ça soit exceptionnel pour qu'ils se tapent tout ce chemin pour venir chercher une pizza ici à 9 heures du mat'.

Tommy suivit le SUV sur Jackson Avenue. Au bout d'un bon kilomètre, il prit à droite dans Crane Street. Une impasse.

Tommy Boy s'arrêta le temps que les deux flics avancent jusqu'au bout de la rue, rentrent le SUV dans un garage recouvert de graffitis puis referment le portail en tôle ondulée. Alors il gara la voiture à côté d'une camionnette vandalisée stationnée à une trentaine de mètres.

Quarante minutes plus tard, le portail s'ouvrit à nouveau et le SUV sortit en marche arrière.

— Putain, qu'est-ce que tu attends ? dit Jojo en voyant les deux flics reprendre la route.

— J'attends qu'ils se soient éloignés, dit Tommy Boy. Après, on ira jeter un coup d'œil là-dedans pour voir ce qu'ils trafiquent.

Le SUV s'engagea dans Jackson Avenue.

— On va les paumer ! hurla Jojo.

— Temporairement. On sait où ils bossent.

— Suis-les.

— Jojo, ils n'ont pas fait le déplacement jusqu'à ce gourbi simplement pour bouffer une pizza. Ton père voudra forcément savoir ce qu'ils trafiquent là-dedans.

— Mon père nous a juste dit de les suivre. Et rien d'autre. Tu l'as entendu aussi bien que moi. *Niente*. Maintenant, tu démarres, ou alors tu dégages et je prends le volant.

Tommy Boy démarra et reprit la ruelle en sens inverse.

— OK, mais je crois que tu fais une grosse erreur.

— Tu sais quoi, trouduc ? fit Jojo. On te paie pour conduire, pas pour réfléchir.

Sur ce, il inclina son siège et remit ses écouteurs. À peine avait-il lancé une chanson de Bruno Mars que son portable se mit à vibrer.

— Maman ? dit-il en prenant l'appel. Je suis occupé, là.

— Vous les avez trouvés ? demanda Teresa.

— Ouais, ils sont allés à Long Island City pour s'enfermer dans une espèce de taudis.

— Quel genre de taudis ?

— Un ancien garage. Un truc en béton à moitié en ruine au fond d'une impasse. Près de la gare de triage.

— Pourquoi sont-ils allés là-bas ? Qu'est-ce qu'il y a dans ce bâtiment ?

— Comment je pourrais le savoir ?

— Pardi, dès qu'ils seront partis, entrez-y. Il faut qu'on sache ce qu'ils fichent dans ce garage.

— Ils sont déjà partis. Avec TB on est en train de les suivre.

— Vous êtes fous ? s'époumona Teresa. Arrêtez de les suivre.

— Mais qu'est-ce que tu racontes, maman ? Papa m'a dit de ne surtout rien faire d'autre que les suivre. On doit les surveiller de près et lui faire ensuite un compte rendu détaillé.

— *Mannaggia!* Vous avez trouvé l'endroit où ces deux vauriens préparent leurs mauvais coups et vous ne cherchez pas à savoir ce qu'il y a à l'intérieur ? Et alors, qu'est-ce que ça veut dire « surveiller de près », selon vous ?

Jojo tapa du poing sur la plage avant.

— M'man, je ne peux pas faire deux choses en même temps : inspecter ce garage et suivre les deux types.

À l'instant même où il entendit ces mots, Tommy Boy leva le pied de l'accélérateur.

— Tu les suivras demain. Aujourd'hui, tu as une occasion en or de savoir ce qu'ils cachent dans ce garage. Que ce soit des armes, de la drogue carottée sur des saisies ou que sais-je encore, ils vont forcément revenir, et là, on pourra enfin les faire payer pour la mort d'Enzo. Qu'est-ce que tu crois ? Que tu allais entrer dans un poste de police comme si de rien n'était et descendre deux flics ?

Jojo se frotta les yeux et prit une grande respiration.

— Laisse-moi d'abord parler à papa.

— Non. Passe-toi de l'avis de ton père pour une fois et fais marcher ta cervelle. Réfléchis un peu : ce garage est une bénédiction.

— Maman, c'est un vrai trou à rats.

— Après l'avoir tué, ces petites ordures ont abandonné mon fils la tête dans la boue. Alors un trou à rats, c'est encore ce qu'ils méritent de mieux. Tu vas aller voir ce qu'il y a dans ce garage. Moi, je m'occupe de papa.

Après ça, silence radio.

Jojo n'en revenait pas. Sa mère lui avait raccroché au nez.

— Fais demi-tour, dit-il. On y retourne.

Tommy Boy s'exécuta en se mordant la lèvre pour ne pas sourire. La Buick rebroussa chemin au niveau de la 42e Rue.

— Comme tu voudras, Jojo. C'est toi le patron.

69

Quand Tommy Boy avait douze ans, ses parents lui révélèrent une information qu'ils lui dissimulaient depuis deux ans. Il avait un QI de 147.

— Et alors ? dit-il.

— Alors ça veut dire que tu es une sorte d'Einstein, répondit Tommaso Montanari Senior. Tu es très intelligent. Beaucoup plus que les autres.

— Et alors ? répéta-t-il.

— Alors c'est formidable, dit sa mère sans grande conviction.

— Mais ça va aussi être un problème, reprit son père. Et tu en as déjà assez comme ça. Tu mesures combien ? Un mètre quatre-vingt-cinq ?

— Quatre-vingt-huit.

— À seulement douze ans, dit son père. Autant dire que tu vas toujours sortir du lot. Les gosses à l'école vont te trouver bizarre et se moquer de toi.

Les yeux de Tommy Boy se remplirent de larmes.

— Comme quand ils m'appellent « la girafe » ?

— Quelle bande de petits crétins, grogna Montanari. Ils mesurent combien, eux, un mètre cinquante ? Pour quarante kilos tout mouillés ? Ils sont jaloux, c'est tout. Ce qu'ils veulent, c'est te faire payer le fait que tu es déjà bâti comme un homme. Et pas eux. À ton avis, pourquoi avec ta mère on ne t'a pas parlé de cette histoire de QI dès qu'on a été au courant ?

Tommy Boy secoua la tête.

— Parce qu'on voulait que tu te sentes normal. C'est déjà suffisamment compliqué que tu sois plus grand que tout le monde. Imagine s'ils apprennent en plus que tu es plus intelligent qu'eux. Les gens ne peuvent pas te blairer quand tu les fais se sentir inférieurs.

Le garçon avait maintenant le visage baigné de larmes.

— Mais alors qu'est-ce que je dois faire ? dit-il dans un sanglot.

Montanari se tourna vers sa femme. Il avait anticipé cette question, à laquelle il avait une réponse toute trouvée : Tu vas leur foutre la raclée de leur vie à ces morveux, et tu verras comment ils vont te respecter après ça.

Mais ça n'avait pas eu l'heur de plaire à Angela. En conséquence de quoi, usant des maigres préceptes éducatifs à leur portée, ils lui avaient proposé une autre solution.

— Écoute, fiston, dit le père en posant la main sur l'épaule de son fils. Tu ne peux pas te faire passer pour plus petit que tu n'es. En revanche, tu peux faire semblant d'être débile.

— Pas débile, corrigea sa mère. Juste un peu moins intelligent. Tu seras davantage raccord.

Leur conseil s'était révélé plutôt efficace, notamment quand il avait commencé à travailler pour Jojo.

Le gars n'était pas fute-fute, mais tant que Tommy Boy jouait les imbéciles heureux, il se sentait supérieur.

Mais il y en avait un qui n'avait pas été dupe. Papa Joe. Rien ne lui échappait.

— Un renard est probablement moins rusé que toi, lui dit-il un jour alors que Tommy Boy le conduisait chez Bernice.

Tommy s'était figé au volant.

— Ne t'en fais pas, dit Salvi. Pour le moment, je n'ai besoin que de tes muscles. Mais ça me plaît de savoir que tu as la tête sur les épaules, au cas où j'aurais besoin de toi.

Au cas où j'aurais besoin de toi. Tommy Boy avait suffisamment patienté, et savait son heure venue. En éliminant les deux salopards qui avaient tué Enzo, il montrerait une fois pour toutes à Joe Salvi ce qu'il avait dans le ventre. Et une chose était sûre, sa récompense ne serait pas deux pauvres années de vacances en Sicile comme il l'avait fait croire à Jojo. Non, ce qu'il voulait, c'était faire partie de l'organigramme. Monter en grade. Alors seulement il pourrait arrêter de jouer la comédie.

— Tu as un plan d'action ? demanda Tommy Boy à Jojo quand ils approchèrent de Crane Street.

— On pète la serrure, on entre, on jette un œil, on prend des photos avec nos portables si on repère un truc, et on rentre à Howard Beach.

— Bonne idée, fit Tommy Boy. Sauf que je ferais peut-être mieux de crocheter la serrure plutôt que de la péter. Comme ça, ils ne verront pas qu'on est passés.

— Évidemment qu'on doit crocheter la serrure, fit Jojo. Ça va de soi. Je ne pensais pas avoir à le préciser.

Après avoir garé la voiture, ils firent le tour du bâtiment pour rejoindre la porte de derrière. Crocheter le verrou fut un jeu d'enfant pour Tommy qui s'en chargea en quelques secondes. La pièce, longue et étroite, ne faisait guère plus d'un mètre vingt de large.

Ils trouvèrent deux chaises dépareillées et une petite table pliante sur laquelle était posé du matériel audio. Rien qui n'ait assez de valeur pour avoir été volé. Mais soudain, Tommy Boy repéra deux petits trous en forme de judas.

— Regarde, chuchota-t-il en pointant du doigt la cloison qui se dressait devant eux. Je ne sais pas ce qui se cache derrière ce mur, mais c'est par là qu'ils matent.

Deux minuscules ouvertures avaient été ménagées à hauteur d'yeux dans les plaques de plâtre. Tommy Boy dut quasiment s'accroupir pour coller son œil à l'une d'elles.

Jojo ne prit même pas la peine de regarder, et attendit que Tommy Boy lui dise si cela en valait la peine. Mais le colosse ne pipa mot, entièrement absorbé par le spectacle de la fille revêtue d'une combinaison en Tyvek et enchaînée à un tuyau. La boîte à pizza de chez San Remo reposait sur le sol – la fille y avait à peine touché. Une caméra était braquée sur elle. Un quart de seconde suffit à Tommy Boy pour recoller les morceaux, et il eut alors l'impression d'avoir découvert la tombe de Toutânkhamon.

— Qu'est-ce qu'il y a donc de si intéressant là derrière ? fit Jojo en s'approchant du deuxième trou. Putain de merde, s'exclama-t-il. C'est quoi ce…

— Chut. Il ne faut pas qu'elle t'entende.

— Ces types sont vraiment flics ? De grands malades, en tout cas, pour faire un truc pareil, murmura Jojo, glacé d'effroi. Qu'est-ce qu'on doit faire, à ton avis ?

Tommy Boy sortit son portable.

— Tu appelles qui ? demanda Jojo.

— Personne, chuchota Tommy. Je prends quelques photos.

Il plaqua l'objectif du téléphone contre un des orifices et prit une douzaine de clichés. Après quoi, il remballa son portable.

— Et maintenant, on se tire, dit-il.

— Tu rigoles ? Tu as vu le tableau ? Ils ont attaché cette gonzesse à une canalisation. Tu ne crois pas qu'on devrait entrer pour la libérer ? Il faudrait au moins qu'on sache qui c'est.

Tommy Boy se décolla du mur.

— Je sais très bien qui c'est, putain. Et crois-moi, c'est pas un truc pour nous. C'est énorme. Il faut qu'on parle à ton père.

Jojo porta la main à sa poche.

— Pas maintenant, dit Tommy Boy. Et surtout pas d'ici. Tu m'as demandé ce qu'on devait faire. Et je t'ai répondu : il faut foutre le camp d'ici.

— Mais putain, d'où tu la connais ? s'enquit Jojo. C'est qui, cette meuf ?

— Je te dirai dans la voiture. Fais-moi confiance. Maintenant, on se taille.

Il tira un mouchoir de sa poche et s'employa à essuyer tout ce qu'ils avaient touché.

Ils étaient sur le point de sortir quand le regard de Tommy Boy s'arrêta sur une boîte à moitié enfouie sous l'enchevêtrement de câbles audio qui recouvraient la table.

— Attends.

— Quoi encore ? dit Jojo.

— J'ai un doute. Donne-moi une seconde.

Il s'empara de la petite boîte en bois, et l'ouvrit.

— Putain, qu'est-ce que c'est que ça ? s'exclama Jojo en regardant par-dessus l'épaule de Tommy Boy.

— Je ne sais pas, mais je vais me renseigner.

Toujours muni de son mouchoir, il sortit la poire d'angoisse, la posa sur la table et prit quelques photos de plus. Puis il s'empressa de la remettre dans le coffret.

— Maintenant, on y va, décréta-t-il.

Tommy referma le verrou, puis essuya la serrure, la poignée, ainsi que le chambranle. Quelques minutes plus tard, ils filaient sur la Long Island Expressway en direction de Howard Beach.

— J'ai pigé, dit Jojo. La combinaison de protection. L'un des flics est le Tyvek Killer.

— Les deux.

— Oui, c'est ce que je voulais dire. Mais c'est qui la fille ?

Tommy Boy lui expliqua.

— Tu es sûr que c'est elle ?

— Elle fait la une des journaux télé tous les soirs.

— Pas sur ESPN[1].

— Le *Daily News* en a parlé. Tu n'as pas lu le journal ?

1. Une chaîne de sport.

— Peut-être. Je ne peux pas me souvenir de tout ce que je lis. Ils ont parlé de ce drôle de tire-bouchon qu'on a trouvé dans la boîte ?

— Non.

Jojo prit son portable.

— J'appelle papa.

— Appelle sur un de ses téléphones jetables. Les fédéraux ont mis tout le reste sur écoute.

Jojo s'arrêta tout net de pianoter, comme s'il se rappelait soudain que son père était un boss de la mafia et qu'il était surveillé par le FBI depuis des années.

— Bonne idée. Ça serait con de se faire griller par les *federales*, dit Jojo. Tu sais quoi, musclor ? Parfois tu n'es pas aussi bête que t'en as l'air.

— Merci, boss. Je ne suis pas un génie, mais j'ai des illuminations de temps en temps.

70

De toutes les unités d'élite du NYPD, le Red est la plus difficile à intégrer. Seulement soixante-quinze élus, pour plus de mille postulants. Mais je n'ai jamais croisé de flics aussi motivés – et qualifiés – pour rejoindre le Red que Casey et Bell, les deux inspecteurs de la BAC qui m'avaient filé un sacré coup de main lundi matin au carrousel.

Ils étaient réactifs, bossaient bien sur le terrain et, comme l'avait souligné Kylie, savaient qu'on ne fait pas une omelette sans casser des œufs.

Quand nous leur avions demandé de filocher Donovan et Boyle en douce, ils avaient immédiatement accepté. Et quand on leur en avait donné la raison, Bell avait posé une seule question :

— L'IGS est-elle au courant que vous missionnez des flics pour enquêter sur des collègues ?

— Non, avais-je répondu. Et si jamais ils s'en rendent compte, ils enquêteront sur chacun d'entre nous.

— Ne vous inquiétez pas, m'avait-il assuré. Ils ne se rendront compte de rien du tout.

Il m'avait appelé le jour même à 18 heures pour me dire qu'ils avaient hâte de nous livrer le résultat de leurs premières investigations. J'avais alors suggéré qu'on se retrouve dans un endroit discret, et choisi l'Uskudar, un restaurant turc de la 2e Avenue qui ne payait vraiment pas de mine. Il était accessible à pied du commissariat, et personne de notre connaissance ne risquait de s'y pointer. Le fait aussi que j'avais un petit faible pour leur moussaka avait probablement un peu influencé ma décision.

Ils nous attendaient à une table du fond. À voir leurs visages fendus d'un énorme sourire, je me demandais qui était le plus impatient : eux ou nous.

Après avoir commandé à boire et quelques entrées, nous sommes passés aux choses sérieuses.

— Donc, si on vous aide à boucler cette affaire, a dit Bell qui ne perdait jamais le nord, on a des chances tous les deux de bosser un jour pour le Red ?

— On ne peut rien vous promettre, ai-je répondu. Mais une chose est sûre : si on ne boucle pas cette affaire, c'est les deux que vous avez devant vous qui risquent de ne plus bosser pour le Red.

— Alors faites-nous plaisir, a dit Kylie, et dites-nous que vous avez des photos de Donovan et Boyle en train de faire leurs emplettes dans un magasin de combinaisons en Tyvek.

Casey a ri.

— Rien de si palpitant, hélas. On a plusieurs nouvelles pour vous : une bonne, une mauvaise, et une super nouvelle.

— Commence par la mauvaise, ai-je dit avant d'avaler un énorme morceau de pita, le tout arrosé de bière fraîche.

— 8 h 30 ce matin, a-t-il enchaîné en posant son iPhone sur la table pour nous montrer une photo de Donovan sortant d'un Starbucks, un gobelet dans chaque main. En faisant gamberger nos cerveaux de fins limiers, on en est arrivés à la conclusion qu'il s'agissait d'une pause-café.

— Deux minutes après, la tuile…, a poursuivi Bell. Notre sergent nous appelle pour nous envoyer sur le terrain à Central Park, car une femme vient de se faire arracher son sac. Deux simples agents de la paix auraient très bien pu faire l'affaire, mais comme la victime était une nourrice anglaise travaillant pour un diplomate, ils ont décidé de sortir la grosse artillerie. On est donc réquisitionnés pour quadriller le secteur. Ça nous monopolise pendant quatre heures, et on n'a pas pu se remettre sur Donovan et Boyle avant 13 heures.

— Ils déjeunent au Big Wong King sur Mott Street, nous a expliqué Casey. Puis on les envoie à Franklin Street sur un cambriolage de magasin d'optique, et ensuite ils sont appelés au temple bouddhiste Pu Chao sur Eldridge Street.

— On n'a pas entendu le motif de cet appel, mais vu qu'ils ne sont restés que vingt minutes, on suppose que ça ne devait pas être très grave, a dit Bell. Sûrement quelqu'un venu foutre la merde dans les guirlandes lumineuses.

Sa remarque nous a fait rire, Kylie et moi. Il était infiniment plus sympa de bosser avec ces gars qu'avec Donovan et Boyle.

Casey a rapidement fait défiler les images du restaurant, du magasin d'optique et du temple bouddhiste.

— Tous ces endroits sont situés dans le 5e, a dit Kylie. Ils sont donc restés dans le périmètre de leur commissariat.

— Et ce jusqu'à 15 heures, a fait Casey. Ensuite, ils remontent dans le nord et s'arrêtent sur la 58e Est.

Il a glissé son doigt pour faire apparaître la photo suivante.

— Bordel de merde, s'est écriée Kylie. C'est le siège de campagne de Muriel Sykes.

— Vous savez si Sykes y était en même temps qu'eux ? ai-je demandé.

Casey nous a montré le cliché suivant. On y voyait Donovan, Boyle et Sykes sortant tous les trois du QG de campagne.

— Comme on était trop loin, on n'a aucune idée de ce qu'ils se sont dit. Mais en tout cas, ils sont restés à l'intérieur avec elle pendant une bonne heure.

— Si ça c'était la bonne nouvelle, ai-je observé, j'ai hâte d'entendre la super nouvelle.

Le visage fendu d'un large sourire, Casey a cliqué sur une autre photo sur son iPhone, affichant le visage d'une jolie fille aux cheveux roux bouclés.

— C'est la nourrice qui s'est fait voler son sac. Elle m'a donné son numéro pour que je l'appelle.

Je lui ai pris le téléphone des mains et suis retourné à la photo de Donovan, Boyle et Sykes.

— Même si votre habileté à pécho dans le cadre de vos enquêtes ne peut que forcer notre admiration, lui ai-je dit, c'est quand même ça qui nous intéresse le plus.

— L'info nous sera très utile, a enchéri Kylie.

— C'est ce qu'on espérait vous entendre dire, lui a répondu Bell. Mais on n'en sait toujours pas assez sur cette affaire pour comprendre pourquoi.

— Parce que ces deux flics, on les suspecte d'être le Tyvek Killer, l'ai-je renseigné. Et il se trouve qu'ils sont de mèche avec la femme politique qui aurait le plus à gagner si cette affaire n'était pas résolue.

— Ce qui expliquerait pourquoi Donovan et Boyle sont venus aux nouvelles hier soir. Ils relaient probablement tout ce qu'on sait à Sykes, a complété Kylie.

— Comme des agents doubles, en somme, a fait Bell.

— Et encore, vous êtes gentils, a dit Kylie. Moi je parlerais plutôt de flics pourris jusqu'à la moelle. Zach a raison en tout cas. Vous avez fait du bon boulot en très peu de temps. Merci.

— De rien, a dit Casey. Tout le plaisir a été pour nous. On est vraiment ravis d'avoir pu prêter main-forte au Red. C'est donc à nous de vous remercier, inspecteurs Jordan et MacDonald.

— Attendez, on est en train de casser une croûte autour d'une bière, là. Inutile d'être si formel. Appelez-nous simplement Kylie et Zach.

— Va pour Kylie et Zach alors, a lancé Casey. Moi c'est Dave.

Bell a levé sa bière pour porter un toast.

— Et moi, Gideon.

TROISIÈME PARTIE

La famiglia fornirà giustizia

71

La journée de vendredi a commencé bien trop tôt à mon goût. Mon portable a sonné à 3 h 02. Après l'avoir cherché à tâtons, j'ai dû me concentrer un instant pour parvenir à déchiffrer le nom qui luisait dans l'obscurité.

Delia Cates.

Le cerveau encore embrumé, je ne voyais qu'une seule explication à cet appel de ma chef en pleine nuit : elle venait de découvrir le peu de cas que l'on faisait, Kylie et moi, de la hiérarchie, et n'avait pas pu attendre le lendemain matin pour me signifier ma mutation : j'irais désormais aligner les vendeurs à la sauvette à Jackson Heights.

J'ai pressé la touche verte et marmonné quelques mots ressemblant *grosso modo* à « Jordan à l'appareil ».

— L'affaire Rachael O'Keefe vient de prendre des proportions cataclysmiques, m'a annoncé Cates sans ambages. J'ai besoin de toi et de MacDonald à Gracie Mansion dans vingt minutes.

L'effet a été immédiat ; j'étais désormais parfaitement réveillé.

— Que se passe-t-il au juste ?

— Je vous expliquerai quand vous serez là. Préviens ta coéquipière. Je répète. Gracie Mansion. Dans vingt minutes. C'est compris ?

— Oui, comp…

Elle avait déjà raccroché.

J'ai allumé ma lampe de chevet sans plus tarder. Cheryl s'est tournée pour se mettre sur le dos, me donnant à voir en pleine lumière son éclatant teint caramel tandis que sa chevelure de jais retombait en cascade sur l'oreiller bleu ciel.

J'ai posé les pieds par terre pour m'asseoir au bord du lit.

— Mmmm, ne pars pas, a-t-elle murmuré en se relevant pour s'adosser à la tête de lit.

Son geste a eu pour effet de faire glisser les draps sous ses seins.

J'ai pesté intérieurement contre ce monde cruel qui permettait qu'une créature aussi sublime et désirable que Cheryl reposât nue à mes côtés alors que je m'apprêtais à sauter du lit pour enfiler un pantalon. Je n'avais pourtant guère le choix.

— Je dois y aller, lui ai-je dit.

— Qui est-ce qui appelait ?

— Le commissaire divisionnaire. Il a appris qu'on couchait ensemble.

Elle m'a adressé un sourire ensommeillé.

— Il va te virer ?

— Tout le contraire. Il veut me remettre une médaille. Allez, rendors-toi.

Je me suis penché pour l'embrasser. Elle m'a enlacé, puis j'ai senti sa langue chercher la mienne tandis que sa main, glissant lentement le long de mon dos, puis sous ma ceinture, finissait par m'agripper vigoureusement le grand fessier.

Elle a porté ses lèvres douces et chaudes à mon oreille.

— Reste encore dix minutes, m'a-t-elle susurré. Ce sera les dix meilleures minutes de ta journée.

— Tu vas me tuer, ai-je fait en essayant de me dégager de son étreinte.

— Oui, a-t-elle roucoulé, mais au moins tu mourras heureux.

Elle a poursuivi son exploration, et cette fois je n'ai plus opposé la moindre résistance, préférant au contraire accompagner les mouvements de sa main.

— J'ai un problème, docteur, ai-je murmuré à son oreille. Il y a eu un gros rebondissement dans l'affaire O'Keefe, et Cates m'a convoqué à la résidence du maire dans vingt minutes. Or, entre-temps, il y a eu un très gros rebondissement aussi dans ma vie personnelle, du coup je ne sais pas quoi faire.

Elle a enlevé sa main ni une ni deux et s'est redressée dans le lit.

— Sérieux ? Tu aurais dû me le dire tout de suite. Allez, file.

— Merci de ta compréhension, ai-je dit en déposant un dernier baiser sur ses lèvres. Je reviendrai pour terminer ce qu'on a commencé. Sans faute.

Se pointer au boulot avec les mêmes fringues que la veille étant le meilleur moyen d'attirer les quolibets, Cheryl m'avait réservé un tiroir dans sa penderie pour les fois où je dormais chez elle. J'ai passé une chemise propre et appelé Kylie.

Je lui ai fait un rapide résumé de l'appel de Delia et m'apprêtais à raccrocher quand j'ai entendu une voix d'homme derrière elle.

— C'est qui ? Que se passe-t-il ?

C'était Spence.

— Retourne te coucher, ai-je entendu Kylie lui dire avant qu'elle ne raccroche.

Je n'ai pu m'empêcher de rigoler tout seul, persuadé qu'elle n'avait pas plus envie que moi de sortir de son lit.

Au moins, je n'étais pas l'unique souffre-douleur de ce monde cruel, qui se moquait autant d'elle que de moi.

72

Il était 3 h 26 à mon arrivée à Gracie Mansion, soit trois minutes après l'ultimatum fixé par Delia. Kylie m'attendait déjà à côté de la loge du gardien.

— Purée, comment as-tu fait pour arriver aussi vite ? lui ai-je demandé.

— Je considère que la ponctualité est une des vertus cardinales du bon officier de police.

— Bien envoyé, ai-je répondu tandis que nous gravissions le perron de la résidence.

— Par ailleurs, aurais-tu oublié que je loge actuellement dans l'appartement de Shelley ? Il ne se trouve qu'à cinq rues. Je suis donc venue à pied.

En effet, j'avais oublié. Mais en entendant la voix de Spence, j'en avais conclu un peu hâtivement qu'elle avait passé la nuit chez elle, dans son lit. Mais Spence avait dû faire le déplacement.

Ou alors ce n'était pas la voix de Spence.

Ou alors ce n'étaient vraiment pas mes oignons.

Ils nous attendaient tous les quatre dans le bureau du maire autour d'une table de réunion : Stanley Spellman, Irwin Diamond, Delia Cates, et le commissaire divisionnaire Richard Harries.

Dès que nous avons été assis, Kylie et moi, Harries a pris la parole.

— Hier soir, Larry et Clare Bertoli ont quitté leur domicile de la 71e Rue Est à 19 h 15 pour se rendre au théâtre. Or Mme Bertoli s'étant trouvée mal au cours du premier acte, ils ont quitté la représentation pour regagner leur appartement, qu'un cambrioleur était en train de visiter. Ils connaissaient parfaitement le malfaiteur, qui n'était autre que leur concierge. Ce dernier n'a pas tenté de s'enfuir et s'est contenté de s'asseoir sur le canapé en commençant à geindre. Mme Bertoli a alors appelé police secours. Après avoir procédé à son arrestation, les flics l'emmenèrent au poste du 19e pour le confier aux inspecteurs qui se chargèrent de l'interroger.

Je me doutais qu'il ne nous avait pas fait venir à cette heure-là pour nous parler d'un banal cambriolage. Cates m'ayant déjà indiqué que l'affaire Rachael O'Keefe avait pris une tournure « cataclysmique », je m'attendais à ce qu'il nous lâche une bombe. Mais je savais aussi que Richard Harries était du genre méthodique et minutieux. Il avait besoin de temps pour chauffer le moteur.

— L'inspecteur chargé de l'enquête est Sal Catapano, un petit jeune de vingt et un ans, reprit Harries. Et à l'instant même où il a mis les pieds dans la salle d'interrogatoire, il a su qu'il tenait une affaire qui allait faire grand bruit. Le concierge s'appelle Vidmar, Calvin Vidmar.

Ça y est, la bombe venait d'être larguée. J'ai croisé le regard de Kylie. Elle aussi avait compris.

— Ce nom ne vous est pas inconnu, n'est-ce pas ? a demandé Harries en voyant notre réaction.

— Oui, commissaire, a dit Kylie. Vidmar était le concierge de garde la nuit où la fille de Rachael O'Keefe a été tuée. Il a témoigné contre elle lors du procès.

Harries a acquiescé d'un signe de tête.

— Il semble bien qu'il ne soit pas le citoyen modèle dépeint par l'accusation, mais plutôt un voleur. Les résidents laissent tous un double de leurs clés à la loge, en cas d'urgence. Vidmar avait donc pris ses petites habitudes : il prenait un jeu de clés dans la boîte où elles étaient entreposées, entrait en douce dans un appartement, et se servait. Ses larcins étaient toujours modestes. De préférence quelques bijoux, ou du liquide s'il en trouvait – mais toujours en petite quantité, pour que cela passe inaperçu. Et même si les victimes s'en apercevaient, elles ne déposaient jamais de main courante, pensant généralement avoir égaré elles-mêmes les billets ou bijoux en question. Une seule fois, un résident avait renvoyé sa femme de ménage en l'accusant d'être à l'origine du forfait.

— Avons-nous la preuve qu'il se trouvait dans l'appartement d'O'Keefe la nuit où Kimi a été tuée ? ai-je demandé.

— Après avoir obtenu un mandat, Catapano a perquisitionné le domicile de Vidmar dans le Bronx et trouvé plusieurs bijoux qu'il n'avait pas encore eu le temps de refourguer. Mais aussi ceci.

Il a posé une photo sur la table. J'ai reconnu Mookie, le petit singe en peluche rose – en tout point identique à celui qui avait été dérobé dans la chambre de Kimi O'Keefe.

— Dans combien de temps le labo pourra-t-il nous dire si les traces ADN concordent avec celle de Kimi ? a demandé Kylie.

— Ce sera inutile. Catapano a réussi à convaincre Vidmar qu'il serait mieux avisé d'avouer tout de suite plutôt que d'attendre que les preuves ne l'accablent. Il s'est alors remis à chialer avant de finir par cracher le morceau. C'est un cambriolage qui a mal tourné. La gamine s'est réveillée et s'est mise à hurler. Vidmar a alors paniqué et lui a collé un oreiller sur la tête. La suite, vous la connaissez. Il n'avait pas l'intention de la tuer, etc., etc. Après l'avoir emballé dans un sac-poubelle, il a jeté le corps dans une benne à ordures, et attendu que la mère porte le chapeau.

Ce n'était pas une simple bombe, mais carrément Hiroshima. Le jury avait donc vu juste : Rachael disait la vérité.

— Ils vont enfin me lâcher la grappe avec leur histoire de mère infanticide relâchée soi-disant par ma faute, a dit Spellman.

— Monsieur le maire, rendre publique l'innocence d'O'Keefe reviendrait à signer son arrêt de mort, a observé Harries. Ceux qui la détiennent ont l'intention de la faire avouer sous la torture. À la minute où ils apprendront que Vidmar est le coupable, ils la liquideront sur-le-champ.

— Et si tu penses être détesté depuis l'acquittement d'O'Keefe, a renchéri Irwin, imagine le tableau quand les gens apprendront qu'en plus d'être innocente on lui a refusé la protection policière qu'elle avait réclamée, et que c'est précisément à cause de ce refus, prononcé en ton nom, qu'elle a été assassinée.

— Bordel, mais on en est où alors sur l'affaire Tyvek Killer ? a demandé le maire en me fusillant du regard.

Je ne pouvais évidemment pas dire à Cates qu'on l'avait squeezée en organisant une filature non autorisée de deux flics. Pas plus que je ne pouvais révéler au maire que Muriel Sykes avait passé une heure à l'abri des regards en compagnie de nos deux principaux suspects. J'allais improviser une réponse quand Diamond m'a coupé l'herbe sous le pied.

— La dernière fois qu'on s'est vus, vous étiez en train de dresser la liste de toutes les personnes qui savaient où irait O'Keefe une fois libérée. Les avez-vous interrogées ?

— Toutes sauf deux du cabinet du procureur, ai-je répondu. On a prévu de prendre contact avec elles dans la matinée.

— Les élections ont lieu dans quatre jours, bordel, a éructé Spellman. Vous croyez vraiment que j'ai le temps d'attendre que vous preniez « contact avec elles dans la matinée » ? C'est maintenant que vous devez leur parler. Trouvez-moi où elles crèchent et sortez-les du lit. (Il s'est tourné vers Harries.) Richard, il est grand temps de vous bouger le cul. Trouvez-la.

Le commissaire divisionnaire étant nommé par le maire, si Spellman venait à perdre les élections, Harries sauterait avec lui. Il s'est tourné vers Kylie et moi.

— Qui vous reste-t-il à voir au cabinet du procureur ?

— Wilson, le premier substitut, et son assistante, ai-je répondu.

— Merde, a fait Harries. Mick Wilson est un vrai casse-burnes. Surtout pas le genre de type qu'on a envie de réveiller en pleine nuit.

— Et donc, on ne l'appelle pas tout de suite ? ai-je demandé.

— Surtout pas. Faites en sorte qu'il soit réveillé en dernier. Commencez par son assistante.

73

Je m'étais déjà fait pigeonner plus d'une fois dans ma carrière. Mais cette fois-ci, on peut dire que je ne l'avais vraiment pas vu venir. J'avais hurlé avec les loups, voyant en Rachael O'Keefe la « pire mère d'Amérique », à telle enseigne que je me demandais si mes préjugés n'avaient pas entamé ma détermination à la retrouver.

À cette heure-ci, l'East End Avenue était plongée dans l'obscurité, déserte, et étrangement paisible. Nous avancions dans la nuit sans échanger un mot, tentant tous les deux de digérer la nouvelle.

Kylie a été la première à briser le silence.

— Pauvre femme, vraiment. Quand sa fille a été assassinée, elle a dû être submergée par la culpabilité. Ensuite, tout le monde l'a crue coupable, sans exception. Moi la première.

Elle s'est tournée lentement vers moi et a posé sa main sur mon genou.

— Zach…

Elle a prononcé mon prénom et n'a rien ajouté, laissant cette simple syllabe en suspens, chargée de toute une gamme d'émotions. Qui allait de la compassion à la colère, en passant, bien sûr, par cette détermination sans faille qui faisait de Kylie MacDonald une femme que l'on voulait à son bras et une coéquipière dont on ne pouvait se passer.

J'ai ralenti et profité d'un feu rouge pour me tourner vers elle à mon tour. Elle a enlevé sa main de mon genou. Sans en être certain à cause de l'obscurité, il m'avait tout de même semblé que ses yeux s'étaient embués. Ma dure à cuire et risque-tout de coéquipière venait de fendre l'armure.

— Je sais ce que tu vas me dire, Kylie, et sache que je te suis à cent pour cent. Priorité des priorités : nous devons la retrouver. Et vivante.

— Quoi qu'il nous en coûte, a-t-elle renchéri. Et je me fous du nombre de règles à la mords-moi le nœud que nous aurons à enfreindre.

Ça, je le savais déjà.

L'assistante de Mick Wilson vivait au niveau de la 47e et de la 9e Avenue. Il y avait bien un Starbucks juste en face, mais à 4 h 15 du matin, il était plongé dans la même obscurité que le reste de la ville. Peut-être qu'avec un café ou quelques heures de sommeil supplémentaires le nom de famille de la jeune juriste aurait fait tilt. Mais il faut dire à ma décharge qu'il s'agit d'un nom plutôt courant, notamment au sein de la police et des sapeurs-pompiers de New York.

Après nous être identifiés à l'interphone, nous avons gravi les escaliers jusqu'au troisième étage, puis sonné à la porte. Elle a refusé tout d'abord d'ouvrir.

— Désolée, mais je ne vais pas laisser entrer de parfaits inconnus, nous a-t-elle dit. Si vous êtes réellement flics, vous le comprendrez parfaitement. Je veux voir vos insignes. Collez-les au judas.

Nous nous sommes exécutés à tour de rôle. Mais cela n'a pas suffi.

— Ils ont l'air authentique, nous a-t-elle lancé à travers la porte. Mais expliquez-moi pourquoi vous êtes ici.

Je reconnaissais ce syndrome. À un moment ou à un autre de son existence, cette fille avait elle-même été victime, et ne s'était jamais totalement remise de ce traumatisme.

« Elle a déjà été agressée », ai-je dit à Kylie en remuant les lèvres silencieusement.

« Voire pire », m'a répondu celle-ci, sur le même mode.

Elle m'a fait signe de m'éloigner de la porte et s'est plantée en plein dans l'axe du judas.

— Meredith, nous sommes vraiment désolés de débarquer chez vous comme ça en pleine nuit, mais on ne peut pas attendre demain matin. Vous faisiez partie de l'accusation dans l'affaire Rachael O'Keefe. Or elle a été kidnappée, et on a besoin de votre aide.

Premier bruit de verrou. Puis un deuxième. La porte s'est ouverte.

— Entrez, a-t-elle dit. Désolée si je vous ai semblé un peu parano. Mick m'a déjà dit ce que vous cherchiez à savoir. Il devait vous dire que je savais effectivement où Rachael irait se réfugier à sa libération, mais que j'avais l'intention de n'en parler à personne.

— Mick a omis de nous transmettre le message, ai-je dit. Du coup, maintenant qu'on est là, on aimerait autant l'entendre de votre propre bouche.

— Bien sûr, a-t-elle dit avec un sourire forcé qui ne masquait rien de son extrême nervosité.

J'étais moi-même à cran, mais je savais que je ne pouvais en aucun cas y aller en mode bourrin.

— Meredith, ai-je commencé de la voix la plus douce possible, vous avez dit que vous saviez où irait Rachael, mais que vous n'aviez pas l'intention de le dire à quiconque. Connaissant votre réputation, nous n'en doutons pas un instant.

— Je suis une magistrate du parquet.

— Et probablement parmi les meilleures, si vous travaillez pour Mick Wilson. Il est plutôt du genre exigeant.

Ma remarque l'a fait rire.

— Voilà une façon bien indulgente de dépeindre un tyran perfectionniste qui ne vous laisse rien passer ! Mais oui, globalement, je suis ravie d'avoir la chance de travailler pour quelqu'un de cette envergure.

— Si vous le voulez bien, revenons-en au soir en question, ai-je repris. Qu'avez-vous fait après l'annonce du verdict ?

— À votre avis ? a-t-elle répondu en reproduisant la forme d'un verre de sa main droite, qu'elle porta à ses lèvres trois fois de suite.

Malgré l'heure et son état de nervosité, Meredith était superbe, alors même qu'elle ne s'était ni maquillée ni peigné les cheveux, qu'elle avait d'un roux flamboyant. Je doutais fortement qu'une fille aussi jolie aille prendre des verres toute seule.

— J'en aurais fait autant, ai-je dit. Dans ces cas-là, rien de tel que de noyer son chagrin dans un bar. Vous étiez avec qui ?

— Que des gens du métier. Des collègues. Parmi eux, certains étaient au courant pour la planque de

Rachael. D'autres, non. On en avait tous gros sur la patate d'avoir perdu. Donc, oui, on s'est bien soûlés. Mais on n'a pas parlé de l'endroit où irait Rachael. En fait, on a surtout passé notre temps à débiner le Sorcier.

— Qui ça ?

— Le Sorcier – Dennis Sawcer, l'avocat de la défense. Avec son baratin digne d'un magicien vaudou, il a carrément envoûté le jury, les convainquant qu'il y avait doute raisonnable. Et bénévolement, qui plus est. Rachael a eu de la chance de l'avoir.

Tu parles d'une chance. Avec n'importe quel autre avocat, elle aurait été condamnée, placée tranquillement en détention, et se serait évité un enlèvement deux jours avant que le véritable tueur ne passe à confesse. Bravo, monsieur le Sorcier.

— Excusez-moi, a dit Kylie qui, l'air de rien, avait fouiné dans le séjour pendant que j'occupais Meredith. Qui est-ce ?

Elle avait pris une photo en noir et blanc encadrée posée sur une commode et l'avait apportée pour que je puisse la voir.

C'était un flic en uniforme. Portant les insignes du NYPD.

— C'est mon père, a dit Meredith. Il est mort dans l'exercice de ses fonctions.

— Je suis désolée, a compati Kylie. Comment cela est-il arrivé ?

— Il avait infiltré un groupe de trafiquants d'armes russes dans le but de les faire tomber. Mais pour une raison X ou Y, il s'est fait repérer et ils l'ont tué. (Elle a marqué une pause.) Mais il avait quand même eu le temps d'en buter deux. Il a reçu la médaille d'honneur à titre posthume.

J'ai pris la photo des mains de Kylie. C'était un bel homme d'une trentaine d'années, et le portrait craché du flic avec qui j'avais bu des pots la veille au soir. Plus besoin de café. Mon taux d'adrénaline explosait les compteurs.

— Quel était le nom de votre père ? ai-je demandé.

— David. David Casey.

Je me serais foutu des baffes.

— Je connais un David Casey, inspecteur à la BAC.

Meredith a souri fièrement.

— C'est mon frère. Comment le connaissez-vous ?

— Il nous a filé un coup de main. C'est vraiment un bon gars. Vous êtes certaine de ne rien lui avoir dit au sujet de Rachael O'Keefe ?

— Oui. Je n'ai pratiquement pas parlé à Dave ce soir-là. Je suis rentrée chez moi avec mon copain.

— Et à lui, est-ce que vous lui avez parlé ? s'est enquis Kylie.

Elle avait tenté de parler avec le plus de détachement possible, mais Meredith a immédiatement riposté sur le mode défensif.

— Non, a-t-elle répondu d'un ton sec. Enfin, je ne crois pas. Je m'étais mise totalement minable. Mes souvenirs sont plus que flous.

Kylie est repartie à l'attaque.

— Donc il se pourrait que vous ayez dit quelque chose, et que vous ne vous en souveniez pas ?

— Vous me faites davantage penser à un avocat qu'à une flic. Il se pourrait en effet que j'aie dit quelque chose, mais c'est fort peu probable.

— Mais il est donc possible, sous l'effet de l'alcool, que quelque chose vous ait échappé, a repris Kylie en souriant. Vous savez… involontairement.

Meredith a tenté de se raccrocher aux branches.

— Qui sait ? Il n'est pas impossible que je lui aie dit quelque chose involontairement. Mais il n'y a pas de souci, lui aussi est flic. Je le connais depuis l'enfance. C'est le coéquipier de mon frère. D'ailleurs, si vous connaissez Dave, vous devez le connaître aussi. C'est l'inspecteur Bell. Gideon Bell.

74

Deuxième bombe atomique en moins d'une heure. Mais cette fois, je l'ai prise personnellement. Dès que nous avons été de retour dans la voiture, j'ai explosé de rage.

— Je suis vraiment trop con !

— Ne t'accable pas outre mesure, a tempéré Kylie. Moi aussi, j'ai gobé leurs conneries. On est tous les deux super cons.

— On a pris en chasse les mauvais flics.

— Je sais, Zach. Ça ne m'avait pas échappé.

— Quand je repense à mon arrivée au carrousel l'autre jour. Ils m'avaient dit qu'ils avaient passé toute la nuit en planque dans le parc. À ce moment-là, je me souviens d'avoir pensé : « Quel bol. Ma coéquipière n'est pas encore arrivée, mais les dieux de la Crim m'envoient deux flics futés pour me sortir de la mouise. »

— Pour être futés, ils le sont, a dit Kylie. Tu crois que Meredith est aussi dans le coup ?

— J'en doute. Elle nous a lâché trop d'infos. Si elle avait su ce qui se tramait, elle se serait refermée comme une huître. À mon avis, nos nouveaux meilleurs potes lui ont fait la même entourloupe qu'à nous. Et elle a dit à Gideon exactement ce qu'il lui fallait pour retrouver Rachael O'Keefe. Sauf qu'elle était trop bourrée pour en avoir le moindre souvenir.

Je n'avais toujours pas démarré, et j'ai cogné du poing le tableau de bord.

— Putain de Starbucks ! ai-je hurlé en direction de la devanture obscure. Ils ne sont pas au courant qu'il y a des gens qui ont besoin d'un café à 4 h 30 du matin ?

— Calme-toi, a dit Kylie. Il y a un 7-Eleven ouvert vingt-quatre heures sur vingt-quatre sur la 42e en face du bureau de poste. Reprends-toi, et roule.

— Tu sais ce qui me tue vraiment ? ai-je dit en descendant la 9e Avenue, grillant les feux rouges les uns après les autres.

— Oui. Tu t'es fait avoir comme un bleu. Moi pareil, et je n'en suis pas fière non plus. Mais j'ai remarqué que les hommes se démontent toujours quand ils se font blouser par un autre mec.

— Je ne me démonte pas. Mais je me sens vraiment débile de les avoir fait entrer dans le premier cercle en leur demandant de filocher Donovan et Boyle. C'est comme si on avait demandé au renard de garder un œil sur le poulailler.

— Regarde le bon côté des choses, a dit Kylie.

— Tu penses à quoi, au juste ?

— On cherchait le Tyvek Killer. Je crois bien qu'on vient de trouver qui c'est.

Je me suis arrêté devant le 7-Eleven sur la place indiquée parking interdit 24 h/24.

— Mais comment le prouver avant qu'ils ne se rendent compte que Rachael O'Keefe ne leur est plus indispensable et qu'ils la tuent ? On ne peut pas les arrêter. Pour quel motif ? Sur la base très hypothétique qu'ils auraient pu savoir où se cachait Rachael ?

— Et si on demandait à Matt Smith de géolocaliser leurs téléphones portables ? On pourrait vérifier s'ils se sont ou non approchés de la maison où se trouvait Rachael au moment de son enlèvement ?

— Ces types sont bien trop futés pour laisser des traces numériques. Et quand bien même ce serait le cas, le simple fait qu'on les ait localisés dans le New Jersey ce soir-là ne suffirait pas à les faire épingler.

— Peut-être qu'on devrait voir avec Alma Hooks si on peut demander à Shawn de regarder des photos d'identité judiciaire.

— Un petit Black de treize ans qui balance deux flics blancs. Et dealer avec ça. C'est sûr, ça serait du meilleur effet.

— Je crois que j'ai une autre idée. Et cette fois tu ne vas pas m'envoyer bouler : et si j'allais te chercher un café ?

— Bingo.

Elle est sortie. Et moi, j'ai essayé de réfléchir.

Contrairement aux autres voitures de police, la Ford Interceptor dispose d'un siège conducteur ajustable. J'ai donc incliné mon dossier et fermé les yeux. Depuis le début, je m'étais imaginé Donovan et Boyle en train de convaincre Alex Kang, Antoine Tinsdale et Evelyn Parker-Steele de monter dans leur véhicule. Il me fallait désormais refaire le film en les remplaçant par Casey et Bell.

Casey était probablement au volant lors du kidnapping de la 2e Avenue. Bell ayant un physique plus avantageux, il avait dû occuper le siège passager et aborder Evelyn. Elle monte dans la voiture, ils partent pour le Queens, et… et alors rien. Écran noir. Le vide.

Première prise.

J'ai essayé le même scénario avec Kang et Tinsdale. L'approche de Bell avait dû être différente avec ces deux-là, mais il lui suffisait de sortir sa carte NYPD, et en voiture Simone.

Mais rien à faire. J'avais beau me rejouer la scène avec Casey et Bell à la place de Donovan et Boyle, ça ne fonctionnait pas. Deuxième prise. Troisième prise.

Et tout à coup, j'ai eu un flash. Il me fallait une quatrième prise. J'allais oublier Sebastian Catt.

La porte s'est ouverte et j'ai redressé mon siège.

— Alors, tu dors pendant le service ? a demandé Kylie en s'installant dans son siège pour me donner une tasse cartonnée.

— Non, je rumine pendant le service, nuance, lui ai-je rétorqué en enlevant le couvercle de ma tasse, libérant ainsi des effluves de café chaud qui vinrent directement titiller mon cerveau.

— Et tes ruminations valent-elles la peine d'être répétées ?

— Ouais, je crois que je tiens quelque chose, dis-je avant d'avaler une première gorgée de café. Non, en fait, je sais que je tiens quelque chose.

J'ai remis le couvercle sur la tasse et démarré.

— Tu rigoles ? Tu as des preuves sérieuses permettant de relier Casey et Bell à l'un de nos meurtres ?

— Moi, non. Mais on connaît tous les deux quelqu'un qui les a.

— Ah bon ?

— Oui, mademoiselle, ai-je dit en faisant demi-tour sur la 42e Rue afin de repartir vers l'est. Affirmatif.

75

À 5 heures, nous avons traversé Manhattan sur les chapeaux de roues, et en à peine dix minutes nous arrivions à l'immeuble d'Horton LaFleur sur la 84e Rue. J'ai appuyé sur la sonnette de l'appartement 1A et reculé d'un pas.

— Un coup de sonnette ne fera pas l'affaire avec ce vieux schnock, a dit Kylie. Appuie en continu jusqu'à ce qu'il réponde.

Je me suis exécuté. Sans succès.

— Bouge-toi, m'a dit Kylie avant d'appuyer sur toutes les sonnettes de l'interphone.

Quelqu'un a fini par nous ouvrir, et elle s'est ruée dans le hall pour gagner l'appartement 1A dont elle a martelé la porte.

— NYPD ! a-t-elle hurlé.

— Vous avez un mandat ? a beuglé LaFleur derrière la porte.

— Pas besoin d'un mandat. Mon pied fera l'affaire. Si vous n'ouvrez pas la porte, je la défonce à coups de latte.

Ce n'était pas nécessairement la manière dont je m'y serais pris, mais ça a marché.

LaFleur a ouvert la porte pour immédiatement la bloquer avec son corps osseux et sa bonbonne d'oxygène.

— Qu'est-ce que vous me voulez encore ? s'est-il écrié, mâchoires serrées et cou tendu. Vous êtes venus chercher un tueur ? Vous l'avez trouvé, mademoiselle. Il est devant vous. C'est moi qui les ai tués. Tous. Allez-y, arrêtez-moi. Allez : soit vous m'arrêtez, soit vous foutez le camp illico presto.

Certains flics auraient probablement rebroussé chemin. Pas Kylie. Surtout pas maintenant.

— On ne bouge pas d'ici, a-t-elle dit. On a des questions à vous poser. Si vous ne répondez pas, on vous emmène au poste par la peau du cul.

— Je vous ai déjà dit que je n'avais rien à ajouter. Le droit de garder le silence, ça vous dit quelque chose ? C'est pour défendre un de ces droits civiques que je me suis pris une balle dans le buffet. Alors maintenant, déguerpissez.

— Mets-lui les menottes, Zach. On l'embarque.

— D'accord, d'accord…, a fait LaFleur avant de marmonner quelque infamie. Qu'est-ce que vous me voulez ?

— On veut écouter la bande, a dit Kylie.

De l'extérieur, LaFleur ressemblait à ces petits vieux que l'on voit errer à tout petits pas dans les couloirs de maisons de retraite. Mais à l'intérieur, son esprit était vif et prêt à en découdre avec Kylie.

— De quelle bande parlez-vous ? a-t-il dit d'une voix qui se voulait innocente. Celle sur laquelle Sebastian Catt avoue le meurtre de ma femme ? Je n'en ai pas la copie. Pourquoi n'allez-vous pas la rechercher sur YouTube ?

— Je parle de l'enregistrement que vous avez fait en posant des mouchards dans l'appartement de Catt.

LaFleur a ouvert grand les yeux.

— Moi ? Poser des mouchards ? s'est-il récrié, l'air visiblement outré par une telle accusation. Vous devez faire erreur. Je n'ai jamais enregistré quoi que ce soit. Et donc, si vous n'avez pas d'autres questions, veuillez m'excuser mais je retourne me coucher. Bien le bonjour à vous.

— Écoutez, a fait Kylie. Nous comprenons que vous ne souhaitiez pas qu'on mette la main sur celui qui a tué Catt.

— Vous le comprenez ? a éructé LaFleur. Dans ce cas, pourquoi revenir à la charge ?

Kylie s'est plantée fermement sur ses pieds pour affronter son regard.

— Parce que l'homme qui a tué Sebastian Catt – deux, en fait –, ces deux hommes s'apprêtent à assassiner une femme innocente. Une femme tout aussi innocente que votre épouse. Hattie est morte d'avoir voulu faire le bien. Et si elle vous voyait faire ainsi obstruction pour nous empêcher de retrouver ces deux salopards, je pense qu'elle vous arracherait ce tube à oxygène des trous de nez.

Horton a été pris d'une quinte de toux qui ne voulait pas s'arrêter.

— Ça va ? lui ai-je demandé.

— Non.

Il s'est éloigné de la porte en traînant la bouteille d'oxygène à roulettes derrière lui. Puis il s'est assis à sa table-bureau.

— Vous voulez bien aller me chercher un verre d'eau ?

Je suis allé à l'évier lui remplir un verre, qu'il a bu lentement avant de prendre plusieurs bouffées d'oxygène à la suite. Les quintes ont cessé.

— Monsieur LaFleur, a repris Kylie. J'y suis allée un peu fort, je le reconnais. Mais les deux hommes que vous protégez sont sur le point de tuer une innocente. Nous nous livrons à une véritable course contre la montre pour les en empêcher, mais à l'heure qu'il est, vous êtes la seule personne qui puisse nous aider.

— Qui est-elle ?

— Son nom est Rachael O'Keefe.

— La garce qui tué sa fille ? a-t-il persiflé.

— La garce, comme vous dites, a été acquittée par un jury populaire – un autre de ces droits civiques pour la défense desquels vous vous êtes pris une balle dans le buffet. Par ailleurs, le véritable assassin a été coffré hier soir et a tout avoué.

— Le véritable assassin ? Bien tenté, mademoiselle, mais je ne marche pas dans votre combine. Vous me prenez pour un imbécile ? O'Keefe n'arrête pas de faire la une des journaux, et je n'ai rien d'autre à foutre que de regarder CNN à longueur de journée. D'abord, on nous dit qu'O'Keefe est coupable. Ensuite, qu'elle ne l'est plus. Et ils finissent par nous annoncer qu'à peine relâchée elle trouve le moyen de se faire kidnapper. Et vous voudriez maintenant me faire croire que le véritable tueur vient d'avouer ? Foutaises.

— C'est pourtant la vérité, a dit Kylie.

— Si c'était vrai, toutes les chaînes de télé ne parleraient que de ça. Je n'ai rien entendu de tel hier soir. Mais peut-être que là c'est sorti, dit-il en se saisissant de la télécommande.

— La télé n'en parlera pas, ai-je dit. Nous faisons tout pour que l'info ne fuite pas tout de suite, car dès l'instant où ils l'apprendront, les deux ravisseurs abandonneront l'idée de lui soutirer des aveux. Pour couvrir leurs arrières, ils la tueront sur-le-champ.

Il a lâché la télécommande et secoué la tête.

— Les flics passent leur temps à raconter des salades. Pourquoi vous croirais-je ?

— Je me contrefous que vous me croyiez ou non, a dit Kylie en lui brandissant son index comme une maîtresse d'école en colère. Vous avez le choix. Ou bien vous nous dites tout ce que vous savez et vous nous aidez à empêcher le meurtre d'une innocente. Ou bien vous la bouclez, et vous passerez le reste de votre existence devant la télé à regretter la plus grosse connerie que vous ayez jamais faite.

Un grand silence s'est installé dans la pièce, à l'exception des sifflements réguliers du vieil homme aspirant son oxygène. Il avait besoin d'un peu de temps, et nous le lui avons donné. La photo de mariage trônait toujours sur la table. Il l'a prise et a regardé longuement Hattie.

— J'avais mis Catt sur écoute depuis des mois, a-t-il commencé, les yeux toujours rivés sur la photographie. Plutôt facile à mettre en place. Même dans mon état. J'espérais qu'il dirait quelque chose qui l'incriminerait, mais vu qu'il habitait seul, il ne parlait guère, et surtout au téléphone. En tout cas, je n'ai jamais rien entendu qui puisse le relier au meurtre d'Hattie.

Il a reposé le cadre.

— Mais je n'ai pas abandonné. C'est devenu ma raison d'être. Je ne faisais que ça. Je ne pensais qu'à ça. Il fallait qu'il paie. Mais comment ? Je songeais à le buter, mais je savais ce qu'aurait dit Hattie. Il ne fallait pas m'abaisser à son niveau. J'ai donc continué mes écoutes. Et un soir, vers 23 heures, j'ai entendu qu'on sonnait à sa porte. J'ai remis mon casque. C'étaient deux flics. Du moins se faisaient-ils passer pour tels.

— Vous pensez que c'étaient des faux ? ai-je demandé.

— Aucune idée ; pas mes oignons. Un des deux dit à Catt qu'ils allaient l'emmener pour l'interroger. Il veut savoir pourquoi. L'autre lui dit : « Vous êtes fiché pour délinquance sexuelle. À vous de choisir : soit vous coopérez gentiment et vous venez avec nous, soit on vous met les menottes et on vous sort d'ici manu militari. »

Il s'est tourné vers Kylie.

— Ça ne vous rappelle pas quelque chose ? Même baratin ; flics différents. J'espérais au moins qu'il se rebifferait un peu, histoire que les deux le bousculent un minimum. Mais non, il les a suivis sans regimber.

— Est-il revenu ?

— Non. Et Dieu sait pourtant si j'ai gardé les oreilles grandes ouvertes. Je surveillais aussi de près les infos, en espérant qu'il se ferait choper pour du lourd. Rien. Trois jours plus tard, il réapparaissait en une du *Post* empaqueté dans une combinaison en Tyvek. Je me suis dit que ces deux flics avaient fait exactement ce que j'aurais voulu faire si j'avais pu. Ils ne s'étaient pas contentés de le buter. Ça m'a beaucoup fait cogiter d'ailleurs. Ils lui ont fait avouer le meurtre de Hattie. Ces deux types étaient désormais mes héros. Il était hors de question que je les dénonce.

— Les choses ont changé depuis, a fait Kylie. Vos héros sont sur le point de tuer une innocente. Vous trouvez ça héroïque ?

LaFleur n'a rien répondu. Au lieu de quoi, il s'est baissé pour ouvrir le tiroir du bas de son bureau, rempli de cassettes audio alignées les unes à côté des autres.

76

Si les boîtes de vieux téléphones, câbles et matériel de montage emmagasinés par LaFleur étaient entassés pêle-mêle dans des boîtes de rangement, les bandes contenant les enregistrements du meurtrier de sa femme avaient au contraire été minutieusement archivées et datées.

Même si nous les avions toutes emportées au bureau, nous n'avions eu besoin que d'en écouter une seule pour prouver que Dave Casey et Gideon Bell étaient les dernières personnes à avoir vu Sebastian Catt le soir de sa disparition. Ils s'étaient bien présentés comme appartenant au NYPD, mais il n'existait aucune trace officielle pour attester qu'ils l'avaient arrêté et interrogé ou qu'ils s'étaient même trouvés dans son quartier.

— Le plus dur reste à faire, ai-je observé.

— Tu veux dire, les arrêter ?

— Non, tout raconter à Cates.

Kylie a grimacé.

— On s'est très bien débrouillés sans personne sur notre dos, a-t-elle dit. Faut-il vraiment qu'on la mette au courant maintenant ?

— En fait, on aurait dû le faire il y a deux jours, avant de mettre Casey et Bell au parfum. N'aggravons pas une très mauvaise décision.

Il était à peine 5h45 quand Cates est arrivée, directement de Gracie Mansion. Nous lui avons tout déballé et fait écouter la cassette.

— C'est tout ? a-t-elle demandé.

— Oui, capitaine, ai-je répondu.

— Avant tout, je ne vous félicite évidemment pas tous les deux d'avoir voulu jouer les califes à la place du calife, a-t-elle commencé. Mais ça, on en reparlera plus tard. Pour le moment, concentrons-nous sur le positif – vous avez trouvé qui était le Tyvek Killer – et sur le négatif – vous n'avez pas de dossier. Votre bande de surveillance a été obtenue illégalement par un individu vous ayant avoué qu'il détestait Catt au point d'avoir songé à le liquider. N'importe quel étudiant de première année de droit parviendrait à prouver que cette preuve est irrecevable. Et même si vous arrêtez Casey et Bell, ils ne vous diront jamais où se trouve Rachael O'Keefe, qui finira par mourir d'une mort lente et atroce.

— Elle est innocente, a protesté Kylie. Ces deux types ne se prennent-ils pas pour des héros justiciers ?

— Elle est la seule victime qui puisse les identifier. Autant dire que quand il s'agira de sauver leur peau, ils jetteront leurs beaux idéaux aux chiottes, a dit Cates. Je ne sais pas combien de temps il nous reste avant que l'aveu de Calvin Vidmar ne fuite et que le monde entier n'apprenne l'innocence d'O'Keefe. Il faut qu'on se démerde pour que Casey et Bell nous conduisent à elle avant que cela arrive.

— On n'a qu'à les suivre, a dit Kylie. Il faut bien qu'ils lui donnent à manger. Comme ils l'ont fait pour les autres victimes.

— Parce que tu sais où ils se trouvent à l'instant où je te parle ?

— Non.

— Impossible de les suivre tant qu'on ne saura pas où ils sont, fit Cates. Et si l'info sort avant qu'on les retrouve, c'en est fini de Rachael, et eux n'auront qu'à raccrocher leurs combinaisons en Tyvek et faire profil bas le temps que l'affaire se dégonfle comme un soufflé.

Cates n'était pas devenue capitaine si jeune sans raison. J'étais content de retrouver ses lumières.

— J'ai une idée, a-t-elle dit.

Très content, même.

À 6 h 30 ce vendredi matin, soit exactement quatre jours après avoir pensé trouver les deux parfaits candidats au NYPD Red, j'ai appelé Gideon Bell. À 7 h 15, Casey et lui arrivaient au commissariat du 19ᵉ.

Nous les avons accueillis tout sourire, Kylie et moi, sans même avoir besoin de feindre d'être heureux de les revoir. Nous l'étions sincèrement. Un peu comme le Grand Méchant Loup quand il tombe sur le Petit Chaperon rouge avec son petit panier bien garni.

— Dis donc, Zach, tu avais l'air tout excité au téléphone, a fait Bell. Que se passe-t-il ?

— Ma chef veut être dans le coup, ai-je répondu. Elle va tout vous expliquer.

Nous avons emprunté le couloir qui permettait de rejoindre le bureau de Cates. Elle s'est levée dès leur arrivée. Après les présentations de rigueur, j'ai fermé la porte.

— Tout d'abord, je tenais à vous remercier pour votre aide précieuse, a dit Cates. Nous avons une bonne nouvelle. Police secours a reçu un appel d'une femme se présentant comme Rachael O'Keefe. Elle se dit détenue par deux hommes. Ses propos étaient assez décousus, et elle répétait en boucle qu'ils l'avaient torturée. L'opérateur a tenté de la localiser, mais l'appel a été interrompu trop tôt. Comme elle n'a pas rappelé, on a d'abord cru à un canular. Mais après avoir écouté l'enregistrement, sa sœur Liz a confirmé que c'était bien la voix de Rachael.

— Elle est donc en vie, a fait Bell. C'est une super nouvelle. Peut-on retracer l'appel ?

— Il a été passé avec un portable, quelque part dans le Queens. Il nous manque des données pour le localiser par triangulation mais on continue d'interroger les antennes-relais. On n'arrivera sûrement pas à désigner l'endroit exact, mais dès qu'on obtient un périmètre suffisamment resserré, on ira faire du porte-à-porte pour la retrouver. Il s'agit peut-être d'un ensemble d'immeubles. Autant dire qu'on aura besoin de main-d'œuvre. Vous étiez motivés pour vous joindre à nous à ce qu'il paraît ? Le Red aurait bien besoin d'un coup de main.

— Génial, a dit Bell. Merci, capitaine. On est motivés à fond.

Son visage ne montrait aucun signe de duplicité. En revanche, Casey avait beau afficher un sourire de façade, il n'avait vraiment pas la tête du gars à qui l'on venait d'offrir une chance en or d'impressionner la patronne d'une unité d'élite.

Le téléphone de Cates s'est mis à sonner.

— C'est notre spécialiste informatique, a-t-elle dit en décrochant. Quoi de neuf, Matt ?

Elle a gardé le combiné à l'oreille quelques secondes puis raccroché.

— Ils sont toujours en train d'affiner le secteur, a-t-elle poursuivi. Ils ont encore besoin d'une vingtaine de minutes.

— Vous deux, prenez ces radios et mettez-vous en route, leur ai-je dit. Je vous appelle dès qu'on a un périmètre d'intervention précis.

Ils ont pris chacun leur radio et se sont dirigés vers la porte. Bell s'est retourné.

— Capitaine Cates, nous avions toujours rêvé de travailler pour le Red. Merci encore de nous donner cette chance.

— C'est moi qui dois vous remercier, a répondu Cates. Vous avez fait du bon boulot et vous méritez d'être là quand nous retrouverons Rachael.

Elle a attendu qu'ils s'éloignent dans le couloir, puis a repris :

— Et merci à vous, inspecteurs Jordan et MacDonald, d'avoir eu la bonté de m'intégrer à votre petite brigade privée. Alors, ajouta-t-elle en fronçant les sourcils. Vous m'avez trouvée comment ?

77

— Putain, où est-ce qu'elle a trouvé un téléphone portable ? dit Gideon en prenant le volant du SUV avant de démarrer en trombe.

— Je n'en sais rien, mais en tout cas ça craint, fit Dave. Comme pour Enzo. En pire. Cette fois, on est morts.

— Peut-être que quelqu'un est entré par la porte de derrière. Tu es sûr que tu l'as bien fermée ?

— Non, Gideon. En fait, je l'ai laissée grande ouverte pour que n'importe qui puisse entrer et appeler Police secours.

— C'est bon, calme-toi. Je te posais juste une question.

— Bizarre, j'avais plutôt l'impression que tu me faisais un reproche.

— Désolé, c'est sorti tout seul. Je suis un peu flippé.

— C'est la grande différence entre toi et moi, Gideon. Moi, je suis super flippé.

— Et si on arrêtait de paniquer une minute pour réfléchir un peu ? fit Gideon.

— Je n'arrête pas de réfléchir. Et je me demande ce que ça fait pour un flic de passer le restant de ses jours à Sing Sing[1].

Gideon engagea le véhicule sur le pont de Queensboro. On avait beau être à l'heure de pointe, le trafic dans le sens Manhattan-périphérie était beaucoup plus fluide que celui affluant du Queens.

— Je vais te dire ce que je pense, dit-il. Personne n'est entré par la porte de derrière. En fait, personne n'est entré tout court. Si quelqu'un avait vraiment vu Rachael, ce quelqu'un aurait déjà rappelé, non ?

Dave haussa les épaules.

— J'espère.

— En plus, elle ne porte rien d'autre que sa combinaison en Tyvek. Où aurait-elle pu cacher un portable ? Et même si elle en avait trouvé un par magie, elle est enchaînée : comment a-t-elle pu téléphoner ? Avec les dents, peut-être ? C'est un canular, Dave. Un taré a appelé Police secours en se faisant passer pour Rachael, et ces cons ont marché dans la combine.

— Quels cons ? Jordan et MacDonald ? Ils ont quand même dit que sa sœur avait identifié la voix de…

— Arrête, Dave. Fais marcher ta cervelle. Ils avaient tous envie d'y croire, la sœur comme les flics. C'est pour ça qu'ils sont tombés dans le panneau. Mais toi comme moi, on sait très bien qu'elle n'a pas pu se procurer un téléphone. C'est forcément un bobard. Détends-toi.

— Me détendre ? J'y arriverais peut-être si ce salopard avait passé son appel bidon du Bronx. Mais

1. Prison de haute sécurité située dans l'État de New York.

non. Canular ou pas, il les a bien orientés vers le Queens. Autant dire que je ne me détendrai que lorsqu'on aura emmené la fille le plus loin possible. Et le plus tôt sera le mieux.

— Je pensais qu'elle avouerait plus vite, dit Gideon. Mais elle est coriace. Ça va peut-être encore prendre plusieurs jours avant qu'on puisse faire la vidéo.

— On n'a plus le temps. Clairement, le garage n'est plus un endroit sûr. On ne peut plus la garder là-bas. Même si ça me gonfle de me taper toute la route jusqu'aux Adirondacks, je pense que le chalet de mon cousin reste l'option la plus sûre.

— Un petit détail, quand même, observa Gideon. Ton chalet, c'est cinq heures aller, cinq heures retour. Or Jordan et MacDonald vont nous appeler d'une minute à l'autre pour qu'on vienne en renfort sur le quadrillage de la zone d'intervention. On ne peut pas disparaître comme ça, ni même planquer la fille dans notre coffre.

— N'empêche, on ne peut pas la laisser dans le garage.

— Bien sûr que si. On ne peut pas la laisser dans le garage… vivante.

— Donc tu suggères quoi : qu'on la tue ? Sans vidéo ?

— Je dirais plutôt : on la tue sans se faire choper, corrigea Gideon. Hé, on ne peut pas réussir chaque fois. Elle n'a pas craqué, et on n'a plus le temps d'attendre. Pas le choix. On est obligé de la tuer.

— Quand ?

— Maintenant, répondit Gideon en débouchant du pont pour tourner dans Vernon Boulevard. On y sera dans cinq minutes.

— Comme ça ? On déboule et on la bute ?

— Qu'est-ce que tu proposes ? On passe juste lui déposer une autre pizza ? Ou un cadeau d'adieu ? Dave, ça ne va pas être une superproduction comme pour Enzo. On sait très bien comment faire. On lui met un sac en plastique sur la tête, on remballe notre matos, et on la laisse là. Ils viendront la chercher.

Dave acquiesça d'un signe de tête, en essayant de se faire à l'idée qu'ils allaient tuer quelqu'un dans cinq minutes. Il ne s'y ferait jamais. Il n'y avait que Gideon que ça faisait kiffer.

— On t'a déjà dit que tu étais un putain de grand malade ?

— Ouais, fit Gideon. Mais redis-le-moi encore. Je ne m'en lasse pas.

78

Les dix minutes durant lesquelles le capitaine Cates avait baratiné Casey et Bell, Matt Smith les avait utilisées pour planquer un traceur GPS et deux mouchards dans leur voiture. Il avait ensuite mis en pratique toute sa dextérité de *geek* pour que Kylie et moi puissions suivre leurs mouvements et écouter leurs conversations sur un iPad.

Une demi-heure auparavant, Cates avait mobilisé une unité spéciale d'intervention SWAT de douze hommes ainsi qu'un hélicoptère dont le marquage NYPD avait été recouvert du logo ABC News. Le timing était parfait pour la chaîne, qui pourrait diffuser les images de l'intervention à une heure de grande écoute.

L'opération serait intégralement coordonnée à partir du nouveau dispositif municipal antiterroriste. Baptisé Monitor, ce poste de contrôle électronique était relié sur le terrain à des milliers d'yeux et d'oreilles disséminés sur les cinq districts de la ville. Une sorte de Big Brother gonflé aux stéroïdes.

Tout cet arsenal était mis en branle pour sauver une seule femme : une jeune mère dont la négligence criminelle avait causé la mort de sa fille de cinq ans et qui, deux jours plus tôt, avait en vain demandé à la ville de lui fournir deux flics dans une voiture de patrouille pour qu'ils l'escortent jusqu'à l'endroit où elle pourrait se mettre en sécurité.

Depuis, tout avait changé. La petite laborantine anonyme payée quinze dollars de l'heure avait changé de statut. Rachael O'Keefe comptait désormais parmi les citoyens new-yorkais les plus importants. Et que la carrière politique du maire soit suspendue à sa propre survie n'y était certainement pas étranger.

Kylie et moi, nous avons passé nos gilets pare-balles en Kevlar et nos coupe-vent estampillés NYPD, et dès que le SUV de Casey et Bell a démarré, nous avons couru jusqu'à notre véhicule. Kylie s'est installée au volant tandis que les six véhicules du SWAT, jusque-là garés discrètement sur York Avenue, regagnaient la 67e Rue Est à fond de train pour se placer derrière nous.

Le convoi s'est alors mis en mouvement tandis que je suivais l'itinéraire de Casey et Bell sur mon écran pour que nous puissions les filer au plus près sans toutefois nous faire repérer.

Sans surprise, ils faisaient route vers le Queens, et d'après leurs propos animés, il ne faisait plus aucun doute que nous avions bien trouvé notre Tyvek Killer.

Plusieurs têtes se sont retournées au passage de notre colonne de véhicules lourdement armés sur la 2e Avenue.

— Encore un exploit de Cates, ai-je noté, d'avoir réussi à mobiliser une telle force de frappe en un rien de temps.

— Si tu veux mon avis, c'est un peu excessif, a jugé Kylie alors que nous arrivions au pont de Queensboro. Surtout quand tu vois les deux clowns dans leur voiture-balai.

Elle faisait allusion aux inspecteurs Donovan et Boyle, que Cates avait invités à participer à l'opération. Sans aucune explication de sa part. Kylie était furieuse mais s'était bien gardée de contester la décision de notre capitaine.

— Et alors, tu préférerais quoi ? Partir à l'abordage en tenue de camouflage, couteau entre les dents, flingues aux poings ?

À cet instant précis, une boule de feu orange a illuminé le ciel.

L'un après l'autre, les feux arrière des véhicules situés devant nous se sont allumés et Kylie a dû piler pour éviter d'emboutir la camionnette blanche qui nous précédait.

J'ai passé un coup de fil à Big Brother.

— Il y a eu une explosion à la sortie de l'EKB, côté Queens. Que se passe-t-il ?

— On est au courant ; tous nos voyants sont au rouge. Attends, je me connecte aux caméras en amont. C'est un accident de la circulation : un bus s'est apparemment encastré dans un semi-remorque. Son réservoir aurait pris feu. Les voyageurs sortent du bus dans la précipitation et des conducteurs abandonnent leurs voitures.

J'ai vérifié le GPS. Casey et Bell se trouvaient déjà au-delà de l'accident. Ils venaient de traverser Queensboro Plaza et filaient à vive allure.

C'est à ce moment-là que j'ai entendu Gideon dans mon oreillette : « On n'a pas le choix. On doit la tuer. »

— Monitor, ici le chef de groupe Red, ai-je dit. On est à l'arrêt. Y a-t-il moyen de se sortir de ce merdier ?

— Négatif. Tout est bouché. Attendez… Vous pouvez contourner l'accident à pied.

Désormais, c'est nous qui n'avions plus le choix.

— Appel à toutes les unités Red, ici votre chef de groupe, ai-je dit. Abandonnez vos véhicules et continuez à pied. Exécution. Monitor, je ne peux pas suivre les cibles en courant. Tenez-moi au courant.

Kylie et moi avons bondi hors de la Ford pour filer à toutes jambes en longeant le tablier métallique du pont. Les gars du SWAT étaient dans notre sillon, transportant leur imposant matériel technique. Quelques conducteurs baissèrent leurs vitres pour nous crier de nous dépêcher de rétablir la circulation. C'est un des charmes de cette ville. Toujours quelqu'un pour vous dire comment faire votre boulot.

— Chef de groupe Red, les cibles viennent de quitter Jackson pour tourner dans Crane Street. C'est une impasse, donc on peut supposer que l'otage se trouve là-bas.

— C'est à combien de l'endroit où nous sommes ?

— Environ deux kilomètres. Pouvez-vous réquisitionner un véhicule dès que vous aurez dépassé l'accident ?

— On y arrive tout juste, ai-je dit. C'est le chaos de tous les côtés. Les premiers secours ne sont toujours pas là, mais vu que cette zone est en travaux, des gars du bâtiment sont venus filer un coup de main avec des lances à incendie. J'entends des sirènes de pompiers qui approchent, mais sur la question de réquisitionner un véhicule, c'est négatif, Monitor. Même si un engin de transport de troupes parvenait à nous récupérer ici, le trafic est complètement bouché jusqu'à Queens Boulevard. Le seul moyen, c'est d'y aller à pinces. Je suppose qu'il faudra entre dix et douze minutes pour que toute l'équipe soit sur place.

— Chef d'équipe Red, je ne suis pas sûr que vous ayez entendu leur dernière transmission. Ils ont l'intention de tuer l'otage puis de prendre la fuite. Je ne pense pas que vous disposiez de ces dix minutes.

— Alors il faut qu'on gagne un peu de temps, ai-je dit.

Ni une, ni deux, je me suis arrêté de courir et adossé à l'un des piliers métalliques soutenant la station de métro de Queensboro Plaza, qui se trouvait au-dessus de nous. J'ai sorti mon téléphone portable.

Dave Casey a répondu à la première sonnerie.

— Zach. Quoi de neuf ? Vous l'avez trouvée ?

— Non, ai-je objecté en m'efforçant de garder mon souffle, histoire de ne pas me trahir. Mais Calvin Vidmar, le concierge de l'immeuble où vit Rachael, vient d'avouer le meurtre de Kimi O'Keefe. Des éléments corroborant ses dires ont été découverts dans son appartement. Il me semblait important que vous le sachiez, Bell et toi.

Casey est resté sans voix.

— Dave, est-ce que tu m'as entendu ? Tu as compris ce que je viens de te dire ?

— Ouais… J'ai entendu. Reçu cinq sur cinq. Merci de nous avoir prévenus.

Il a raccroché, et j'ai repris ma course. Kylie et l'équipe du SWAT m'avaient déjà distancé.

79

— Tu as entendu la radio ? demanda Gideon.

Dave secoua la tête, encore sous le choc de sa conversation avec Zach Jordan.

— Non, j'étais au téléphone. Que se passe-t-il ?

— Il y a eu une explosion. Un accident sur la bretelle d'accès au pont. Un bus a foncé dans un camion, dont le réservoir a pris feu.

— Il y a des blessés ?

— Dave, on s'en bat les couilles ! Le truc, c'est que le pont est complètement bloqué maintenant. On est arrivés ici juste à temps. On fait ce qu'on a à faire et on se tire.

Dave sortit de la voiture et ouvrit le portail du garage, qu'il s'empressa de refermer une fois le SUV à l'intérieur.

— Qui est-ce qui t'appelait ? demanda Gideon en sortant de la voiture.

— Jordan.

— Et ?

— Il dit qu'O'Keefe est innocente. Le concierge de son immeuble aurait avoué le meurtre de la petite.

— C'est des conneries ! Il nous mène en bateau.

— Comment ça ?

— Réfléchis un peu. Jordan, MacDonald, Cates. Ils sont en train de nous mener en bateau, tous autant qu'ils sont. D'abord, ils nous appellent à propos de ce coup de téléphone bidon alors qu'on sait très bien qu'O'Keefe n'a pas pu le passer. Puis on part dans le Queens, et ils nous suivent. Parce qu'ils nous ont suivis, Dave.

Dave regarda à travers le verre armé crasseux d'une des deux fenêtres.

— Si c'est le cas, où sont-ils ?

— De l'autre côté de cette foutue explosion, qui les empêche d'arriver. C'est pour cette raison que Jordan t'a appelé pour te raconter une nouvelle histoire bidon. Parce que maintenant elle serait innocente ? Ils cherchent à gagner du temps, c'est tout. On remballe notre bordel et on se taille. Rassemble le matos vidéo ; moi je récupère ce qu'il y a dans la pièce de derrière.

— Et Rachael ?

— On fait ce qu'on a dit. Elle peut nous identifier. On doit la tuer. Point barre, Dave.

— Mais si elle était vraiment innocente ?

— Dave, ils se foutent de notre gueule. Elle est coupable. On le sait très bien. Allez, charge la bagnole. Je m'occupe de Rachael. Après on se tire.

— Sûrement pas, tonna une voix.

Ils se retournèrent et virent qu'un colosse avait surgi de derrière le faux mur du fond. Dave, qui en connaissait un rayon en matière d'armes à feu, repéra immédiatement le pistolet 9 mm Smith & Wesson 5946. Celui-ci était par ailleurs équipé d'un silencieux de vingt centimètres de long.

— On est flics, dit Gideon. Pose ton arme. Tout de suite.

Le géant rit aux éclats.

— Que je pose mon arme ? Tu as une sacrée paire de couilles, toi. C'est plutôt toi qui vas te mettre à genoux et poser tes armes gentiment. Ensuite, tu les feras glisser par ici, et tu mettras tes mains derrière la tête. Tu vois le genre – comme dans les films.

Dave s'exécuta et lui donna son flingue. Gideon, lui, resta immobile.

— Tu fais une grosse erreur, dit-il. On est du NYPD.

— Eh bien, voilà qui explique pourquoi tu n'écoutes pas ce qu'on te dit. Maintenant, tu as le choix : soit tu t'agenouilles de plein gré tant que tu en es encore capable, soit je t'explose un genou et on laisse la gravité faire le reste. Celui de droite ou de gauche ? Je te laisse le choix.

Gideon s'agenouilla à côté de Dave.

— Si tu crois que tu peux te pointer comme ça et braquer deux flics, tu te fourres le doigt dans l'œil, dit-il en déposant son arme.

Et l'autre de rire à nouveau.

— Détrompe-toi. Ça n'a rien à voir avec un braquage.

— C'est quoi alors ?

— Appelons ça votre Jugement dernier, décréta l'homme grisonnant qui venait de surgir à son tour de derrière la cloison.

Il tenait dans sa main droite un Beretta 85, lui aussi muni d'un silencieux. Dans sa main gauche, la poire d'angoisse.

— Merde, fit Dave. Joe Salvi.

— Et fils, compléta Salvi.

Sur quoi Jojo Salvi sortit lui aussi de la pièce secrète en bombant le torse, Beretta au poing.

— Mets-toi là, dit Salvi à Jojo. En face de Tommy Boy.

Une fois Jojo en position, les trois hommes restèrent immobiles et silencieux. Ce trio tout en muscles et armé jusqu'aux dents n'augurait rien de bon.

Au bout d'un moment, Salvi finit par prendre la parole.

— Très ingénieux cet ustensile, observa-t-il en tenant la poire du bout des doigts. Simple à utiliser et redoutablement efficace. Tout homme d'affaires avisé devrait en posséder un. Je pense que je vais le garder, ajouta-t-il en lançant la poire à Tommy Boy.

Salvi jeta sur eux le même regard noir et menaçant qu'il avait porté sur l'assemblée lors de l'enterrement de son fils. Sauf qu'aujourd'hui il avait trouvé ce qu'il cherchait.

— Ton acolyte a l'air un peu déstabilisé, lança-t-il à Dave. Mais toi, Gideon, tu t'attendais à nous voir, n'est-ce pas ?

Dave se tourna brusquement sur sa gauche.

— Gideon, de quoi parle-t-il ?

— Tu vas tout de suite comprendre, dit Salvi à Dave en sortant de la poche intérieure de sa veste un carnet de cuir rouge filigrané d'or. Ça te rappelle quelque chose ?

Dave mettait un peu de temps à recoller les morceaux.

— Mais où avez-vous… ? Comment… ?

— Ferme-la, Dave, fit Gideon. Salvi, ne soyez pas stupide. On est flics. Vous allez prendre très cher en vous en prenant à nous. Lâchez votre arme, et on oublie tout ça.

— Oh, vous êtes flics ? fit Salvi en baissant son arme. Pourquoi ne m'aviez-vous rien dit ?

Il s'était tourné vers Rachael O'Keefe, toujours enchaînée à une conduite et bâillonnée par du scotch.

— Regardez, ma petite dame. Les flics sont arrivés. Vous voulez partir avec eux ?

Rachael secoua la tête frénétiquement et poussa un hurlement étouffé.

— Pas de bol, les gars, dit Salvi. Vous n'avez manifestement guère la cote auprès des dames. Il faut croire que les flics ne sont plus en odeur de sainteté de nos jours. Même une demoiselle en dé…

Sans crier gare, il s'approcha de Gideon et lui administra un violent coup de crosse dans la mâchoire qui lui fracassa les os et lui arracha des lambeaux de peau.

Le sang gicla abondamment. Gideon, plié en deux, réussit néanmoins à tenir sur ses genoux sans s'effondrer.

Salvi se tourna vers Dave.

— Désolé, inspecteur Casey. Je me suis laissé distraire. Vous aviez une question ? Ah oui : comment j'ai mis la main sur le carnet de mon fils. C'est assez drôle, en fait. La mère de Gideon l'a trouvé et a eu la bonté de le retourner à ma famille. Quelle femme adorable. C'est elle qui s'est occupée de la plupart des fleurs et couronnes pour l'enterrement de mon fils.

Dave regarda Gideon.

— Tu m'avais dit que tu l'avais brûlé ! Pourquoi as-tu gardé ce…

— Tais-toi, fit Gideon en crachant du sang et des morceaux de dents.

— Tu savais que ta mère le leur avait rendu ?

— Bien sûr qu'il savait, intervint Salvi.

— Je viens de l'apprendre, répondit Gideon. Je ne voulais pas t'affoler en plein milieu de tout ça, mais je te jure que j'avais l'intention de te le dire dès qu'on aurait fini ici.

— Donc si je comprends bien, tu as voulu me ménager en me cachant que la mafia en avait après moi ?

Gideon détourna le regard.

— Inutile de lui parler, Dave, dit Salvi avant de se diriger vers le matériel vidéo. Pas mal, votre petite installation. Alors comme ça vous aimez les confessions filmées ? Ça tombe bien ; moi aussi. Comme on est là depuis un petit moment, je pense que Jojo a eu le temps de se familiariser avec le matériel. Jojo, allume la caméra.

Ce dernier resta immobile.

— Tu es sourd ? Je t'ai dit d'allumer la caméra.

— Je me demande si c'est une bonne idée, papa. Je pense qu'on devrait se contenter de ce qu'on est venus faire. Mais la vidéo, je ne pense pas que…

Salvi leva la main.

— Arrête de penser, murmura-t-il sur un ton menaçant. Ta mère attend ce moment depuis douze ans. Je te dis d'allumer cette putain de caméra.

— OK, OK, céda Jojo en rangeant son flingue dans sa ceinture.

Puis il se posta derrière la caméra qu'il dirigea sur les deux hommes agenouillés. Il appuya sur le bouton RECORD et un voyant rouge se mit à clignoter.

— Quand tu veux, papa.

— OK, fit Salvi. On va dire que je suis le réalisateur de cette petite production. Et voici le moment venu de *la* scène de confession que tout le monde attend.

Il se posta à deux mètres cinquante de distance et braqua son arme sur la tête de Dave.

— C'est le moment de passer aux aveux.

— D'une minute à l'autre ça va grouiller de flics ici, dit Dave.

Rires de Salvi.

— Vous aussi vous êtes flics. Et vous êtes venus pour torturer cette femme. Alors quoi, vous avez appelé des renforts ? ironisa-t-il avant de baisser la voix. Écoute, Dave, tu m'as l'air d'être un garçon raisonnable. Alors dis-moi, qui a eu l'idée de tuer mon fils ?

— Votre fils a violé ma sœur, répondit Dave.

— Il aurait pu baiser ta grand-mère, la découper en morceaux et faire bouffer sa carcasse par son chien que ça reviendrait au même. Vous avez tué mon fils. Et je veux savoir qui de vous deux l'a décidé.

— Ça change quoi ? De toute façon vous allez nous tuer tous les deux.

— Ce que ça change ? L'un de vous deux tirait les ficelles. Voilà ce que ça change. L'autre n'a fait que suivre. L'un de vous deux a décidé de fracasser le crâne de mon fils avant de le noyer. Il y a toujours un meneur. (Salvi pointa son flingue sur Gideon.) C'est lui ? Il m'a l'air d'être le chef.

Gideon, couvert de sang, soutenait le regard de Salvi avec défi.

Salvi ne cilla pas.

— En fait, non, dit-il en lui envoyant un coup de pied dans les côtes avec une telle violence qu'on entendit les os craquer. Il n'est plus le chef de quoi que ce soit.

Gideon s'effondra par terre en hurlant de douleur.

— Oh… Tu as mal ? Mauvaise nouvelle. Ce n'est jamais le premier coup qui fait le plus mal. Attends plutôt de voir quand tu vas essayer de reprendre ta respiration. Mais bonne nouvelle : tu ne vas plus respirer très longtemps. (Salvi fit un signe de la main à Tommy Boy.) Relève ce tas de merde.

Le colosse prit Gideon par le col et le remit à genoux sans ménagement.

Dave détourna le regard et aperçut un visage qui s'approchait de la fenêtre encrassée.

C'était Kylie MacDonald.

80

Trois fois par semaine, je me rends à la salle de sport du commissariat pour m'entraîner : haltères, tapis de course, vélo elliptique – je varie les plaisirs. Par ailleurs, j'ai mon cours de yoga hebdomadaire. Je suis donc plutôt en forme. Pas autant que les gars du SWAT, certes, mais ils étaient tellement alourdis par leur matériel technique que j'ai réussi sans peine à les rattraper.

— On ne va jamais y arriver, a fait Kylie quand je l'ai rejointe. Les cinq minutes se sont écoulées, et il nous reste toujours plus d'un kilomètre à…

Ma radio nous a interrompus.

— Monitor au chef d'équipe Red.

J'ai répondu sans m'arrêter.

— J'écoute, Monitor.

— Je vous ai sur les écrans de surveillance. Il y a un car devant vous au niveau de la 21e Rue. Il est à vous.

Il était là en effet : un gros et magnifique bus bleu et blanc estampillé NYPD.

— Merci, Monitor, ai-je dit pendant que toute l'unité grimpait à bord. Du nouveau sur la position de la cible ?

— D'après notre hélico, ils sont entrés dans un garage au 88 Crane Street il y a six minutes.

— On arrive, ai-je dit tandis que le bus se mettait en route.

Malgré l'étroitesse de la 21e Rue, qui passe sous le métro aérien, le chauffeur était parvenu à se frayer un chemin au milieu de la circulation matinale et on avançait plutôt bien. Mais j'aurais voulu qu'on aille encore plus vite. Si Gideon s'en tenait aux cinq minutes dont il avait parlé, Rachael serait morte avant même qu'on arrive.

J'ai fait un rapide topo à Alan Rowe, le chef de l'unité SWAT, sur les derniers développements. Nous avons repéré le 88 Crane Street sur Google Maps et quand le bus a débouché sur l'impasse en question, le sergent Rowe avait un plan d'action.

Il a divisé l'unité en trois équipes. La première prendrait d'assaut le garage par le portail principal ; une deuxième pénétrerait par la porte arrière ; et deux hommes couvriraient les flancs du bâtiment côté voies de chemin de fer.

Recouverts de graffiti, tous les immeubles de Crane Street avaient l'air abandonnés, et l'entrepôt de quatre étages à l'extrémité de la rue ne faisait pas exception.

Après avoir couru en silence jusqu'au bout de l'impasse, nous avons pris nos positions. Kylie et moi avons suivi Rowe jusqu'à l'entrée du garage.

Le portail en tôle ondulée faisait dans les deux mètres cinquante sur trois.

— Aucun problème, a jugé Rowe. La deuxième équipe vient de me faire savoir que la porte de derrière est bien plus praticable. Le spécialiste en explosifs est en train d'entourer chaque porte avec du cordon détonant. À mon signal, il fera péter celle de derrière pour faire diversion. Une seconde plus tard, il explosera le portail principal.

— Avec Jordan nous entrerons en premier, a dit Kylie.

— Hors de question. Vous connaissez la procédure. L'unité d'intervention doit d'abord sécuriser les lieux. C'est leur boulot.

— Entendu, vous irez en premier. Mais vous savez sur quoi vous allez tomber ?

— Aucune idée.

— On ferait mieux de se renseigner.

Sur quoi elle s'est approchée du mur tête baissée avant de s'aplatir au sol. Puis elle a rampé pour se retrouver au niveau d'une des deux fenêtres encrassées.

— Qu'est-ce qu'elle fout ? a demandé Rowe.

— À vue de nez, je dirais qu'elle est partie se renseigner, répondis-je.

Kylie s'est relevée et, sur la pointe des pieds, a jeté un œil à travers la vitre crasseuse. Au bout de cinq secondes, elle s'est recroquevillée à nouveau et a fait le chemin inverse pour nous retrouver.

— Changement de programme, nous a-t-elle annoncé en sortant un bloc-notes et un stylo.

Elle a dessiné un rectangle.

— Ça, c'est la pièce.

Elle a dessiné une croix au milieu du rectangle.

— Là, c'est Rachael. Elle est enchaînée, mais debout. Donc a priori elle est vivante. Et ici, a-t-elle continué en dessinant deux autres croix, c'est Casey et Bell. Ils sont à genoux, et trois types les tiennent en joue, a-t-elle dit en ajoutant trois croix de plus.

Décidément, c'était coup de massue sur coup de massue.

— Trois hommes ? ai-je répété.

— Ouaip, a confirmé Kylie. Et l'un d'entre eux n'est autre que papa Joe Salvi.

81

— Je vais donc reformuler ma question autrement, dit Joe Salvi. Qui de vous deux, un soir où vous rentriez du lycée, a dit à l'autre que vous deviez tuer Enzo ? Il y a toujours un meneur, et un suiveur.

Ces mots rappelaient à Dave ceux de son propre père.

« Il y a d'un côté les généraux, disait son père. Et, de l'autre, il y a les soldats. Le problème au NYPD c'est qu'il a trop de généraux, et pas assez de bons soldats. Je suis un soldat, Dave. Quand je reçois un ordre, je me donne à fond pour l'exécuter. »

C'est exactement ce que Dave s'était efforcé de faire. Certes, l'idée était de Gideon, mais une fois qu'il avait signé, Dave s'était donné à fond. Enzo, Kang, Catt, Tinsdale, Parker-Steele ; ceux-là n'avaient eu que ce qu'ils méritaient. Dave regrettait seulement de ne pas avoir eu le temps d'en liquider d'autres.

Mais il ne lui restait plus que vingt secondes. Kylie MacDonald n'était probablement pas venue seule. Jordan et elle avaient dû rameuter une unité SWAT remontée à bloc pour sauver Rachael. Après avoir fait exploser le portail, une armée de flics équipés de boucliers pare-balles et de fusils d'assaut ne tarderait pas à charger.

Vingt secondes. Pile-poil le temps qu'il lui fallait pour dégommer un dernier salopard.

— C'est moi qui l'ai tué ! hurla Dave en direction de Salvi. Gideon, c'est que de la gueule. Enzo a violé ma sœur, et je m'étais juré de le buter. C'est moi qui ai fracassé son crâne de mongolien avec une bouteille de vodka premier prix. Ensuite, le temps que je le traîne jusqu'à la flotte, il n'a pas arrêté de pleurnicher comme une vraie gonzesse.

Dave voyait les doigts de Salvi se raidir sur son flingue. En son for intérieur, il l'adjurait d'appuyer sur la gâchette.

Mais Salvi se retenait. Il fallait le titiller encore un peu plus.

— Et vous autres, les Salvi, vous pétez plus haut que votre cul quand vous avez le dessus, railla Dave. Mais quand le vent commence à tourner, vous êtes tous comme Enzo : tout ce que vous savez faire, c'est appeler à l'aide votre grosse truie de mère…

Le pistolet de Salvi tonna.

Du sang, mais aussi des morceaux du crâne et de la cervelle de Gideon éclaboussèrent le visage de Dave.

— Tu sais, Dave, dit Salvi, non seulement tu es un flic minable, mais tu es un piètre menteur. Je me demande bien pourquoi tu voulais prendre une balle à la place de cet enculé. Il t'a baisé jusqu'à la moelle. J'ai du respect pour ta loyauté, mais je vais quand même te buter.

Il allait viser la tête de Dave quand une première explosion secoua le bâtiment. La porte de derrière vola en éclats dans un nuage de fumée et de débris. Les trois mafiosi chancelèrent. Une seconde plus tard, une deuxième déflagration ouvrit un trou béant dans le portail métallique par lequel s'engouffrèrent des hommes cagoulés et protégés par leurs gilets tactiques.

Tommy Boy réagit immédiatement et arrosa d'un feu nourri la horde d'uniformes qui se précipitait sur lui.

Pour un garçon si intelligent, c'était vraiment une mort stupide. Le corps criblé par les tirs en rafale de six fusils d'assaut, Tommy Boy s'effondra au sol de toute sa masse.

— Arrêtez de tirer ! hurla Joe Salvi, les mains en l'air.

— Lâchez vos armes ! Face contre terre ! Mains derrière la tête ! s'entendit-il répondre.

Dave Casey esquissa un sourire. Le flic qui venait de lancer ces ordres n'était autre que Kylie MacDonald, flanquée de Zach Jordan.

Les deux Beretta tombèrent par terre avec fracas, et Salvi et Jojo se mirent à genoux. Ils furent immédiatement menottés puis fouillés par quatre membres du SWAT.

— Hé, allez-y mollo, protesta Salvi. On vient de capturer les Tyvek Killers. Mon chauffeur en a descendu un.

— On a également sauvé la garce infanticide, ajouta Jojo.

— Ah oui ? fit Kylie. Ce n'est pas exactement ce que j'ai vu en regardant par la fenêtre.

Joe Salvi lui lança un regard goguenard.

— À qui allez-vous faire croire que vous avez pu voir quoi que ce soit, avec toute la merde qui s'est accumulée sur cette lucarne depuis un siècle ? Mon avocat se fera un plaisir de démontrer que vous n'êtes pas bien crédible comme témoin.

— Monsieur Salvi, je pense que le procureur pourra se passer de mon témoignage, lui rétorqua Kylie. Vous étiez en présence d'un témoin oculaire bien plus fiable que moi.

— Qui ça ? Lui ? demanda Salvi en désignant Dave. Un flic ripou devenu psychopathe ? Ou alors elle ? Après avoir été enchaînée et torturée trois jours durant, je doute également qu'elle soit un témoin idéal.

Salvi se mit à rire, immédiatement imité par Jojo.

— Non, monsieur Salvi. Nous avons ici présent un témoin impartial qui saura prouver à n'importe quel jury ce qui s'est réellement passé. Et ce, quoi que puisse dire ou faire votre avocat.

— Et où se trouve-t-il, ce soi-disant témoin ?

— Juste là, répondit Kylie en posant la main sur la caméra vidéo tout en pointant du doigt le voyant rouge qui clignotait. L'enregistrement est toujours en cours.

82

David Casey nous attendait dans la salle d'interrogatoire. Pour un flic qui avait buté un narcotrafiquant et un caïd chinois, et qui s'apprêtait à passer le reste de ses jours parmi leurs congénères, il avait l'air étonnamment paisible.

— Merci d'être là, a-t-il dit en nous voyant entrer dans la pièce. Vous avez regardé la vidéo ?

— Pas encore, ai-je répondu. On est venus directement. Tu es sûr que tu ne veux pas voir un avocat ou un représentant syndical ?

— Vous m'avez déjà lu mes droits. Merci. Vous êtes les seuls à qui je souhaite parler.

— Alors ça restera entre nous trois, ai-je dit en m'installant en face de lui à la même table, tandis que Kylie restait debout.

— Nous trois, plus tous ceux qui nous observent derrière la glace sans tain, a précisé Dave en désignant le grand miroir incrusté dans le mur du fond. Ils sont combien au juste ?

— Pour l'instant, sept. Dave, tu imagines bien que tu défraies la chronique. Tout le monde va rappliquer. Alors, on te pose des questions ou tu préfères parler directement ?

— Oh, je vais parler, ne t'inquiète pas. Mais avant, c'est moi qui ai une question pour toi.

— Vas-y.

— La dernière fois que tu m'as appelé, tu m'as dit que le concierge avait avoué le meurtre de Kimi O'Keefe. Tu bluffais ?

— Non, c'était vrai. On savait que vous vous apprêtiez à tuer Rachael, alors on voulait vous faire changer d'avis.

— Merci. Je n'aurais jamais pu me le pardonner si on…

Il a marqué une pause, le temps de trouver autre chose que « si on l'avait abattue froidement ».

— Si on… était allés jusqu'au bout.

— Ça ne t'a pourtant pas dérangé de tuer les quatre autres, a noté Kylie.

— Les cinq autres, a corrigé Casey. Il y a douze ans – on était encore au lycée à l'époque – c'est nous qui avons tué le plus jeune fils de Joe Salvi, Enzo. C'était qu'une petite crevure sadique qui terrorisait tout le quartier, et on était persuadés que ça ne ferait qu'empirer. D'ailleurs, on avait vu juste. Quand ce salaud a violé ma sœur, Meredith, Gideon m'a convaincu qu'on devait réagir. Je ne suis pas en train de rejeter la faute sur Gideon, au contraire. J'étais à fond avec lui du début à la fin.

Nouveau coup de massue, et cette fois c'était Dave Casey qui tenait le manche. J'ai levé les yeux vers Kylie. Elle avait la bouche ouverte, mais aucun son n'est sorti.

— À voir vos têtes, j'ai l'impression que Salvi ne vous a pas encore donné la raison de sa présence à

Crane Street, a dit Dave. Normal. Ça concerne la famille. Depuis toutes ces années, il recherchait celui qui a tué Enzo, et il est tombé sur la vérité par hasard il y a quelques jours. Il nous a pris totalement par surprise.

— Je comprends mieux pourquoi il ne s'est pas contenté d'envoyer un de ses lieutenants faire le sale boulot, ai-je dit.

— Tout a été enregistré par la caméra, a remarqué Casey.

— C'est le seul truc que je n'arrive pas à comprendre, s'est étonnée Kylie. Les types comme Salvi ont le culte du secret. En général, s'ils repèrent une caméra dans une pièce, ils vont plutôt la dézinguer. Il n'avait donc pas remarqué qu'elle était en marche ?

— C'est Salvi lui-même qui a dit à Jojo de l'allumer. Il voulait qu'on avoue le meurtre d'Enzo face à la caméra pour ensuite montrer la vidéo à sa femme. Mais je doute qu'il ait prévu de tirer sur la gâchette pendant que ça tournait. Ça arrive souvent : on commence à filmer, on se laisse distraire, et on finit par oublier que ça tourne.

— Qu'est-ce qui l'a distrait ? ai-je demandé.

Dave a souri.

— Regardez la vidéo. Je ne tiens pas à gâcher le suspense. Au fait, vous penserez à en envoyer une copie au commissariat du 106e à Howard Beach. Ils ont une affaire non résolue sur les bras depuis douze ans. Je suis sûr qu'ils seront ravis de clore le dossier.

J'étais persuadé qu'il y avait déjà quelqu'un en train de le faire derrière le miroir sans tain.

— Dave, vous étiez encore gamins quand vous avez tué le fils de Salvi, a dit Kylie. C'était une histoire de vengeance. Mais qu'en est-il de ces meurtres commis au hasard ?

— On ne les a pas commis au hasard. L'idée était de nettoyer une ville incapable de le faire elle-même – que ce soit par manque de moyens ou par manque de volonté politique. Ne me dites pas que cette idée ne vous a jamais traversé l'esprit.

— De là à passer à l'acte, il y a un énorme pas à franchir, a dit Kylie. On est des flics. Pas des justiciers. On doit respecter la loi.

Dave a souri.

— Vous deux – surtout toi, Kylie –, vous respectez la loi quand ça vous arrange. Le reste du temps, vous ne vous gênez pas pour franchir les bornes et n'en faire qu'à votre tête. D'ailleurs, qui nous avait missionnés, Gideon et moi, pour filocher deux flics innocents sans aucune autorisation ?

Kylie a lancé un regard embarrassé dans la direction du miroir sans tain. Je n'avais aucun mal à imaginer la réaction suscitée par cette révélation de l'autre côté de la glace.

— Beaucoup de monde soutenait le Tyvek Killer, a observé Casey. Je sais que vous ne cautionnez pas ce qu'on a fait, mais ne faites pas semblant de ne pas comprendre.

— Justement, aide-nous à comprendre un peu mieux, ai-je dit. Reprends tout depuis le début.

— Tout a commencé par une simple question, a répondu Casey. Tu crois qu'Hitler était un mec bien au lycée ?

Il a parlé sans interruption pendant deux heures, à l'issue desquelles il a fixé l'objectif et déclaré :

— Voilà, c'était donc ma confession vidéo. Rien de ce que j'ai dit ne l'a été sous la contrainte. Je tiens à préciser que ma sœur Meredith n'a jamais été au courant de ce que Gideon et moi avions fait à Enzo et aux autres. Et si c'est bien elle qui a révélé à Gideon que Rachael O'Keefe se planquerait chez sa tante à Jersey City, c'est uniquement parce que Gideon l'a fait picoler pour lui soutirer l'info. Elle nous faisait confiance parce qu'on était flics. Comme beaucoup de monde, d'ailleurs. Les inspecteurs Jordan et MacDonald aussi nous ont divulgué des informations confidentielles. Meredith n'est qu'une personne parmi toutes celles que nous avons dupées. Elle n'a participé à aucun des meurtres, ni de près ni de loin, et ne doit surtout pas pâtir des conséquences de nos actes.

Il a joint les mains et les a posées sur la table.

— Je crois que j'ai tout dit. Mais j'aurais encore deux questions.

— On t'écoute, ai-je dit.

— Pouvez-vous me donner des nouvelles de Rachael O'Keefe ?

— Elle a été emmenée au service de traumatologie du New York Presbyterian Hospital, a répondu Kylie. Sa sœur est à ses côtés, et elle bénéficie d'une protection policière pour la mettre à l'abri de la presse, des cinglés et de tous les parasites qui seraient tentés d'exploiter son supplice.

— Dites-lui que je…, a commencé Casey avant de s'interrompre. Non, je suppose qu'elle n'a pas la moindre envie d'entendre parler de moi.

Il a secoué la tête, essayant de chasser des regrets qui allaient probablement le hanter jusqu'à la fin de ses jours.

— Quelle était ta deuxième question ? a demandé Kylie.

— Selon vous, que va-t-il arriver aux Salvi ?

— Après le visionnage de la vidéo, le bureau du procureur est sûr à cent pour cent de faire condamner Joe Salvi.

— Est-on certain que la vidéo ne sera pas jugée irrecevable par le tribunal ? Ça arrive assez souvent, comme vous le savez.

— Pas cette fois-ci, a répliqué Kylie. Le procureur nous a confirmé que Salvi était au courant de la présence de la caméra. Au tout début de l'enregistrement, il se compare à un réalisateur. Par ailleurs, le plan est assez large pour qu'on le voie nettement abattre un flic à bout portant. Ça lui vaudra la perpétuité sans possibilité de libération conditionnelle. Jojo, quant à lui, écopera de vingt-cinq ans pour complicité d'assassinat.

— Vous savez, je suis fils de flic et, au fond, Gideon et moi n'avons jamais cessé d'être flics. On est sortis des clous, bien sûr, mais on a quand même réussi à décimer tout un clan mafieux. Joe Salvi et ses deux fils. Gideon serait vachement content.

— J'imagine que ce sera aussi le cas de pas mal de gens à Howard Beach, ai-je remarqué.

— Encore plus que vous ne l'imaginez. Tout le monde avait peur d'eux. C'est la fin d'un règne de la terreur qui durait depuis soixante ans. À Howard Beach, personne ne regrettera les Salvi.

Il a marqué une pause et laissé flotter un sourire énigmatique sur son visage.

— À part, peut-être, à Thanksgiving, Noël et Halloween.

ÉPILOGUE

La dernière victime du Tyvek Killer

83

Le mercredi suivant l'élection municipale, je suis arrivé au commissariat un sac de courses dans une main et un journal dans l'autre. Contre toute attente, j'ai trouvé Kylie à son bureau.

— Je croyais que tu devais emmener Spence au centre de désintox, lui ai-je dit en posant mon sac.

— Comme les entrées n'ont pas lieu avant 15 heures, j'ai pensé que j'allais le laisser tranquille quelque temps. Je suis certaine qu'à la fin de la journée il en aura plus que marre de moi.

— Je connais ça, ai-je répondu en lui tendant mon exemplaire du *Daily News*. Tu as lu le journal ?

Deux photos s'étalaient en une. L'une montrait Muriel Sykes, radieuse, en train de prononcer son discours de victoire, tandis que sur l'autre un Stan Spellman esseulé regardait les résultats à la télévision.

— Zach, je sais qui a gagné, comme tout le monde. Toutes les chaînes ont annoncé la victoire de Sykes dans l'heure suivant la fermeture des bureaux de vote.

— Oui, mais seul le *Daily News* parle de nous.

Ma remarque a retenu toute son attention. J'ai ouvert le journal à la page trois.

— « Même si l'un des Tyvek Killers a été abattu par le parrain Joseph Salvi, et son complice interpellé lors d'une opération rondement menée par le Red, l'unité d'élite du NYPD, les deux meurtriers en série peuvent se targuer d'avoir fait une dernière victime : la carrière politique du maire Stanley Spellman.

« Durant quatre mois, tandis que les assassins semaient la terreur dans notre ville, Spellman a obstinément refusé de faire intervenir ses équipes du Red, pourtant réputées pour leur efficacité. Il aura donc fallu attendre le meurtre de la directrice de campagne de son adversaire pour qu'il se décide enfin à appeler à la rescousse la crème de la crème des forces de l'ordre municipales. Menée par les inspecteurs Zach Jordan et Kylie MacDonald, leur enquête n'a mis que quatre jours pour aboutir. Les sondages à la sortie des urnes confirment d'ailleurs que le manque de réactivité de Spellman dans cette affaire explique en grande partie pourquoi de nombreux électeurs ont finalement voté pour Muriel Sykes. »

— « Efficacité », « Crème de la crème »... Cet article n'a visiblement pas été écrit par Damon Parker, a dit Kylie. Qu'est-ce qu'il y a dans ton sac ?

— Un plateau de go fait main en bois de *kaya* vieux de sept cents ans. Et un coffret d'authentiques pierres Yuki, les plus raffinées. C'est pour le vieux Chinois de Columbus Park. À son niveau de jeu, il ne peut plus se contenter de jouer sur du contreplaqué.

— Tu lui offres des cadeaux ?

— C'est pas grand-chose, comparé à ce que j'aurais dû filer à un indic pour obtenir la même info. Tu n'as jamais eu de petite attention pour remercier un témoin ?

— Non, jamais.

— Eh bien, tu devrais commencer par inviter à dîner notre ami Joe Romeo. J'ai comme l'impression que ce gros nounours attendait une récompense.

Elle m'a donné une tape sur l'épaule au moment même où s'ouvraient les portes de l'ascenseur et qu'en sortait une grande femme portant un tailleur bleu strict et un carré Hermès bleu, blanc, rouge.

C'était Muriel Sykes.

— Si vous voyiez vos têtes, a-t-elle dit en s'approchant de nous. On dirait deux gamins surpris par le directeur d'école en train de se bagarrer dans la classe. Conduisez-moi auprès du capitaine Cates, je vous prie.

Nous avons parcouru tous les trois le couloir qui menait au bureau de Cates, dont la porte était grande ouverte. Sykes est entrée sans frapper et nous a demandé de la suivre.

Nous lui avons emboîté le pas pour nous planter dans un coin de la pièce, perplexes.

Cates a sorti son grand jeu de fine politique. Son visage s'illuminant immédiatement, elle s'est levée et a contourné son bureau pour venir serrer la main de Sykes.

— Madame la future maire, a-t-elle dit sur un ton aussi obséquieux qu'hypocrite. Mes félicitations. C'est un honneur pour moi de vous recevoir. Que puis-je faire, en ce jour historique, pour me rendre utile auprès de la première femme maire de New York ?

— Je vous remercie, mais c'est à moi de vous demander ce que je peux faire pour vous. Je n'ignore pas que certains au sein même de mon équipe de campagne n'ont pas été tendres avec le Red.

— En vérité, Damon Parker est le seul à s'en être pris à nous, a tempéré Cates. Le moins qu'on puisse dire, c'est qu'il ne nous porte pas dans son cœur.

— Je sais, Damon peut être sacrément casse-bonbons par moments. Mais c'est le jeu de la politique. Et maintenant que les élections sont passées, je veux vous assurer de mon soutien total.

— Heureuse de vous l'entendre dire.

— Je dois vous exprimer toute ma gratitude, Delia, a insisté Sykes. Je connais les inspecteurs Donovan et Boyle depuis l'époque où j'étais procureure fédérale. Certes, ils sont loin d'avoir l'étoffe des officiers du Red, mais leur loyauté est à toute épreuve et ils m'ont rendu mille services durant toutes ces années. Eux comme moi, nous avons beaucoup apprécié le fait que vous leur ayez donné une seconde chance après leur gestion calamiteuse de l'enquête des mois durant. Merci pour eux.

— Je vous en prie.

— La gouvernance de cette ville a trop longtemps été exclusivement masculine, a continué Sykes. Je me suis donc fixé comme priorité de repérer des femmes brillantes sur lesquelles je puisse compter.

— Si jamais j'en croise, a dit Cates, je ne manquerai pas de vous les envoyer.

Sykes a ri et s'est tournée vers nous.

— Quant à vous deux, inspecteurs, toutes mes félicitations pour votre remarquable travail d'investigation. Je comprends mieux maintenant pourquoi Irwin Diamond tenait absolument à ce que l'enquête vous soit confiée. Vous ne laissez rien passer à personne. Moi y compris.

C'était, je le savais, la seule et unique fois où elle ferait référence au fait qu'elle avait violé toutes les procédures possibles et imaginables en volant l'ordinateur portable d'Evelyn Parker-Steele.

— Non seulement vous avez résolu cette affaire de main de maître, mais vous avez aussi libéré une femme innocente retenue en otage. Et, pour couronner le tout, vous avez épinglé l'un des plus éminents parrains de la mafia new-yorkaise en le faisant inculper pour un chef d'accusation qu'il aura bien du mal à faire tomber.

Nous l'avons remerciée tous les deux.

— Si seulement la peine de mort existait à New York, a ajouté Kylie. Personne ne la mérite davantage que Joe Salvi.

— Entièrement d'accord, a approuvé Sykes. C'est la raison pour laquelle j'ai appelé Fred Pearson tôt ce matin. Fred m'a succédé au parquet fédéral du District Sud. L'État de New York ne peut pas requérir la peine de mort contre Salvi. Mais les tribunaux fédéraux, eux, en ont la compétence.

— En théorie, a dit Kylie. Mais en pratique, ils ne le font quasiment jamais.

— Vous avez raison. Quasiment jamais. Mais les juridictions fédérales ont déjà agi par le passé, et tenté d'inculper Salvi en s'appuyant sur les dispositions légales d'exception spécifiques au crime organisé. Fred Pearson est un de mes protégés, et je suis persuadée qu'il se fera une joie de visionner la vidéo montrant Joe Salvi en train d'exécuter froidement un officier de police.

— Sauf que Salvi savait très bien que Bell était un ripou, ai-je observé.

— C'est vrai, mais ça n'enlève rien au fait que Bell faisait partie intégrante du NYPD et qu'il était en service au moment des faits. En outre, Salvi l'a tué au motif d'une vendetta familiale. Il pourra difficilement faire croire qu'il a agi en mission de service public. Je ne vous promets rien, mais sachez que les fédéraux adoreraient se payer ce salopard. Alors ne soyez pas surpris si Joe Salvi se prend une injection létale avant ma campagne de réélection dans quatre ans.

— Merci pour votre soutien, madame le maire, a dit Cates. Si nous pouvons vous être utiles, prévenez-nous quand débutera votre campagne.

Sykes a pris une grande respiration et s'est redressée de toute sa hauteur, paraissant ainsi encore plus grande qu'elle ne l'était déjà. Elle nous a dévisagés tous les trois l'un après l'autre, et a décrété :

— Elle a déjà débuté, capitaine.

84

Il faut souvent plusieurs jours pour liquider les corvées administratives qui accompagnent un homicide lambda. Sauf que cette affaire était loin d'être ordinaire. Les deux assassins étaient des flics ; un membre du parquet avait divulgué des informations confidentielles ; et l'une des victimes n'était autre que la directrice de campagne du nouveau maire. Autant dire que Kylie et moi croulions sous la paperasserie procédurale.

— J'ai l'impression qu'on va passer plus de temps à pondre tous ces rapports qu'on n'en a mis à boucler notre enquête, s'est plainte Kylie en se levant de son bureau à midi. Désolée de ne pas pouvoir continuer à m'éclater avec toi, mais dans une demi-heure je dois prendre la route pour accompagner Spence à sa maison de repos. À demain !

Elle est sortie et, trente minutes plus tard, je recevais un texto.

> Je ne suis plus le centre du monde ? C.

J'avais oublié que je déjeunais avec Cheryl.

J'ai cliqué sur la touche «Enregistrer» de mon traitement de texte et couru à toutes jambes pour rejoindre le snack de Gerri.

Cette dernière était à la caisse.

— Bonjour, mon beau, m'a-t-elle lancé. Alors comme ça, il paraît que tu as une nouvelle chérie?

— J'ai quinze minutes de retard, donc il se peut que ma copine actuelle soit en rogne. Mais pourquoi diable en aurais-je une nouvelle?

— La rumeur dit que madame notre future maire est venue te caresser dans le sens du poil ce matin. Ce n'est pas mes oignons, mais je te ferai quand même remarquer qu'elle a l'âge d'être ta mère.

— Pas tes oignons? Allons, Gerri, au 19e il n'y a absolument rien qui ne soit tes oignons. Quant à notre nouvelle mairesse, sois sans crainte. Le jour où je me mettrai à sortir avec des femmes de l'âge de ma mère, tu seras la première sur ma liste.

— Des promesses, encore et toujours des promesses. Allez, en attendant, file donc rejoindre ta dulcinée avant de te la faire piquer par le British.

Ce que j'ai fait sans tarder. Ma chère et tendre avait déjà eu le temps d'avaler la moitié d'une petite salade, et Matt Smith était assis en face d'elle.

— Je peux? ai-je demandé en désignant une des chaises libres autour de la table.

Matt a sursauté.

— Je ne reste pas, a-t-il répondu. Je gardais juste ta place au chaud, histoire de dissuader tous ces flics libidineux de venir faire du gringue à ta copine.

Cheryl a levé les yeux de sa salade, mais est restée muette.

— Ma quoi ? me suis-je récrié en m'asseyant.

— Allez, mon ami. Je sais que tu crois que c'est un secret bien gardé, mais il ne faut pas être grand clerc pour voir qu'il y a quelque chose entre vous. Et c'est tant mieux. Vous faites un très beau couple. (Il a jeté un coup d'œil à sa montre.) Je suppose qu'à cette heure-ci Kylie doit être en train d'accompagner son mari à son centre de désintox.

— Attends, reste un peu.

Il s'est assis près de moi.

— Décidément, tu es une mine d'infos personnelles, ai-je dit à voix basse. Peut-on savoir comment tu es au courant pour Spence ?

Il a haussé les épaules et s'est penché vers moi, en murmurant lui aussi.

— Mon boulot, c'est le renseignement. À ton avis, pourquoi l'informatique porte-t-elle aussi le nom de « technologie de l'information » ? Je te jure que je ne dirai rien à personne. Si j'ai soulevé la question, c'est uniquement parce que je sais que vous étiez tous les deux au courant. Ce n'est pas la première fois que Spence fait une cure de désintox. Vous pensez que ce sera la bonne ?

J'ai coulé un regard à Cheryl pour voir si elle souhaitait répondre. Mais je savais déjà que c'était hors de question.

— Oui, ai-je fait. Il sait que si ça ne marche pas, il perdra pour de bon la meilleure nana qu'il puisse avoir.

— C'est exactement ce que je me disais. Et si d'aventure Kylie redevenait célibataire… (Matt a marqué une longue pause le temps que son esprit échafaude quelques plans sur la comète.) Bref. Ce n'est pas toi qui me contrediras si je te dis que cette nana est géniale.

— Non, en effet, ai-je répondu en essayant tout à la fois de ne pas croiser les yeux de Cheryl et de ne pas penser au passé, et encore moins à l'avenir.

— Eh bien, bon appétit à tous les deux, a dit Matt en se levant. Et au risque de me répéter, Zach, encore chapeau : tu as vraiment fait du bon boulot sur l'affaire Tyvek Killer.

Sur quoi il est sorti de la cafétéria. Cheryl me dévisageait sans mot dire. Au bout d'une dizaine de secondes, elle a été prise d'un gloussement enfantin, et moi aussi.

— Voilà qui illustre parfaitement l'expression « situation sociale embarrassante », a-t-elle dit. Et dire que tu pensais qu'il me draguait. En fait, c'est pour Kylie qu'il en pince ! Alors, tu en penses quoi ?

— J'en pense que je ne tiens pas spécialement à m'étendre là-dessus. Sûrement pas maintenant, et certainement pas à moins de deux cents mètres de chez Gerri.

— Et à deux cents kilomètres ?

— Je ne te suis pas.

— Je pense que je suis prête pour que notre histoire passe à l'étape suivante.

— OK…

Elle a fait glisser son iPhone vers moi.

— Je sais que je t'en ai déjà parlé, mais je ne t'ai jamais montré de photo.

J'ai regardé la photo qu'affichait l'écran du téléphone. On y voyait une maison blanche dont le toit, la cour et l'allée de garage étaient couverts de neige.

— C’est encore plus joli en été quand les arbres sont en fleurs, ou alors en octobre quand les feuilles prennent leurs couleurs d’automne.

— C’est ta maison de Woodstock ? ai-je demandé.

— À mi-temps. Le jugement stipule que Fred et sa future épouse en auront la jouissance le reste du temps, mais…

— Mais quoi ?

— Ils ne vont pas l’utiliser de sitôt. La future Mme Robinson est enceinte.

— Mmmm, ai-je fait en caressant ma barbe imaginaire. Et tu en penses quoi ?

— J’en pense que je ne tiens pas spécialement à m’étendre là-dessus, a-t-elle répondu. Ni maintenant, ni plus tard. Et donc, que dirais-tu de venir passer le week-end à Woodstock ? Au programme : ramassage de feuilles mortes, grand bol d’oxygène, siestes au coin du feu, et bon vin.

— Voilà qui me paraît presque aussi sympa que la paperasse que je dois me farcir.

— Tu vas adorer. Cette maison a jadis été une grande source de joie dans ma vie, jusqu’à ce qu’un jour, patatras, tout s’effondre. Je me sens enfin prête à y retourner, et j’aimerais que ce soit avec toi. Alors, qu’en dis-tu ? Ce week-end ?

— Et comment ! Je me disais que tu ne m’inviterais jamais.

— Eh bien, tu peux t’arrêter d’imaginer n’importe quoi.

Moi, arrêter de m’imaginer des trucs ? Pas demain la veille. À cet instant précis, je me demandais si Spence irait au bout de sa cure de désintox. S’il échouait, Kylie le quitterait-elle ? Et si c'était le cas, Matt lui ferait-il des avances ? Et si oui, etc.

Cheryl m'a souri et, sans se soucier du qu'en-dira-t-on, a pris ma main dans la sienne.

Je lui ai souri à mon tour et, après avoir chassé ces pensées parasites, je me suis dit : Bon sang, comment ai-je pu avoir un bol pareil ?

REMERCIEMENTS

Les auteurs remercient le sous-shérif Frank Faluotico ainsi qu'Alan Rowe, du bureau du shérif du comté d'Ulster, New York ; l'inspecteur Sal Catapano, de la police de New York ; le Dr Lawrence Dresdale, Bob Beatty, Mel Berger et Jason Wood : tous ont contribué à ce que cette œuvre de fiction sonne vrai.

Du même auteur :

Aux éditions de l'Archipel

La Villa rouge, 2017.
Tue-moi si tu peux, 2017.
Menace sur Rio, 2016.
Invisible, 2016.
Un si beau soleil pour mourir, 2015.
Le Sang de mon ennemi, 2015.
Week-end en enfer, 2014.
Tapis rouge, 2014.
Moi, Michael Bennett, 2014.
Zoo, 2013.
Dans le pire des cas, 2013.
Les Griffes du mensonge, 2013.
Copycat, 2012.
Private Londres, 2012.
Œil pour œil, 2012.
Private Los Angeles, 2011.
Bons baisers du tueur, 2011.
Une ombre sur la ville, 2010.
Dernière escale, 2010.

Rendez-vous chez Tiffany, 2010.
On t'aura prévenue, 2009.
Une nuit de trop, 2009.
Crise d'otages, 2008.
Promesse de sang, 2008.
Garde rapprochée, 2007.
Lune de miel, 2006.
L'amour ne meurt jamais, 2006.
La Maison au bord du lac, 2005.
Pour toi, Nicolas, 2004.
La Dernière Prophétie, 2001.

Aux éditions JC Lattès

15e affaire
Cross, cœur de cible, 2017.
14e péché mortel, 2016.
Cours, Alex Cross!, 2016.
13e malédiction, 2015.
Tuer Alex Cross, 2015.
12 coups pour rien, 2014.
Tirs croisés, 2014.
La 11e et Dernière Heure, 2013.
Moi, Alex Cross, 2013.
10e Anniversaire, 2012.
La Piste du Tigre, 2012.
Le 9e Jugement, 2011.
En votre honneur, 2011.
La 8e Confession, 2010.
La Lame du boucher, 2010.
Le 7e Ciel, 2009.
Bikini, 2009.

La 6e Cible, 2008.
Des nouvelles de Mary, 2008.
Le 5e Ange de la mort, 2007.
Sur le pont du Loup, 2007.
4 fers au feu, 2006.
Grand méchant Loup, 2006.
Quatre souris vertes, 2005.
Terreur au 3e degré, 2005.
2e chance, 2004.
Noires sont les violettes, 2004.
Beach House, 2003.
1er à mourir, 2003.
Rouges sont les roses, 2002.
Le Jeu du furet, 2001.
Souffle le vent, 2000.
Au chat et à la souris, 1999.
La Diabolique, 1998.
Jack et Jill, 1997.

Au Fleuve noir

L'Été des machettes, 2004.
Vendredi noir, 2003.
Celui qui dansait sur les tombes, 2002.
Et tombent les filles, 1996.
Le Masque de l'araignée, 1993.

PAPIER À BASE DE FIBRES CERTIFIÉES

Le Livre de Poche s'engage pour l'environnement en réduisant l'empreinte carbone de ses livres. Celle de cet exemplaire est de :
400 g éq. CO_2
Rendez-vous sur www.livredepoche-durable.fr

Composition réalisée par Datamatics

Imprimé en France par CPI
en octobre 2017
N° d'impression : 3025212
Dépôt légal 1re publication : novembre 2017
LIBRAIRIE GÉNÉRALE FRANÇAISE
21, rue du Montparnasse - 75298 Paris Cedex 06

72/4874/2